di Carlo Fruttero

nella collezione Oscar

con Franco Lucentini

CARLO FRUTTERO

MUTANDINE DI CHIFFON

Memorie retribuite

OSCAR MONDADORI

© 2010 Arnoldo Mondadori Editore S.p.A., Milano

I edizione Scrittori italiani e stranieri aprile 2010
I edizione Oscar bestsellers aprile 2011

ISBN 978-88-04-60794-6

Questo volume è stato stampato
presso Mondadori Printing S.p.A.
Stabilimento NSM - Cles (TN)
Stampato in Italia. Printed in Italy

Anno 2012 - Ristampa 1 2 3 4 5 6 7

www.librimondadori.it

Mutandine di chiffon

*Alla memoria
di mia madre e mio padre*

Intervista sportiva

Quanto al campionato del dolore
non mi faccio illusioni
sulle mie chances. Piango
irrilevanti sepolcri,
frugo tra ceneri
d'estasi elementari,
ho inchinato la nuca
alle più rozze clave del fato.
Deludente nel vizio,
nell'infamia ho limiti
gravi; discontinue so
le mie colpe,
dilettantesche le ambizioni.
M'hanno negletto repentine
domestiche a ore,
tradito funesti carpentieri,
calpestato neri tacchi
di vigili motociclisti.
Sfocati arranchi
d'angoscia, flaccide frustrazioni,
morbosità di scarsa
tenuta; e alla cruciale curva
degli anni non più
che una distratta impennata.
Questi, amico, i miei mezzi.

Non ho, né lo nascondo,
l'occulta lama che tarpa
ogni aurora, l'incessante
chiostra che tritura le notti.
Non ho – dice il mio
trainer – la classe.
Sul più alto pennone
non salirà la mia esigua bandiera,
non a me la dama grigia
consegnerà la coppa.

(1965 circa)

Passi privati

Due orridi cliché incombono ormai sulla mia testa di ottuagenario inconsapevole, incolpevole. Nasci a Torino da genitori torinesi, trotti sugli asinelli al Valentino, spari col tuo fucilino tra i platani del parco Michelotti, segui col cuore in gola le acrobazie dei motociclisti nel Muro della Morte durante il Carnevale di piazza Vittorio, ammiri l'idrovolante rossoblu della linea Torino-Venezia che scivola sul Po e viene risucchiato per la notte lassù, in cima alle palafitte del suo hangar grigio, scali sempre per ultimo le pertiche della scuola elementare Roberto d'Azeglio, incroci al crepuscolo sul ponte della Gran Madre un'auto scoperta in cui siede Benito Mussolini, Duce del fascismo.

Frammenti, briciole di vita condivise da molti, da tutti, diresti. E attraversi allo stesso modo spicciolo, ignaro, gli anni che seguono, sali e scendi dal piccolo tram rosso che si arrampica verso la Villa della Regina, vai al cinema con i compagni di classe, bevi bicchieroni di frappé colorati al caffè Fiorio, cominci a parlottare stentatamente in una lingua più enigmatica del greco (come passare da Euripide al reggicalze?) con una ragazza paziente, poi un'altra, e un'altra ancora, sulle panchine tradizionali di un corso tradizionale, raccogli diversi 4 in latino e non pochi 4 in inglese al ginnasio Vincenzo Gioberti, impari a memoria, tortura impervia, il *Canto di un pastore errante*, che dopo averlo scontrosamente ripetuto alla mamma per la ventesima volta, ti lascia però dentro una scia lieve, una spora di dubbio (e se avesse ragione lui?).

La guerra conferma. Nulla ha più senso, spariscono le sigarette Turmac, ovali, sparisce lo zucchero, gli allarmi notturni fanno saltare le lezioni di scuola, rare bombette cadono a indirizzi sconosciuti (dove mai sarà via Priocca?) finché il rombo, ma è più un cupo palpito, che passava e proseguiva per Genova o Milano sembra fermarsi una notte di novembre proprio lì, proprio sulla tua casa, sopra il tuo labile rifugio in cantina, e tra gli schianti madornali ti ritrovi coperto di polvere a battere i denti di freddo e puro terrore.

E con questo? Altri torinesi, a centinaia di migliaia, tremano come te, lasciano la città, si diramano verso le campagne, le montagne, le colline, passano gli anni dello sfollamento in casette, ville, cascine, piccoli borghi, rassegnati a quegli estenuanti andirivieni dal loro rifugio al posto di lavoro o di studio, su treni continuamente inceppati, corriere stremate, biciclette, camion a carbonella, l'auto miracolosa di un conoscente che ti riconosce sul ciglio e ti prende su.

Difficile trovare individualità in quella folla povera, scura, che esce a rigurgiti dalla stazione di Porta Nuova e si intruppa in via Carlo Alberto nel pulviscolo rossiccio delle macerie. Nessuno parla, meno ancora ride. Tutti o quasi hanno il cappotto rivoltato, cenciosi berretti in testa.

Dove sono io, lì in mezzo? Sono stato contagiato dal vizio famelico della lettura, è vero, ma a quei tempi che altro si poteva fare in campagna? Spaccavi un po' di legna, giocavi a biliardo, a ramino, e poi ti restavano i libri. Fuori c'erano posti di blocco, partigiani, tedeschi, fascisti, e tu te ne stavi rintanato a leggere giorno e notte, perduto come l'ultimo Ulisse in quell'oceano stupefacente e infinito.

Ne esci con un breve testo di Jean Cocteau, *Gli sposi della Torre Eiffel*, un balletto; e in una sera rosata di febbraio sali fino all'ammezzato di via Davide Bertolotti 2, la casa dove abitò Guido Gozzano (ma tu non lo sai) e dove ha sede la redazione della rivista teatrale "Il dramma". Timido, patetico e insieme spavaldo, ti presenti per la prima volta a gente ignota, in realtà al mondo. E il mondo è un signore alto e secco in doppiopetto grigio, la "caramella" nell'orbita, ex attore, ex visconte o barone in commedie di cui forse il solo Arbasino avrà memoria, Lucio Ridenti, di certo un nome d'arte, ma molto gentile, molto interessato, che su due piedi accetta il tuo Cocteau, ti chiede di tradurlo e pochi mesi dopo lo pubblica. Proprio in fondo, tra parentesi, in corpo minore, è stampato il nome del traduttore, il tuo.

Un trionfo, un tripudio, un'esplosione di gambe, braccia, polmoni, gola che risolve anche il problema della vanità letteraria, per sempre. Mai più, nei decenni a venire, proverò quell'esaltazione, quel senso di pienezza vertiginosa da narcisetto vincitore, pavone imperiale. A quella traduzione, che naturalmente conteneva alcune goffaggini, un paio di abbagli, si può probabilmente far risalire la svolta, i primi passi del mio itinerario verso i cliché in agguato laggiù.

Nascita in casa, in corso Raffaello. Ma a chissà quale numero, e non so a quanti isolati dalla stramba costruzione neogotica della Utet, con Luigi Firpo che in un salone tenebroso e rimbombante dopo la chiusura degli uffici mi offriva di tradurre *Vanity Fair* di Thackeray, per un compenso forfettario irripetibile.

E da corso Raffaello a via Villa della Regina, con la doppia siepe di biancospino, e tra le molte amabili villette del quartiere, tra magnolie e lillà, quella di Ferdinando Neri, l'illustre francesista, che viveva con sua figlia Nicoletta cara amica di amici. E lì, passaggi di Caiumi e Arnaldo Momigliano, di Franco Venturi e

Soldati, che incrociavo su quei pochi gradini di marmo dell'ingresso, o comunque in disparte, prendendo il tè, senza dire una parola.

Un giovane di belle speranze (accademiche? Mah!) che per tre o quattro anni rifiuterà com'è ovvio ciò che ovviamente già l'aspetta, tenterà in luoghi lontani di darsi un romantico destino vagabondo, imbianchino, giostraio, manovale, raccoglitore stagionale, per scoprire infine che la vita a bassissimo profilo è anche noiosissima, che una domenica di pioggia lungo i marciapiedi di Londra o di Anversa è identica a una domenica di pioggia in via Monferrato.

E allora basta così, ritorni a casa sconfitto, accetti gli itinerari tracciati passo per passo in questo libro affettuosamente minuzioso. Via Biancamano (Einaudi), dove tradurrai tanto da poterti sposare e stabilire in piazza della Consolata (ma la casa era di mia suocera, adorabile donna); di dove poi per vicoli, viuzze, piazzette di scalcinato fascino te ne andrai a piedi in ufficio, al biancore assoluto voluto dal padrone Giulio, al mitico tavolo ovale con i suoi mitici cavalieri, Mila e Calvino, Bobbio, Ponchiroli e Bollati, Antonicelli e Luciano Foà, Vittorini e Cases e Renato Solmi. Dove passava Aldous Huxley, coi suoi occhi di quasi cieco color dell'ostrica, che scortavi fino al Cambio, beninteso. E sempre al Cambio la moglie di Ehrenburg, bella dama elegante, che in francese ti voleva convincere di quanto fosse meglio per uno scrittore non possedere niente e che dacia, auto, appartamento fossero dello Stato, cui dunque toccavano tutte le relative grane, coppa dell'olio, tetto che perde.

Ero già stretto compagno di Franco Lucentini (al cinema tanti: "Fuori uno! Fuori due!", con mogli disperate), che in un giorno non più rintracciabile gettò lì il seguente pensiero: «Ma perché non proviamo a scrivere una serie di bozzetti su Torino, una città tanto strana?».

E così andò. Lui in lungopo Antonelli e più tardi in

piazza Vittorio. Io in corso Cairoli, a un ultimo piano spettacolare. Ci vedevamo ogni giorno, passeggiando sotto quei portici o seduti su una panchina dei Murazzi, allora territorio di bambini, pensionati, fumiganti rimesse di barche.

Devo aggiungere per scrupolo di completezza altri due indirizzi. Un residence ai bordi del Valentino (in ascensore, non per vantarmi, incontravo spesso il grande calciatore Altafini), dove il giro del parco mi pareva in realtà una ben modesta cosa, con troppi edifici disseminati malamente tra il poco verde residuo. E poi un vecchio palazzo in via Juvarra, molto vicino alla casa di De Amicis in piazza Statuto. Qui, tra Passalacqua e Bertola, Manzoni e Boucheron, con puntate fino alla Banca del Piemonte di via Cernaia – dove il presidente, amico d'infanzia, mi permette di fumare storcendo il naso e aprendo subito la finestra –, qui, dico, so di non poter più sfuggire alla banalità di ciò che mi attendeva da ottant'anni.

Tanti passi in tanti diversi quartieri, tanti marciapiedi e portici e incroci, tante vetrine, tante fermate d'autobus, tanti androni sbirciati, tante finestre lontane misteriose, o vicine, fredde contro il naso: e alla fine sei servito, avrai meritato il marchio funesto di "memoria storica", di "punto di riferimento".

Cos'è più che diceva quel pastore errante al ginnasio?

Memorie occasionali

La vendemmia

Quando veniva il tempo della vendemmia nostro padre telefonava (non da casa) al signor Valpreda, fidato autonoleggiatore, e stabiliva il giorno e l'ora del viaggio da Torino a Passerano, in provincia di Asti. Senza essere un nemico della modernità, papà non se ne lasciava sedurre facilmente: aveva accettato la radio, ma pensava che si potesse benissimo fare a meno di cose come il telefono e l'automobile, strumenti costosi che complicavano inutilmente la vita. Il signor Valpreda si presentava in severa divisa blu da chauffeur su una grossa e lucente Fiat rosso scuro, coi sedili di panno, due ambitissimi strapuntini e due vasetti "di serie" ai montanti delle portiere, nei quali però non vidi mai infilati dei fiori.

La strada era asfaltata fino a Castelnuovo Don Bosco, poi venivano sei chilometri polverosi interrotti da tre gallerie festeggiatissime da noi bambini. Scavate nel tufo di tre successive colline, rivestite di mattoni, erano quanto restava di un progetto ferroviario concepito alla fine dell'Ottocento, avviato e infine abbandonato per mancanza di fondi o di slancio imprenditoriale. I *tünnel* (così in dialetto) sono rimasti lì, acquistando col tempo un'aria teneramente archeologica e ancora adesso il loro buio improvviso strappa ai più piccini strilli di gioioso sbigottimento.

Bivio a sinistra, due chilometri di salita e lassù al culmine una brusca curva a U portava in ripida ascesa fino al castello. E lì sotto, proprio ai piedi della cappella dove da generazioni sono sepolti i conti di Passerano e Marmorito, c'era la modesta casetta di mia nonna materna, venuta su anche lei da Torino qualche giorno prima per preparare il nostro soggiorno.

Era una donna dall'aspetto temibile, naso adunco, voce aspra e imperiosa appena venata di dolcezza quando si rivolgeva a noi. Grandi, misteriose amarezze avevano segnato la sua vita orientandone il carattere verso una frustrata animosità. Faceva parte di una confraternita locale detta delle Umiliate che ai funerali seguiva il feretro indossando una impressionante uniforme di tela di sacco, una specie di camicione a pieghe color giallo canarino. Tutte quelle vecchie salmodianti in duplice fila, quel gran naso a becco della nonna che spuntava da sotto il cappuccio, mettevano una certa inquietudine, riesumavano immagini di tempi remoti, quando c'erano streghe, pestilenze, siccità, carestie. Un nesso col medioevo che nessun insegnante o testo scolastico avrebbe saputo farmi percepire con tanta suggestionante immediatezza.

La nostra vendemmia era un'usurpazione di titolo. La vigna della nonna constava di pochi filari sul fianco di una valletta laterale e la raccolta dell'uva era un semplice pretesto per un picnic. Mio padre, anglofilo, portava su da Torino un apposito cesto di vimini *made in England*, contenente una memorabile batteria di piatti, tazze, bicchieri, cavatappi, oltre agli scomparti per le vivande, frittate, pollo freddo, salumi, formaggi. Si mangiava scomodamente tra mosche, vespe e formiche, si riempivano i cestini di neri grappoli che poi un contadino avrebbe mescolato coi suoi e trasformato in vino, barbera o freisa, di dubbia qualità.

Noi tre, mia sorella mio fratello e io, ci stufavamo presto di quella cerimonia, andavamo esplorando le colline per stretti e tortuosi sentieri, scendevamo a guadare un *rio* tra i salici del fondovalle e entravamo titubanti negli sparsi *ciabot* esaltati dal meraviglioso colore del verderame. La vera vendemmia la vedevamo nella grande fattoria sottostante il castello e casa nostra. Qui arrivavano i carri traboccanti d'uva, qui c'erano gl'immensi tini, qui i lavoranti cominciavano il pestaggio dei grappoli a piedi nudi sotto l'occhio vigile del conte Costantino.

Da casa mia (allora di mia nonna) lo vedevo scendere dal castello ogni mattina verso le undici, un gentiluomo alto, secco, rigido, sempre vestito di tweed grigio, con in testa una lobbia anch'essa grigia. Non concedeva nulla allo stile campagnolo, camicie a scacchi, fustagni o stivali. Era stato ufficiale di Marina, forse aiutante di bandiera del duca degli Abruzzi, e di quel suo passato militare conservava la severa impeccabilità.

Arrivato in fondo alla discesa, salutava il fabbro (*frè*, in dialetto) che aveva la bottega dietro quel portone di bellissimo legno tarlato, oggi sempre chiuso. Il *frè* era un uomo di mezza età, basso e tarchiato, che teneva lì davanti il suo armamentario da maniscalco, una specie di schematico gabbione per imbracare gli animali cui rimetteva i ferri, mucche, buoi, qualche cavallo da tiro. Di asini non mi pare che ce ne fossero in paese.

Ma mi accorgo che c'è molto di irrecuperabile in questi già tenui frammenti. Gli odori, in gran parte. Del letame, per dirne uno, che abbondava ovunque ci fosse una stalla. E degli zoccoli che il *frè*, prima di ferrarli, scavava torno torno con un suo strumento. Scompariva poi nel suo antro, si sentivano colpi violenti, si vedevano fumi e scintille, Vulcano tornava fuori e inchiodava il ferro rovente sullo zoccolo. Ne veniva un puzzo pungentissimo, allarmante. Sembrava impossibile che il bue, colla zampa tenuta su da una grossa cinghia, non sentisse il minimo dolore, non avesse la minima reazione. «Ma è come quando vi tagliamo le unghie, no?» spiegavano a noi bambini. Noi ci guardavamo le unghie poco convinti.

Spesso compariva davanti alla bottega la moglie del fabbro, detta la Maria del *frè* o la *frera*, un donnone grigio e scarmigliato con una voce roca, aggressiva. Gridava sempre e l'impressione era che non fosse capace di parlare in toni normali neppure in casa, in privato. Piantata su quell'incrocio con le mani sui fianchi, era una berciante conduttrice di gossip, parlava e sparlava di tutti e con tutti, e probabilmente veniva da lei la stramba, per i tempi, nozione che il conte Costantino fosse gay, sebbene la parola non esistesse (*ai ciamu uomosessuali*) e dai paesi dei dintorni pervenissero sulle attività del conte notizie del tutto opposte.

L'insinuazione era dovuta al fatto che un paio d'ore prima del padrone scendeva dal castello il suo cameriere-autista a fare la spesa, un aitante giovanottone di nome Antonio, gran chiacchierone e simpaticone, che si fermava in ogni cortile a ridere e scherzare con le donne.

Nel cortile di faccia al nostro risiedeva il messo comunale, un vivace ometto sempre con cappello, panciotto e pipa tra i denti che era stato cercatore d'oro, senza trovarlo, nel Klondike. Ogni tanto prendeva il tamburo e andava a declamare i suoi annunci (quali mai, mi piacerebbe sapere) nei punti strategici del paese. Di notte, fino a ottobre avanzato, dormiva con le finestre aperte e russava così forte che lo potevano sentire fin quasi dalla chiesa.

Quella chiesa, costruita a metà Settecento, in piena epoca dei Lumi, aveva dato luogo a una lunghissima controversia tra curia e castello, cui mise fine la Rivoluzione francese e l'arrivo di Napoleone. Il prete degli anni Trenta era un vecchietto irsuto, segaligno, scorbutico, con una tonaca frusta che tendeva ormai al verde. Non era amato, e secondo una diceria aveva una notte preso a schioppettate dal balcone della canonica certi parrocchiani (che lo deridevano, immagino). Durante la messa la chiesa era gremita, ma di donne col velo e di bambini. Pochi uomini se ne stavano in piedi nel fondo e tutti gli altri erano fuori a parlottare e fumare. In caso di pioggia si ammassavano sotto il mercato coperto, ancora intatto, grazie al cielo.

Ai piedi del mercato correva il viale alberato che nei pomeriggi della domenica diventava un campo di bocce e di tamburello insieme. Passavano rarissime automobili e i giocatori di bocce si sfidavano a gruppi di quattro sotto le alte, lunghe traiettorie della palla dei tamburellatori. Non si davano reciproco fastidio, interrompendo per un momento se necessario le rispettive sfide.

Grande campione del tamburello era uno dei due macellai del paese, il Nin, un uomo muscoloso e agilissimo che sparava la palla da un capo all'altro del viale con un rumore secco e definitivo come una fucilata. Possedeva una moto con sidecar e spesso lo vedevamo partire o arrivare con la moglie a fianco, tutti e due col giubbone e il casco di cuoio, una coppia alla Indiana Jones. Avevano una bella bambina, Meluccia, che dopo la guerra si trasferì coi genitori a Torino, si sposò, e passato qualche anno ritornò sola un giorno a Passerano e si tolse la vita nella vecchia casa, non si è mai saputo perché.

Finita la settimana della vendemmia, prima del ritorno a Torino e a scuola, bisognava passare per il rito della passeggiata a Marmorito, da noi bambini giudicata tediosissima quanto inevitabile. Genitori, zii, zie, cugini di primo e secondo grado, affrontavamo i tornanti di quella non lunga salita, che pareva eterna dato il ritmo "da passeggiata" imposto dagli adulti. La strada non era asfaltata, coperta da uno strato di polvere chiara che s'infiltrava subdolamente oltre i sandali e i calzini, e curva dopo curva, sosta ammirativa dopo sosta ammirativa, portava panoramicamente a Marmorito e al rudere dell'antico castello distrutto, secondo la leggenda, dal Barbarossa.

Era l'unico momento interessante. Il rudere non era sepolto dai rampicanti come oggi e noi avevamo il permesso di aggrapparci a sporgenze e spigoli per arrivare a una finestra a picco sulla valle sottostante. Quella romantica orbita vuota ci comunicava a nostra insaputa il brivido del passato, del trascorrere dei secoli, suscitava immagini di guerrieri barbuti, assedi, cozzi di spadoni e armature. Anche il castello di Passerano – ci chiedevamo – aveva corso quei rischi, era passato per quelle terribili vicende? In fondo, avrebbe potuto benissimo essere ridotto anche lui così, un bruno mozzicone sommerso da una folta chioma d'edera.

Eravamo allora rincuorati, tornando al paese, dall'arrivo di Tota Tonina, la sorella del conte Costantino, al volante di una sua vetturetta sportiva. Era stata presumibilmente in visita in qualche magione dei dintorni e infilava l'erta del castello con piglio sicuro, le mani guantate di rosso vivo sul volante della spider. Era una zitella dai modi cordiali ma energici, una specie (col senno di poi) di Miss Marple monferrina.

E a ripensarci, tutto quel mondo fermo e quieto, quei lenti buoi sui sentieri tra le vigne, quelle cascine isolate, quei filari di gelsi, quei personaggi così bene installati nelle loro nicchie, e quei colori – il rosso dei rami di salice, il verderame, la polvere pallida, il viola azzurrino delle ortensie, il grigioverde dei covoni di fieno nei prati –, tutto quell'idillio silenzioso appena increspato da un muggito, da un lontano latrare di cane, poteva essere una perfetta cornice per un romanzo poliziesco. O non erano piuttosto le *Rimembranze* di Leopardi che affioravano tra collina e collina?

Vita di castello

Proprio in un castello ho imparato a disdegnare il soffice, accomodante sentimento della nostalgia e a considerare i ricordi, sia altrui sia – soprattutto – personali, come qualcosa di vagamente simile all'accattonaggio molesto; e tuttavia mi sarebbe impossibile parlare di castelli senza l'autobiografia.

Non nel senso che io abbia mai avuto la passione dei castelli piemontesi, o che me ne sia mai occupato per qualche ragione storica, architettonica, vinicola o d'altro genere. Ne ho visitati alcuni come si visita una chiesa o un museo, ne ho ammirati molti ("Oh, che bel castello!") passando in macchina lungo un fondovalle o davanti a una cancellata; ma tutto ciò che so di non superficiale sul loro conto si riferisce in realtà a un unico castello, che per circostanze nient'affatto straordinarie rappresenta per me il luogo dove più si sono concentrate, in databili stratificazioni, le fortissime impressioni e immagini dell'infanzia e dell'adolescenza.

Tentare di ricostruire tutto l'arco dei miei lontani fervori – così simili, in sostanza, a quelli di chiunque altro – mi sembra un tipo di fatica letteraria di cui io e il resto del mondo possiamo benissimo fare a meno; quel che serve qui è soltanto il punto di vista, necessariamente personale e molto limitato, di qualcuno che, senza problemi di proprietà, ha fatto della "vita di castello" esperienza diretta e può almeno sperare di darne un'immagine dall'interno non troppo infedele.

L'esemplare che mi riguarda sorge nel Basso Monferrato, a una trentina di chilometri da Torino, dove il tufo forma una serie di gobbe parallele, come un tappeto mal disteso. Su questi stretti crinali sono allineati i paesi, ciascuno col suo piccolo cimitero, la sua chiesa di un barocco campagnolo, e il suo castello debitamente fiancheggiato da un gruppo d'alberi secolari.

Ma dirò subito che ogni confronto razionale tra il "mio" e gli altri castelli della zona (o dell'universo) è per me impossibile. Messo di fronte a uno qualsiasi dei suoi rivali, comincio senza volerlo a cercare il difetto, il particolare negativo, l'appiglio per una scrollata di spalle – e lo trovo sempre. Bellissimo, ma troppo... melodrammatico, sentenzierò con una smorfia. Oppure troverò da ridire sulla posizione, sulla vista mediocre. O deciderò che l'insieme è pretenzioso, la struttura caotica, o al contrario gelidamente schematica.

Il "mio" castello non ha nessuna di queste pecche fatali: il colore non è il grigio tetro e ormai incongruamente minaccioso della pietra, ma il rosso caldo del mattone, infinitamente sfumato da secoli di pioggia e di sole; la pianta, in apparenza un gratuito labirinto su tre o quattro livelli, ha la difficile ma affascinante armonia di tutte le cose che si reggono su necessità cadute o dimenticate; le torri e torrette, vistosamente disuguali e disposte a casaccio, ingentiliscono la grossa mole dell'edificio, evitando sia un formalismo da fortilizio, sia una freddezza da "gioiello architettonico". La sua origine si perde romanticamente nella notte dei tempi, poiché dei grossi pietroni incastonati lungo una scala risalgono, per esempio, a prima del 1000, e ogni ala, facciata, escrescenza, porticato ha un'età diversa. Anche se l'intero complesso, con gli altissimi strapiombi di certi muri, le vestigia di spalti, fossati, ponti levatoi, le cupe sporgenze di certi tetti, ha un'indubbia imponenza, tuttavia non dà affatto l'impressione di un monumento austero, solenne, imbalsamato.

La ragione sta forse nel fatto che la stessa famiglia ci abita dal 1300, cosa – a quanto mi dicono gli specialisti – piuttosto eccezionale. O forse è perché non ci si può sentire intimiditi, architettonicamente oppressi, da un edificio (fosse pure la sede della Fiat, della Banca d'Italia) in cui si è giocato agli indiani con asce da guerra in legno foderate di stagnola. I miei antenati materni erano stati, credo, braccianti o comunque dipendenti degli antenati degli attuali castellani, e da quell'oscuro passato è giunta fino a noi quella vigna di nessuna importanza e la casupola ai piedi, appunto, del maniero, dove andavamo ogni autunno per la nostra vendemmia simbolica. A quegli anni (o, in una prospettiva più lunga, alla Rivoluzione francese) risale la mia amicizia coi discendenti degli antichi feudatari.

Il minore aveva all'incirca la mia età e, guidati da lui, io e altri tre o quattro bambini e ragazzetti usavamo casa sua come una stanza dei giochi a infinite dimensioni. C'era anche, beninteso, il contorno della campagna: le balle di paglia accatastate in pericolanti parallelepipedi, dai quali ci tuffavamo sui cumuli sciolti, le stalle piene di mosche e occhi lacrimosi, i carri e i tini della vendemmia, i raggiungibili fichi, le aie scricchiolanti di pannocchie, un minuscolo *rio* nel fondovalle, dove alcuni di noi s'illudevano, un giorno sì e tre no, che esistessero pesci. Ma questi incanti, che dopo un'estate passata al mare ci sembravano un po' di seconda scelta, non erano nulla rispetto a quelli offerti dal portentoso castello.

Resta, più che il ricordo di episodi o giorni precisi, una specie di confuso ma illustratissimo libro, a metà strada fra i due generi della fiaba e dell'avventura: scale a chiocciola fiocamente illuminate da piccole feritoie, dove porte tarlate si aprono cigolando su cellette circolari; immense sale dominate da caminetti alti come cavalieri della Tavola Rotonda; strettissimi, insospettati passaggi che conducono a una stanza vuota e paurosa; tenebrose discese verso cripte forse appena lasciate da Montresor; impressionanti chiavi di ferro fatte per mani sovrumane; nere cassapanche e letti a baldacchino dalle cortine impenetrabili; gelide correnti d'aria di ambigua provenienza; e dovunque – ma elusivo come un richiamo di fantasma, ora più netto e scoperto, ora invece appena avvertibile – quello che si può soltanto chiamare "odore di castello", entro il quale vecchi legni, polvere, muffa, cenere, cera, frutta, ruggine, tabacco si contendono senza fine, secondo le contrazioni o dilatazioni del clima, una supremazia che la vastità degli ambienti rende comunque transitoria, effimera.

Nei nostri trafelati andirivieni ci capitava anche di imbatterci in persone di carne e ossa. La figura china su uno scrittoio che alzava su di noi uno sguardo stupefatto era un padre incerto tra l'indulgenza e l'indignazione. Da un'alta tenda ondeggiante davanti a una finestra usciva all'improvviso una madre, la mano blandamente alzata come per riacchiappare un pensiero, che mormorava vedendoci: «Ah». E c'erano dei fratelli maggiori contro i quali andavamo a cozzare girando un angolo o saltando otto gradini di uno scalone – giovanotti intrattabili, già propensi a roteare gli occhi e a scandire una delle due frasi predilette dalla famiglia: "Non se ne può più!" (l'altra era: "Che nnnoia!"). In fondo a un lungo corridoio trascorreva, ventaglio in mano, una zia in nero incurvata dagli anni, o era un vasto seggiolone, da noi creduto vuoto, a rivelare di colpo la testa o il gomito di un ospite, rannicchiato a leggere in santa pace.

Più spettrale e ubiquo di chiunque era però il cuoco, un uomo dai tristissimi baffi spioventi che vedevamo aggirarsi silenzioso nei posti più inaspettati, con un'aria non tanto furtiva quanto condannata, come chi debba vivere trascinandosi dietro qualche segreta maledizione; non ricordo di avergli mai sentito pronunciare una sola parola. Era spesso con lui, per ovvie ragioni, un grosso cane bianco, peloso e ansimante, di nome Uzzo, che risiedeva nel castello tutto l'anno. La famiglia aveva poi anche un cane "da città", un *airedale* che ogni tanto moriva e veniva subito sostituito da un altro *airedale*, regolarmente battezzato, come il suo predecessore, Nipper.

Sebbene io conservi l'impressione generale che avevo allora, di enormi spessori di mura, di vertiginosi soffitti a cassettoni o a volta, di interminabili teorie di saloni, di sterminate distese di parquet, e sebbene mi veda procedere in quelle severe penombre in punta di piedi e trattenendo un grido di guerra, nondimeno i nostri giochi dovevano essere – me ne rendo conto ora – alquanto rumorosi e molesti. I "grandi", questa dev'essere stata la verità, si ritrovavano continuamente tra i piedi noi e le nostre pistole ad acqua. E posso sospettare un nesso tra la nostra invadenza e un gruppo d'immagini, questa volta tutte "in esterno". L'esplorazione di una cappella da cui forse un cunicolo segreto, e mai riscoperto, portava un tempo all'altro versante della valle. Poi il laborioso scavo, nel fianco ripido della collina, di uno spiazzo su cui erigere la tenda militare. E un rudere di casamatta o bastione, staccato dal corpo dell'edificio principale, che coi suoi merli smozzicati consentiva acrobatiche battaglie alla Errol Flynn. E una spelonca per gli attrezzi del giardiniere, invisibile dietro una spiovente cortina di foglie. E una legnaia ricavata da una prigione, o più probabilmente da un corpo di guardia, ai piedi della grande torre quadrata. E infine il "club" nella fattoria.

Qui, l'intenzione di liberarsi della nostra turbolenta presenza sembra retrospettivamente più chiara. La fattoria, che era tale soltanto di nome, consisteva in un rosso edificio a tre piani, a forma di L, in parte abitato da persone connesse, non ricordo in che modo, con la routine del sovrastante, e anzi, incombente castello. Alcune stanze contenevano mucchi di grano, altre, patate o nocciole, ma per la maggior parte erano vuote, e una di queste ci venne a un certo punto messa a disposizione insieme a qualche sedia e tavolino di dubbia stabilità, un grammofono a manovella, una scacchiera, due mazzi di carte da gioco e un lucchetto a cifre. Il fatto che ci preoccupammo di concordare una parola "di codice", che trasposta in numeri apriva la combinazione del lucchetto, dimostra come ancora avessimo un piede nell'infanzia; ma l'altro piede doveva stare già un po' più avanti, poiché si trattava di un "club" e non di una "società segreta", il gioco di Monopoli era stato soppiantato dal poker ai legumi secchi, e sul grammofono giravano interminabilmente dischi come *Body and Soul*, con Louis Armstrong alla tromba.

Essendo anzi la musica (come ben sapeva Proust, e come ben sanno i fabbricanti di film sentimentali) il più efficace attivatore di meccanismi evocativi, attorno al gesto di uno di noi che gira la manovella si precisano momenti memorabili: il caminetto acceso in un giorno di pioggia, e noi che facciamo arrostire nocciole o chicchi di meliga sul fuoco (musica di fondo: *Some of These Days*, cantata da Sophie Tucker); la spartizione di un bianco pacchetto di sigarette Xanthia (musica di fondo: *Vous qui passez sans me voir*, cantata da Jean Sablon); una grande torta preparata dal cuoco per uno dei nostri festini notturni, prevalentemente a base di sardine in scatola (musica di fondo: *Mood Indigo*, suonata da Duke Ellington); una pila di "Gialli" Mondadori posata sugli sconnessi mattoni del pavimento (musica di fondo: *Blue Moon*, cantata da Connie Boswell).

Quei libri nella loro vecchia cartonatura arancione forniscono un filo di continuità fra una successione di anni ormai piuttosto fluida, confusa nella memoria, e l'inizio di quella che definirei la mia vita pensante. È un inizio paragonabile, per la sua fulmineità, alla nota caduta da cavallo di san Paolo, e ne ho infatti un ricordo molto preciso. La guerra era scoppiata, i bombardamenti erano cominciati, e tutti noi ex pellirosse eravamo sfollati in campagna. Ciondolanti, immusoniti, combattevamo la noia di quella non voluta Arcadia con vari rimedi più o meno soddisfacenti, il migliore dei quali era, almeno per me, la lettura di Agatha Christie & Co. A questa prolungata e meccanica infatuazione mise fine di colpo un romanzo consigliatomi da Roberto, il castellano mio coetaneo, che ci si era appassionato e al quale l'aveva a sua volta consigliato il fratello Vittorio. Era *Il 42° parallelo* di John Dos Passos, scrittore americano senza dubbio minore e oggi probabilmente molto datato e invecchiato. Ma il primo incontro con la letteratura è una faccenda soggettiva e accidentale, del tutto indipendente dal valore del libro incontrato. Ad altri, quel senso violento di scoperta, di sbalordimento, di eccitazione febbrile, quella incredibile visione di ricchezze a perdita d'occhio, sono venute attraverso Orazio o Plutarco, Ariosto, Shakespeare o D'Annunzio. A me – che pure avevo frequentato scolasticamente quegli autori illustri – fu Dos Passos a spalancare una volta per tutte le porte del grande deposito.

Da quel momento, il castello subì una drastica metamorfosi. Scomparse le torri, volatilizzatisi i saloni, inghiottiti i sotterranei, dissolti nel nulla quadri, arredi, argenti, marmi, stoffe al piccolo punto, tavolini di mogano e di noce, non rimasero visibili per me che le pareti contro le quali erano addossati dei libri. Anzitutto, quelle della biblioteca: alte sette o otto metri, lunghe una quindicina, ospitavano le brune collezioni del Mercure de France e della "Revue des deux mondes", i dorsi rosso scuro e verde scuro dei classici inglesi, l'*Encyclopédie* di Diderot e D'Alembert, rare edizioni di La Fontaine, Bossuet, Madame de Sévigné, gialle schiere di Classiques Garnier, e dorature, pergamene, marocchini, pelli sbucciate e sgretolate, cartoni marmorizzati, stinti velluti, spigoli e fibbie di ottone e rame.

Raramente veniva permesso al sole di entrare in quella vasta cavità. Al centro, una scrivania gigantesca reggeva altri tomi smisurati, antichi calamai, qualche bizzarro soprammobile; e tutto attorno c'erano scranni, seggioloni, sgabelli, leggii, scalette a pioli per raggiungere gli scaffali più alti. Non era qui, tuttavia (sebbene grande fosse il raccoglimento, ideale la suggestione), che ci abbandonavamo alle nostre fanatiche incontinenze di lettura. Il breve e oscuro budello che per tanti anni ci era apparso soltanto come un accettabile surrogato di "corridoio segreto", conduceva ora non più a un covo di banditi, a un quartier generale, a un nido di spettri o vampiri, ma a una cameretta con un divano e un paio di poltrone, sulle quali ci distendevamo coi nostri Stendhal, i nostri Dostoevskij, i nostri Rousseau, i nostri Flaubert.

Chi ha avuto la passione della lettura sa che si tratta di una vera passione, feroce, esclusiva, come il gioco o il terrorismo, che fa sembrare insignificante qualsiasi altra cosa. Il mio amico Roberto e io (gli altri componenti della piccola banda erano stati risparmiati dal morbo) non avevamo il più piccolo dubbio che fosse possibile, e anzi altamente desiderabile, passare il resto della vita in quello stanzino tappezzato di libri, scambiandoci rari grugniti di soddisfazione, sogghigni e mugolii di critica letteraria. Ciascuno di noi leggeva fino a quattro o cinque libri simultaneamente, un romanzo moderno la mattina, un classico nel primo pomeriggio, un saggio dopo il tè, teatro fino alle due di notte, per poi finire, prima di spegnere la luce, con un racconto o qualche pagina di memorie.

Il castello, vedevo adesso, era pieno di libri. Ogni camera da letto aveva scaffali sotto le finestre, altri di fianco al comodino (che a sua volta reggeva una buona dose di carta stampata), e se c'erano due armadi a muro, uno era immancabilmente stipato di brossure, riviste sciolte legate con lo spago, opuscoli, rigidi tomi. Le nobili librerie barocche, "inglesi" o Empire, integrate nell'arredamento, che per qualche decennio o secolo avevano fatto fronte a Gutenberg nei vari saloni, atri, corridoi, s'erano dovute rassegnare alla convivenza con lunghe assi di abete grezzo, inchiodate un po' dovunque dal falegname del paese per ospitare i nuovi venuti. C'erano libri su ogni tavolo, libri nella stanza del biliardo, libri nei vestiboli, libri nei bagni, libri fra gli ombrelli, le canne da passeggio e le zucche ornamentali dell'ingresso.

Responsabile dell'incessante accrescimento era Vittorio, più vecchio di noi di una dozzina d'anni, che senza illusioni di perfezione o morbose preferenze da collezionista andava ragionevolmente completando e aggiornando la già cospicua e varia raccolta pervenutagli attraverso successive generazioni di amatori. Nella famiglia, insieme a quello tradizionalmente militare dell'aristocrazia piemontese, scorreva infatti sangue illuminista (un antenato, amico di Voltaire e autore di un infame *Elogio del suicidio*, era stato condannato a morte dall'Inquisizione ed era dovuto fuggire esule a Londra), e sangue "artistico" (un altro antenato aveva sposato la figlia di Clara Schumann); e questa insolita mescolanza faceva sì che agli occhi di Vittorio apparisse di gran lunga più importante l'abbonamento alla "NRF" o l'acquisto delle novità della Chatto & Windus, che non quello di un paio di buoi o di un motore elettrico per qualche cascina della proprietà.

Ma questo onnivoro interesse non aveva niente di professionale, non "serviva" rigorosamente a niente, e il linguaggio relativo restava di una esemplare familiarità. Si usavano, a proposito di Huxley e Sainte-Beuve, di Madame de Boigne e Thomas Hardy, le stesse frasi con cui, partiti gli invitati alla fine di un ricevimento, i padroni di casa e i loro intimi restano a commentare e spettegolare piluccando uva e fumando l'ultima sigaretta. Kafka era "niente male", Valéry "un mostro", Milton si beccava un perplesso "Sarà...", Eschilo un caloroso "Bello, bello!". Hemingway era "un po' un salame", Zola *una ciula completa*, D.H. Lawrence *un gran nuiùs*, Dante, a cercare un po', "molto divertente", de Sade "un mezzo *ciapa ciapa*".

Al ministro della Pubblica istruzione e a tutti i riformatori scolastici potrei suggerire che non esiste modo migliore per trattare la cultura, la cui essenza sfugge inesorabilmente a chiunque le si accosti col cappello e il taccuino in mano. Ma le condizioni ottimali che giocarono a mio favore non sarebbero ripetibili burocraticamente su scala nazionale, e mi rendo conto che la prima di esse (una guerra mondiale non-atomica) è senza dubbio uno strumento didattico piuttosto dispendioso. Soltanto ora, del resto, vedo lucidamente il rapporto fra l'atroce, gigantesca costrizione della guerra e la meravigliosa, irripetibile libertà di cui godevamo nel nostro isolamento. Per la difficoltà delle comunicazioni con Torino, e poi per i posti di blocco, i tedeschi, le retate eccetera, smettemmo di frequentare il liceo. Avevamo attorno a noi campagne non inquinate, ortaggi non sospetti, polli ruspanti, legna da segare, ghiaccio da rompere davanti alla porta. Spesso bisognava lasciare un libro a metà e, camminando tra boschi e vigne, andare a prendere farina a un lontano mulino, o risalire una valle fino a quella certa cascina a mezza costa che vendeva pani di burro. Ma queste penurie non solo non furono mai tragiche, ma favorivano quell'ideale fusione tra natura e studio, tra esercizio fisico e sbrigliamento intellettuale che oggi tutti favoleggiano di ricomporre con decreti o artificiose macchinazioni comunitarie, senza capire quanto in essa debba esserci di casuale, di involontario, addirittura di non desiderato.

Noi che c'eravamo dentro (per non parlare dei nostri genitori) avevamo infatti a riguardo le più ampie riserve. La lettura allarga senza dubbio gli orizzonti della mente e dello spirito, ma svolge anche una funzione molto più banale: fa venire una voglia tremenda di andare nei luoghi di cui si legge, o così almeno era prima dei voli charter. La sera, davanti alla facciata del "piazzale" – una sobria squisita composizione di mattoni e stucchi –, sedevamo nelle chaise-longue di vimini guardando il mare di colline sotto la luna e misurando tutta la nostra infelicità. Sul bracciolo c'era un bicchiere di purissima grappa da noi stessi magistralmente distillata in cantina; la ghiaia faceva come un lago quadrato poco meno bianco di Uzzo, sdraiato con la lingua fuori in mezzo alla nostra piccola cerchia; molli rotazioni di vento spingevano ogni tanto verso di noi il profumo del cespuglio di olea fragrans cresciuta fino alla prima finestra della torretta. E in quell'alto silenzio leopardiano si udivano le nostre voci recriminare circa la difficoltà di procurarsi del whisky, l'impossibilità di correre a Parigi, a Rouen, a Londra, a Dublino, l'assurda mancanza di un buco di piscina, di uno straccio di tennis. Rientravamo passando attraverso le finestre aperte del salone da pranzo, ci fermavamo a mangiare una pesca, qualche amarena, salivamo un momento (che durava mezz'ora, un'ora) in biblioteca a posare un libro e prenderne un altro, e ce ne andavamo a dormire colla funebre certezza che la vita, la vera vita, fosse una cosa ben diversa e comunque irraggiungibile da quel nostro angolo morto dove non succedeva mai niente.

Sinistre esplosioni in lontananza annunciavano spesso un nuovo bombardamento di Torino, e noi, dopo un appropriato «Che nnnoia!», salivamo magari all'ultimo piano del castello, verso nord, a dare un'occhiata. Era sempre lo stesso, monotono spettacolo: un largo chiarore sopra il profilo della collina più prossima, i globi abbaglianti dei bengala, i boati, i tonfi, il magro coro dei cannoni, il ronzio cupo e circolare degli aerei. In quello stato d'animo condiscendente e distratto, di gente cne avrebbe avuto di meglio da fare, assistemmo a tutta la parabola della guerra.

Ascoltavamo Radio Londra nella stanza del biliardo, Roberto, suo padre e io, mentre Vittorio e l'altro fratello Paolo, esasperati dalla lentezza con cui gli alleati conducevano le operazioni, si richiudevano fermamente nelle loro camere. Seduti di sbieco sulle sponde con la stecca tra le ginocchia, prendevamo atto di offensive e di sbarchi, di sfondamenti, ritirate, grandiose battaglie navali. Il conte aveva, come una quantità di piemontesi, la rincuorante attitudine a trovare un'interpretazione pessimistica anche per le buone notizie. Dopo una sconfitta tedesca, alzava le spalle con uno sbuffo, ci spiegava succintamente che Rommel, avendo perduto duecentocinquanta carri armati, si sarebbe mosso con ben maggiore agilità e pericolosità di prima, e ci invitava a riprendere il gioco. Conversamente, se erano i tedeschi a vincere, una luce di vero e proprio trionfo gli illuminava il volto. «Eh già!» esclamava soddisfatto, ingessando la punta della stecca, «Eh già! Naturale!». Il suo atteggiamento fondamentale verso la vita – non aspettarsi mai niente per non avere poi delusioni – s'era ancora una volta dimostrato giusto; e chi avesse ascoltato quei suoi commenti senza conoscerlo, l'avrebbe facilmente scambiato per un nazista fanatico, cieco all'evidenza. La notte del 25 luglio, quando andarono a svegliarlo per annunciargli la caduta di Mussolini, e che venisse giù a sentire il proclama di Badoglio, rispose tra i denti «È troppo tardi», e si girò dall'altra parte.

Il sospetto verso ogni forma di eccitazione collettiva, di ebbrezza piazzaiola, di entusiastica e sudaticcia unanimità, e l'orrore per il più mortale dei peccati, quello di "montarsi la testa", erano naturalmente condivisi dai figli cui sarebbe stato impossibile militare non solo nel Partito fascista ma anche nell'Esercito della Salvezza o in una società sportiva. In un periodo in cui le emozioni di massa slittavano fragorosamente da tutte le parti come una palata di ghiaia sul fondo di un autocarro, la loro vigilanza fredda e implacabile, il loro caustico genio per la riduzione all'osso furono per me un insegnamento prezioso, che mi serve oggi forse più di ieri.

Dopo l'8 settembre, dei prigionieri inglesi, australiani, sudafricani, fuggiti dai campi di concentramento, cominciarono a passare per il paese a gruppetti di due o tre. Molti furono ospitati nel castello e messi in condizione di proseguire. Altri vennero sistemati in cascine abbandonate dei dintorni, dove poi la notte, col cuore in gola e credendo di rischiare la fucilazione, noi stessi andavamo ad approvvigionarli inerpicandoci per i sentieri dietro una lanterna cieca. Presto però fu chiaro che era il segreto di Pulcinella. Rassicurati dalla tranquilla amenità dei luoghi, quei giovanotti presero a stendere il bucato tra le vigne, a suonare l'armonica sull'aia invasa dall'erba, a bighellonare tra i salici e i gelsi, attirando così visite di ragazze, di curiosi, di bambini. La domenica, si vedeva una fila di gente andare e venire con fagotti, pentole, ceste, come una piccola fiera. Non c'era più modo di persuadere quei fuggiaschi e i loro benefattori a un minimo di prudenza, il civile dovere di rendere soccorso s'era trasformato nella solita buffonata incontrollabile e nefasta, e non restava quindi che disinteressarsi di tutta la faccenda e rimettersi a giocare (male) a bridge.

Non diversamente andarono le cose coi partigiani, che sul principio il castello inghiottiva nei suoi meandri, capaci di sfidare ogni perquisizione; i soffitti di certi sgabuzzini furono convenientemente abbassati, certi stretti sottoscala vennero chiusi da false pareti, alcune stanze si strinsero, alcuni armadi scomparvero. Ma, in seguito, ogni vero rischio cessò o sembrò cessare, e apparvero camion irti di mitra e di barbe al vento, macchine con un uomo sdraiato drammaticamente sul parafango, sempre pronto a sparare, apparvero parenti e conoscenti in stivaloni e pistoloni, ufficiali inglesi paracadutati, latori di sigarette e tè, scarmigliate ragazzotte portaordini. Il castello era insieme una caserma, un arsenale, un posto di tappa e un punto d'incontro ecumenico. Politici in borghese pontificavano accanto al pianoforte di Clara Schumann, capi di formazioni rivali pranzavano insieme alla lunga tavola scintillante di argenteria, di cinture, di fondine, di borchie, o era una potente macchina sportiva a stridere sulla ghiaia del piazzale, portandosi via qualche brillante e audacissima Primula Rossa, in possesso di inauditi buoni benzina e lasciapassare timbrati dalle SS.

I miei amici facevano con perfetta grazia il loro dovere di padroni di casa, ma quel frenetico andirivieni, quei conciliaboli da vigilia di Austerlitz, quegli armigeri accoccolati sotto un cedro dell'Himalaya, o sopra la macina da mulino che fungeva da tavolo in un angolo del parco, non li convincevano. «Ma dimmi te!» sussurravano dopo avermi raccontato qualche nuovo episodio di irresponsabilità militare.

E accadeva infatti ogni tanto che un commando fascista penetrasse indisturbato in quel beato territorio e sorprendesse una corvè o un distaccamento partigiano. Oppure era un rastrellamento in piena regola a minacciare il paese con scarso preavviso, e mentre una lunga colonna di tedeschi e brigate nere già scendeva da un vicino *bric*, il castello provvedeva convulsamente a ridarsi un'aria assonnata e innocente. Le teschiate truppe venivano alloggiate negli stessi locali occupati fino a un'ora prima dai loro avversari, e la notte dormivano sopra fasci d'armi occultate e a pochi centimetri di muratura da qualche Diavolo Rosso, Fulmine o Zorro che non aveva fatto in tempo a ritirarsi coi suoi.

Impassibili, noi giocavamo (male) a mahjong sotto gli occhi di un ufficiale dall'aria perplessa che però non aveva voglia, o non osava, mettere in dubbio l'autenticità dei nostri documenti di esonero da ogni attività bellica. Non che la nostra equanimità di scettici spettatori della follia guerresca arrivasse a farci apparire comprensibili quelle torve e ormai scoraggiate milizie. Le vedevamo ripartire come creature così diverse da noi, così remote, da lasciarci l'impressione di aver ricevuto una visita di extraterrestri. Poco dopo rispuntavano fuori gli allegri partigiani, e subito si rimettevano a scorazzare e sparacchiare senza risparmio, tra i «Che nnnoia!» e i «Non se ne può più!» dei castellani.

Poi se ne andarono anche loro per sempre, in un bianco polverone, tra grida e canti di vittoria; e ricordo bene il giorno d'agosto in cui fu annunciato lo scoppio della bomba atomica in Giappone, che metteva fine a tutto quel gran "non succedere niente". Era venuta a salutarmi da un paese vicino una ragazza, un lieve flirt, che ora stava per lasciare anche lei la campagna e tornava in città, verso villeggiature meno rustiche. L'accompagnai lungo le curve della discesa tenendo a mano la sua bicicletta. C'era vento, nel fondovalle le foglie dei pioppi cambiavano continuamente colore e nei prati, a scacchi grigi e verdissimi, i carri si caricavano via via di fieno. Scendevamo per l'ultima volta insieme quella collina, lo sapevamo, e non ce ne importava. Il mondo, dopo tanti anni, si riapriva, e la sensazione che ora il ritmo, il metro della vita sarebbero cambiati prevaleva felicemente su tutte le altre.

Sopra di noi, il castello, di un nitore quasi astratto contro il cielo azzurro, già riprendeva le sue distanze. Le sue misure non erano più le mie, la sua grande mole rossastra, ferma da secoli sullo sperone di tufo, apparteneva a un paesaggio metafisico, eterno, nel quale la fretta e l'avidità della giovinezza non avevano posto. Negli anni che seguirono ci tornai molte volte, ma non era più la stessa cosa.

Luna d'argento

È l'argento della luna, crescente, piena, calante, a incantarmi. Ma la mia non è una luna da fresco idillio sul lago o in riva al mare; e nemmeno è una luna letteraria spiccata con annessa meravigliosa similitudine dall'albero della poesia. Sì, d'accordo, è passata anche lei di lì, ha lasciato i suoi riflessi sulla tremula età degli amori, ha frequentato Saffo, Ronsard, Wordsworth, Baudelaire e chissà quanti altri suoi adepti. Ma quell'argento, arricchito, impreziosito dai tradizionali passaggi emotivi, è diventato ormai per me un argento featrale. Il fatto è che oltre trent'anni fa un inglese folle, in concorso con altri inglesi e italiani folli, inventò il piccolo, appartato festival musicale di Batignano, un paesino sulle colline tra Grosseto e Siena. Arrivarci non è difficile: si esce dalla superstrada – o supposta tale – verso Siena (o viceversa) e si sale per qualche chilometro verso Batignano, che è lì con tutte le sue lucine da presepio. Ma proprio ai piedi del villaggio si svolta a sinistra, si costeggia il cimitero (altre lucine), di colpo l'asfalto finisce e un polveroso, gibbuto stradello serpeggiante in salita tra ulivi e lecci conduce alla sede del festival, un convento secentesco isolato in cima a un poggio.

"Musica nel chiostro" si chiama questo evento estivo, che offre due diversi spettacoli (con repliche) a cavallo tra la fine di luglio e i primi di agosto. Il chiostro c'è davvero, con al centro un pozzo, e molti spettacoli sono allestiti appunto lì. Ma il convento è un affare massiccio e a pianta alquanto disordinata, con una torre che si vede e non si vede e ampie, subitanee cavità in rovina che vengono utilizzate in cento modi dal folle inglese. Si chiama Adam Pollock, vive tra qui e Londra e comprò il rudere per poche lire. Scenografo di professione e di successo, convinse amici e colleghi a scendere in Maremma a dargli una mano. Si fece muratore, falegname, piastrellista, idraulico (sempre come garzone, s'intende) e rimise in sesto alcune celle, un paio di stanzoni, il tetto. Poi propose a cantanti, orchestrali, compositori e tecnici che conosceva di venir giù dall'Inghilterra a fare un po' di musica in quel luogo selvaggio, scomodo, e senza il minimo *profit*. Così, per divertirsi tutti insieme.

E quelli accettarono, tutti adattandosi a fare di tutto, cucinare, lavare i piatti, rifarsi il letto, mettere insieme i costumi con materiali poverissimi, montare pedane, arcate, patiboli, tendaggi, globi fosforescenti. E la sera, tutti a suonare e cantare.

Non farò nomi ma posso dire che gran parte della "crema" operistica inglese è passata di lì in questi ultimi decenni. Virtuosi già celebri o destinati a diventarlo in seguito, si sono impegnati in Mozart e Monteverdi, Händel e Gluck, Cimarosa e Kurt Weill. Il repertorio ha sempre un tocco di ricercatezza, comprende sempre qualcosa di raro, inedito, dimenticato o creato apposta per Batignano. Sembrerebbe l'identikit di un festival snob, ma così non è. Al di là dell'eleganza, delle trovate, dei ripescaggi spiritosi, degli esperimenti, tutto è dominato dall'entusiasmo disinteressato, dalla più pura passione.

La mia competenza in fatto di musica è vicina allo zero e tuttavia mi sento di poter dire che non c'è mai stato a Batignano uno spettacolo mediocre, un'esecuzione tirata via. Certo, si suona e si canta all'aperto, in piena natura. Ma la natura, miracolosamente, accetta di farsi scritturare, di mettersi a disposizione della serata: c'è sempre un intenso profumo di mentuccia, i grilli cantano a tono, libeccio o scirocco scuotono dolcemente gli ulivi o una quinta multicolore senza affatto disturbare le voci, gli archi, gli ottoni. E in cielo, come se il folle inglese l'avesse sistemata lui dopo molte prove, c'è la luna d'argento che ora scivola tra nubi in corsa, ora se ne sta ferma a perpendicolo sul chiostro, ora sprofonda oltre l'orlo di un tetto.

Nulla per me uguaglia l'incanto di queste notti e ne scrivo qui con gratitudine ma anche con titubanza. Quella luna, quel poggio, quel convento meriterebbero gli applausi di una platea crescente di stagione in stagione, mi dico, e quelle delizie andrebbero assediate da ogni possibile canale tv, mi ripeto; quegli interpreti, quegli esecutori, quella commovente *band of brothers* un invito a pranzo al Quirinale se lo sarebbero guadagnato, come minimo. Ma poi rifletto che il successo, la fama, eventuali spot pubblicitari mescolati ai prodotti gastronomici locali toglierebbero ai grilli la voglia di cantare e alla luna la voglia di prestare il suo argento a quelle magie. Batignano? Meglio che non si sappia troppo in giro.

PS: Ma da un paio d'anni il festival di Batignano si è spento. Troppo faticoso, troppo complicato per il suo ideatore, che tuttavia continua a passare una gran parte della sua vita nel convento, tutto solo, attento allo sgocciolio dei rubinetti, ai grilli, alla mentuccia e alla luna piena.

Il mandolinista

Mi fa piacere che si parli sempre più spesso, e forse seriamente, di aumentare l'insegnamento della musica nelle nostre scuole. Ma, se considero quella che fu la mia educazione musicale alla scuola elementare Roberto d'Azeglio in via Martiri Fascisti (oggi Della Libertà) a Torino, non posso non provare una certa intenerita perplessità.

Era una scuola vasta, tetra, con pesanti banchi a due posti di legno scuro che immagino risalissero a tempi deamicisiani, intagliati e maculati da generazioni di bambini in grembiulino nero. Ai muri, il crocifisso, il Re, il Duce, un paio di grandi carte geografiche. E grandi finestroni da caserma affacciati su un cortile da caserma. Qui, in terza elementare, la mia classe passò sotto la responsabilità di un maestro che come maestro ne valeva probabilmente un altro, ma che si distingueva per una sua fissazione o vocazione o missione: insegnarci la musica.

Non erano affatto i doverosi inni fascisti a interessarlo, erano i grandi cori d'opera che col materiale di cui disponeva, cioè dei ragazzini svogliati, tentava ostinatamente di far risuonare in classe. Fra tutti, ricordo ancora il canto a gola spiegata dai *Puritani*:

> Suoni la tromba, e intrepido
> io pugnerò da forte.
> Bello è affrontar la morte
> gridando: libertà!

e lui che agitava le braccia con fervore commovente. E ricordo le sue stringenti raccomandazioni per la *Marcia reale*, il cui incipit impetuoso, ancorché un po' sull'ansimante, faceva:

Viva il Re, viva il Re, viva il Re!

Il maestro, torinese, sapeva bene che i nativi tendono ad allargare la "e" ai limiti della galassia e quei tre "Re" di fila lo preoccupavano. Dovevamo stringere al massimo, emettere una specie di "Rö" contrattissimo. E anzi, alla fin fine, tanto valeva che ci scordassimo la "e" totalmente. Dovevamo cantare:

Viva il Rr, viva il Rr, viva il Rr!
Le trombe liete squillano...

E ci faceva provare e riprovare, il benedetto perfezionista.

A un certo punto mi trovai scritturato nel suo complessino a plettro. Fanciulla biancovestita, mia madre aveva suonato il mandolino e lo strumento era rimasto in casa (con un pianoforte verticale destinato a mia sorella e mai utilizzato). Non so cosa si dissero mia madre e il maestro, nessuno a me chiese niente, secondo l'uso del tempo. Ma l'idea era senza dubbio lodevole, allora come oggi.

Fui messo a studiare le note, a raccapezzarmi tra quei righi e quegli strani segni e a collegarli con quello che i miei polpastrelli infantili ottenevano scorrendo a fatica sulle corde del mandolino. In qualche modo, imparai. Avevo una stecca (plettro) in similtartaruga (ma forse no, forse era davvero tartaruga) a forma di mandorla e la passavo e ripassavo sulla bocca dello strumento con effetti sempre diversi suggeriti dal maestro e consoni al brano in esecuzione. Trillavo vivacemente. Strimpellavo brioso. Mi abbandonavo a lunghe, languide legature sentimentali. Cosa suonavamo? Arie napoletane, *Torna a Sorrento*. E "Giovinezza, giovinezza, / primavera di bellezza". *Faccetta nera*.

Il maestro era molto soddisfatto, il complessino veniva spesso richiesto qua e là, ci esibivamo in scuole, palestre, teatrini parrocchiali. Una volta mi diedero una croce al merito, bianca e azzurra, indimenticabile. Ero diventato un mandolinista, senza nulla sapere del connotato negativo che il termine aveva avuto in epoca pre-fascista nei Paesi confinanti col nostro: italiani, un popolo di mandolinisti.

E invece quel popolo, guarda un po' che s'era conquistato un impero, alla faccia di tutti i demoplutomassonicogiudaici del mondo. La notte della proclamazione, però, io suonavo il mio mandolino in fondo a corso Francia, in non so più quale remoto istituto. Guidati dal maestro, ci spostavamo in tram, ciascuno col suo strumento ben riparato nell'astuccio. Al ritorno in piena notte (ma saranno state le undici al massimo) il tram si dovette fermare, una immensa folla di torinesi tripudiava per le vie e le piazze bloccando la circolazione. Tornai a casa strusciandomi lungo i muri, controcorrente, col mio mandolino in spalla, frastornato da quei clamori di cui capivo a malapena il senso. Sì, certo, l'Impero, il Duce, Addis Abeba. Poi tutto finì, col passaggio al ginnasio. Non ebbi più occasione di rivedere il maestro, smisi di suonare il mandolino, che andò perso in qualche trasloco. Un uomo tanto appassionato non era tuttavia riuscito a trasmettermi la sua passione, dopotutto. Quella si accese decenni dopo e per puro caso, come spesso avviene. Mi portarono in un cinema-teatro torinese ad ascoltare un povero allestimento di un'opera di cui avevo ascoltato molte arie alla radio. Era *La traviata* e lì m'innamorai.

Passaggio *ainast*

Molta luce abbagliante, molte verdi ondulazioni corren-
do in macchina verso una città che non vedo da anni,
con un nome a rifletterci insolito, strano, di non fulmi-
neamente ricostruibile origine latina: Asti. C'erano gli
"astati", al ginnasio, e pressappoco a quegli anni lontanissimi risale il mio primo incontro con quel nome,
quando sentii chiamare per intero il paese dove mia
nonna aveva la piccola casa delle nostre vendemmie,
Passerano d'Asti. La precisazione "d'Asti" lasciava
intendere che ci fossero altre Passerano, di Foggia, di
Arezzo, o di chissà dove, sparse per l'Italia. E ricordo
come i passeranesi usassero, usino ancora, una sola
parola di moto a luogo, "*ainast*", per indicare un viaggio al capoluogo.

Di viaggi *ainast* ne feci poi non pochi anch'io durante la Seconda guerra mondiale. Rimandato in matematica, pedalavo con un amico per una trentina di
chilometri (c'era solo la pena della salita di Cortanze,
all'andata, che però superavamo senza metter piede a
terra) per arrivare infine a una città non vista, non vi-
sitata, priva di qualsiasi interesse. Spiccava entrando
quell'alta torre – altro non notavamo, non sapevamo.
Lunghi viali di cui forse erano stati tagliati gli alberi
per far legna. Poca gente in giro, qualche carro e carretto, rarissime automobili, piccole, tristi botteghe, ve-

trine semivuote. Nessuno del resto si aspettava di più, la guerra premeva anche qui, il basso profilo era comune a tutte le città. Il Palio? Nessuno ce ne parlò mai.

Andavamo a mangiare due uova in una latteria desolata in una viuzza desolata, poi risalivamo in bicicletta, io per farmi la mia (inutile) lezione a Baldichieri, dov'era sfollata la mia insegnante; e il mio amico per raggiungere Monale, dove corteggiava con ostinata timidezza una bellissima e impervia giovinetta. E nel tardo pomeriggio ritorno a Passerano (d'Asti). Quella era dunque la città che vedevo, un luogo di passaggio segmentato da lunghe spaccature di luce intensa e ombre amiche nel gran caldo dell'estate.

Dopo, ebbi poche occasioni di contatto con Asti, sebbene, come dire, più mirate, più memorabili. Una volta in una chiesetta sconsacrata alla periferia della città, dove il pittore Terzolo inaugurava una esposizione di suoi quadri. Bellissima la chiesa (di cui però non ricordo il nome), bellissimi i quadri di Terzolo: fornaci, giardini, interni abitati da misteriose caldaie e enigmatiche adolescenti, come in Bacon. E un'altra volta al teatro Alfieri, per presentare *Razmataz*, il singolare volume operistico di Paolo Conte, musicista borgesiano, tenero e straziante archeologo chino tra i marmi, i mosaici, le colonne spezzate del jazz.

Un eccentrico, un "originale" nel senso piemontese del termine. Ma non stupefacente per me che nel frattempo avevo scoperto quell'altro prodigioso eccentrico locale, incatenato nei micidiali infernotti della scuola, il conte Vittorio Alfieri. Dirò sottovoce, per non farmi sentire dai produttori tv, che in tutto l'arco della letteratura italiana non esiste un altro romanzo d'azione e d'avventura come la *Vita*, scritta, molti così insinuarono, per superbia e autoesaltazione, senza vedere il *sense of humour*, l'ingenuità, la generosità, la simpatia e beninteso il genio del personaggio. Né Conte né il conte parlano mai del Palio e tuttavia

45

mi sembra necessario, se non indispensabile, tenere a mente quelle due ombrose figure quando si entra infine nella città in un luminoso giorno di settembre per assistere alla "carriera".

«Mah...»

A tutte le mie domande tutte le risposte cominciano con quel dubitativo. Mah... Veramente no, non c'è fanatica rivalità fra i borghi che corrono, non si odiano, non si picchiano, non devono intervenire pacieri e carabinieri. Durante il resto dell'anno tutto è quieto, i borghigiani non si rinfacciano antichi e imperdonabili sgarbi, non si inventano burle e sarcasmi crudeli gli uni contro gli altri, non minacciano rivincite o vendette atroci.

E già questa è cosa curiosissima. Documenti d'archivio (che non ho visto) dicono che il Palio risalirebbe al 1275, una corsa, una sfida molto antica, dunque. Ma abbandonata più volte, ripresa, lasciata ancora cadere per lunghi periodi, dimenticata e finalmente "riscoperta" nel secondo dopoguerra. Ma non si trattò affatto di una riscoperta e mi chiedo se quei promotori si rendessero conto di ciò che stavano tentando. Una tradizione si perpetua di padre in figlio, di generazione in generazione, una fila ininterrotta di nonni che raccontano ai *matun* (questo credo sia il nome dei bambini in dialetto) le gesta passate. Qui tradizione non c'era, c'era qualche antica pergamena, la memoria individuale di pochissimi.

Mah... Sì, certo, furono in pochi all'inizio, un'idea venuta così, una sera in un circolo o in una casa privata, il Palio sarebbe da riprendere, da rivitalizzare, perché no, un bel vantaggio turistico per la città, una bella festa tra le rosse mura, i cavalli, i costumi, le bandiere... Un'operazione fantastica – appare invece a me –, un colpo di magia concepito e messo in atto da altri "originali" indigeni (è lì la tradizione): risuscitare la fanciulla stesa sul palcoscenico nella teca di vetro, trafitta dalla spada dell'oblio. Un sogno vertiginosamente ambizioso, forse suggerito dai tanti "suoni e luci" sparsi per le terre di Francia, ma ispirato, riscaldato dalla passione autentica per la propria città, il proprio campanile. Una finzione in geniale anticipo sulla cosiddetta *fiction*, un medioevo immaginario, recitato, ma con radici nobili, colte, messe a dimora dal grande revival di fine Ottocento, col castello di Fenis trapiantato sulle rive del Po al Valentino, con Paggio Fernando di Giacosa e il pirandelliano sdoppiamento di Enrico IV imperatore.

Mah... Ma, scendendo dall'albergo sulle alture verso la città, già la vedo con altri occhi, l'antico comune, le mura (quel che ne resta), le torri (che dovevano essere fitte come a San Gimignano), le chiese, le ritorte stradine, le piazzette, una compattezza non chiusa, non ostile, che lascia filtrare un impressionante giacimento di Storia. Infinite battaglie, clangori di spade e mazze, assedi uno sull'altro, passaggi da sovrano a sovrano; fondali impliciti di cui il cittadino europeo ha bisogno per vivere. Come si vive ad Asti?

Mah... Non male, in fin dei conti, Asti ha i soliti problemi di tutte le città, molte cose non funzionano, altre potrebbero funzionare meglio, altre vanno più o meno bene. Difficile strappare di più ai nativi di questo pudico (più che modesto, più che scettico) capoluogo, dove pochi sembrano consapevoli della loro fortuna e dove io potrei tranquillamente decidere di trasferirmi da un giorno all'altro, a passeggiare nell'amabile, accogliente varietà di palazzi e portici, vicoli e piazze improvvisamente spalancate.

In una di queste si corrono oggi le batterie per scegliere chi correrà il Palio domani. È la piazza principale, un vasto trapezio ornato d'alberi e bordato tutto attorno da uno spesso nastro di terra selezionata da esperti geologi, battuta e ribattuta dagli zoccoli. Alte tribune coi sedili di plastica multicolore consentono al grosso del pubblico di assistere ai giri di galoppo. Sole e ombra spaccano la piazza e le file di seggiolini, distribuiscono gli spettatori a chiazze disuguali, qui, al riparo dell'ombra, massima concentrazione, mentre là pochi isolati giovani eroi subiscono il pieno sole. C'è davanti a me un piccolo Palio per il mossiere, un affare che a dire il vero sembra di compensato o truciolato dipinto (anche se sarà di pregiato legno), a cui manca autorevolezza, solennità.

Mah... Cosa vuole, sì, certi particolari sono un po' tirati via e anche queste eliminatorie francamente sono troppe, si trascinano, l'eccitazione cala col sole, la gente chiacchiera, beve da alti bicchieri di cartone, si alza, sgocciola via. Cavalli e fantini continuano a gareggiare onorevolmente ma tra batteria e batteria passano lunghi minuti, bisogna dar tempo ai trattori di pareggiare la pista, non c'è febbre, non c'è smania, non c'è suspense. Poche le persone all'interno del grande trapezio, pochi gli spettatori affacciati a finestre e balconi. Cosa vuole, gli astigiani quando c'è il Palio se ne vanno, è come se non lo sentissero cosa loro, emigrano, fuggono dall'invasione, dal chiasso; così mi sento dire con un mezzo sorriso da alcuni accompagnatori che forse non percepiscono il nesso (la tradizione!) con le famose "sprezzature" del conte Alfieri, infastidito dal chiasso che si faceva attorno a Federico il Grande, a Voltaire.

Eppure le luci si accendono in una città chiaramente in festa, vie e caffè gremiti, bandiere e pavesi ovunque, ovunque bambini e gelati. L'atmosfera è quella giusta, da un borgo all'altro si scivola piacevolmente attraverso un mormorio continuo e contenuto, senza urla o cori dissennati, senza ebbrezze di *bute e mese bute*, cui pure devo in quei lontanissimi anni di Passerano stringimenti di cuore leopardiani ("un canto che s'udia per li sentieri / lontanando morire a poco a poco...").

Il banchetto propiziatorio cui parteciperò è ai piedi

dell'imponente cattedrale, una fiancata che da qui sotto si perde nell'alto dei cieli, tempio di rara magnificenza che mi chiedo come abbia potuto sfuggirmi fin qui (ma sono sempre le cose più vicine quelle che sfuggono, ormai lo so). Lunghe tavolate sono disposte nella piazza sotto l'enorme strapiombo di mattoni e qui, come in ogni altro borgo, scorre la cena di vigilia. Piatti di carta, agnolotti memorabili.

Mah... Non male, effettivamente. Buoni *tout court*, diciamolo. E del resto la gastronomia qui ha qualche discreto numero, si muove con un certo successo, c'è da qualche anno una specie di sagra delle sagre, di festival delle specialità regionali, che attira vere e proprie masse di ghiottoni, agnolotti a centinaia di migliaia, chilometri di salami e salsicce, carrettate di antipasti, formaggi, specialità. Oltre alle *bute e mese bute*, s'intende. Mentre il Palio non suscita analoghe acquoline, il Palio va ripensato, va ristrutturato, va aperto, va ristretto, va riportato alle origini... Ma quali origini? Nessuno alza la voce. Nella calda notte ai piedi della cattedrale queste pacate controversie sono musica di civiltà.

Un complessino viene a far musica in una buia rientranza della grande chiesa: un grillo nella ruga di un mastodonte che lascia fare bonario, deve averne viste ben altre. Il punto – mi sembra di capire fra trombe, voci, tamburi – è che al Palio sono stati invitati a correre diversi comuni dei dintorni della città, Montechiaro, Castell'Alfero, San Damiano, Canelli, forse perfino Alba. E sono ormai più numerosi o almeno pari ai borghi locali, i quali dunque finiscono per avere meno probabilità statistiche di vincere. E se per due, tre, quattro anni di fila dovesse vincere un "forestiero", gli astigiani reagirebbero col disamore e l'indifferenza, lo spirito del Palio di Asti si spegnerebbe a poco a poco. D'altra parte, riportare tutto agli esordi, limitare la corsa ai soli borghigiani, escludere ogni coinvolgimento dei paesi vicini, ha i suoi svantaggi, meno pubblico, meno calore, meno figuranti, una festa limitata, impoverita.

Un bel problema, che però qui, sotto l'ala possente, patriarcale del monumento, mantiene proporzioni maneggevoli. Arriva una banda di giovanissimi a fare tifo, poi, sempre dalla nicchia dei musicanti, intervengono alcune figure pubbliche a rallegrarsi, a scambiarsi auguri e felicitazioni. Niente di clamoroso o di ufficiale, le frasi al microfono scorrono via allegramente, attutite dalla soffice immensità della piazza. Se a un certo punto la compagnia non si sciogliesse potrei restare qui tutta la notte immerso nella rara quiete di questa vastità in penombra piena d'echi non minacciosi, rassicuranti.

Mah... Sì, la mattina si potrebbe tornare qui a messa, una messa certo spettacolare, l'intero borgo partecipa... Però c'è pure l'esibizione degli sbandieratori davanti al municipio e lì infine decidono di guidarmi in una luce già molto intensa, per vie già molto affollate di gente curiosa, oziosa, distesa che ha i movimenti pigramente disponibili della domenica mattina in una bella città italiana. Anche questa piazza è per me una sorpresa, piccola, elegantissima, schierata davanti alla rossa chiesa di san Secondo, patrono di Asti, e al curvilineo candore del municipio, un palazzo in cui ha messo mani ristrutturanti – mi dicono – Benedetto Alfieri, zio del poeta e dal poeta amato e rispettato, con qualche benevola riserva circa la sua strabiripante passione per il Barocco. E mi dicono che qua e là per tutta Asti l'architetto lasciò non poche tracce; non pochi interventi e aggiustamenti e abbellimenti si devono al suo talento, più prossimo a una fede che paragonabile a una fissazione, se è vero – come racconta il nipote – che i suoi progetti neppure se li faceva pagare, almeno dagli amici.

Passo per saloni e damascati saloncini fino a un balcone da dove si possono vedere gli sbandieratori, energici ragazzi intenti a eseguire in un quadrato di folla le loro aeree figure, ciascuno con la sua coloratissima danzatrice arrotolata, dischiusa, sbandierata, lanciata in aria, ricuperata all'ultimo istante da mani sicure. In questo gioco sgargiante è normale per chi guarda aspettare l'errore, il passo falso, la goffaggine: si ammira, ma sempre con quella lieve apprensione maliziosa. Ce la faranno? La bandiera non finirà in testa a quella massiccia spettatrice in prima fila? I gruppi si succedono, nessuno sbaglia un gesto, un lancio, una ripresa volante, la signora esce illesa dallo show.

E noi (mah... ci sarebbe questo ristorante o taverna o antica locanda) tutti in gruppo verso un locale alla moda medioevale, accolti da lunghe tuniche fratesche, corpetti, camiciole, legni scuri, brocche, pergamene. Il terrore in luoghi simili è che il padrone o gestore si metta a parlare in latino maccheronico e ti costringa a recitare la parte del viandante, del pellegrino impolverato in arrivo da un lontano santuario. Ma per fortuna non c'è nessun *gaudeamus igitur* e per fortuna, dato il gran caldo di questo settembre, il fuoco non è acceso, non mangeremo spiedi di tordi o maialini arrosto, di cui ti resta pur sempre il desiderio dai tempi delle fiabe. Il menu non ha nulla di turisticamente medioevale, per la selvaggina non è stagione, anche per le grevi zuppe rabelaisiane bisognerà aspettare l'autunno, e il vino non ha le dense asprezze delle bevute goliardiche, scienziati-enologi ne lavorano ogni goccia al microscopio, che Dio li benedica.

Si va dunque al Palio leggeri e inclini all'entusiasmo via via che la folla aumenta attorno a piazza Alfieri, ci s'intrufola sotto i portici per raggiungere i nostri posti laggiù, alla mossa, e la festa è ormai piena festa, tutti si affrettano, gridano, si urtano, sventolano bandiere, spingono carrozzine pavesate, perdono amici e parenti. Non tento neppure di distinguere gli indigeni dai forestieri, non ne ho i mezzi, ma mi pare difficile che questo fiume in fervido movimento non sia formato in prevalenza da uomini, donne, vecchi, bambini astigiani (o astesi) – come ieri insinuava un astigiano *distisur*, senza dubbio esagerando, compiaciuto forse di esibire il carattere tradizionalmente schivo, retrattile, del suo popolo e in generale del popolo piemontese. Avrei la tentazione di improvvisare una di quelle inchieste volanti che tanto mi irritano in televisione, fermare cinque o sei persone a caso e chiedergli se sono astesi o bavaresi o gallesi; ma l'insensatezza, la vanità di simili campionature (randomizzazioni, le chiamano anche) mi fa desistere e rinuncio a conoscere la composizione di un pubblico molto fitto, già tutto assestato sulle poltroncine di plastica multicolori.

Una sonora voce maschile parla ininterrottamente in un microfono sopra di me, a intasare ogni minimo spicchio di silenzio. Una moda (un vizio) importata dall'America, dove ogni evento è come se non esistesse quando non sia commentato, gridato attimo per attimo in tempo reale, come ormai si dice. Tu sei lì, vedi tutto benissimo per conto tuo, ma quell'implacabile officiante si sente in obbligo di spiegarti, narrarti, illustrarti ciò che si svolge sotto i tuoi occhi. È una specie di delirio telecronistico da cui ho visto contagiati bambini intenti a giocare a calcio o a correre in bicicletta: mentre pedalavano o colpivano di testa il pallone, raccontavano se stessi, assurdi ma al tempo stesso bisognosi di un cantore epico. E questo incessante parlatore ha in fondo qualcosa di omerico, anche se qui sfila un lungo corteo di personaggi e episodi storici più che mitici.

Una sorta di recita in movimento: ogni rione o paese partecipante ha infatti sfogliato i suoi preziosi archivi scegliendo alla fine un matrimonio fra principi, la conquista di un castello, un'usanza contadina, una rievocazione di arti o mestieri dimenticati, un trattato, un'esecuzione capitale; e con gran cura sono stati cuciti lungo l'anno costumi raffinatamente d'epoca portati ora in piazza con cavalli, muli, carri e carrette, tamburi e trombe, paggi e palafrenieri e altere dame e povere servette. Sono ventuno minisceneggiate, ma vanno svelte una dopo l'altra seguendo tutto il trapezio, ammirate e applaudite affettuosamente dalle tribune dove siedono le autorità, il vescovo, il sindaco, il comandante dei carabinieri, il presidente della banca e altri indispensabili dignitari.

A vent'anni sarei fuggito al galoppo da una scena come questa, anche senza sella. Pensavo allora che ogni pubblica cerimonia – dal cambio della guardia a Buckingham Palace all'inaugurazione dell'anno accademico – fosse un "massimo", un'orgogliosa affermazione di sé, una tronfia e miope illusione arrampicata lassù, ignara di tutto quello che succedeva intorno. Ma come, siamo fino al collo nel caos, nell'atroce e funesto e spaventevole disordine del mondo, e questi qui si presentano pettoruti con ermellini e colbacchi, medaglie e sciarpe tricolori?

È la vita a poco a poco a farti capire che proprio non hai capito. Queste futili feste non sono un massimo, sono un minimo. Il minimo che noi poveri abitatori dell'incomprensibile notte possiamo fare per regalarci un po' di luce. Espedienti, trucchi, rappresentazioni mascherate sono nei millenni il solo sollievo, l'unica, umile, momentanea sortita dal tremendo assedio della vita.

E allora vedrai un capitano del Palio caracollare impennacchiato nel suo invincibile costume rosso fuoco fino al reggitore della città, lo sentirai chiedere licenza di dare avvio al Palio, e riceverla, nel nome di san Secondo. E vedrai i cavalli arruffarsi davanti al canapo e infine partire per tre volte, lanciarsi per tre volte sull'anello di terra, fino a che tre più tre più tre verranno prescelti, e i nove rimasti in gara si contenderanno il Drappo. Uno lo vincerà.

Ma tu, seduto sulla tua seggiolina, spettatore di quei furiosi galoppi, incantato da tutti quei lampi di colore che si precipitano attorno alla piazza, intenerito dagli anni, dai ricordi, dalle gioiose scenografie, dagli addobbi, dal finto medioevo, dal vero medioevo, da Vittorio Alfieri e da Paolo Conte, il tuo piccolo palio personale l'hai già assegnato. Alla città, ad Asti, a chi altri se no?

Germania felix

A partire dal 1975 i romanzi di F&L cominciarono a essere tradotti e pubblicati in Germania presso l'editore Piper di Monaco di Baviera, una casa di media grandezza e nobili tradizioni. Klaus Piper incarnava esattamente quello che uno s'immagina debba essere un vecchio gentiluomo tedesco: molto alto, molto elegante, cortesissimo, ironico, c'invitava talvolta a casa sua, si metteva al piano e suonava con slancio soave gli *Improvvisi* di Schubert. Aveva pubblicato con enorme successo *Il gattopardo* e da allora si era per così dire specializzato negli autori italiani, per i quali organizzava quei giri di presentazione città per città che procuravano una rosea ricaduta sulle vendite.

Regista di tali macchinose avventure era la direttrice dell'ufficio stampa, Frau Bubolz, una berlinese (emigrata) sulla cinquantina, con l'allegra faccia di una mela rossa, un tagliente umorismo e un carattere di ferro. La prima volta si presentò con il braccio sinistro ingessato e levato in una specie di saluto nazista, e tutto divenne subito molto divertente. Non conoscevamo la Germania se non attraverso il film di Rossellini *Germania anno zero* e con un certo sciocco stupore constatammo che quella agghiacciante distesa di rovine, mozziconi, cumuli di macerie non esisteva più da nessuna parte. In trent'anni tutto era stato ricostruito, le città grandi e piccole avevano riacquistato ordine, identità, ricchezza, vita.

Frau Bubolz, affettuosamente imperiosa, ci guidava e sospingeva col suo braccio di gesso da un aeroporto all'altro, da un treno a un tassì, da un grande albergo a una civettuola locanda "tipica". Le presentazioni si svolgevano in librerie, teatri, istituti culturali, università, ed erano sempre seguite o precedute da interviste con tv locali, stazioni radio, giornali, riviste, secondo una programmazione ineludibile, sfibrante, ma anche lusinghiera. Questo sì che era un trattamento adeguato ai nostri capolavori! I nostri cuori si sciolsero definitivamente quando scoprimmo che il pubblico di quelle sale sempre gremite e plaudenti pagava il biglietto per venirci a sentire, come se si fosse trattato di una coppia di cantanti. E alla fine decine e decine di Petra e di Ute, di Bernd e di Wolfgang si mettevano religiosamente in fila col volume in mano per farselo autografare. Più la conoscevamo, più la Germania ci incantava. Norimberga e Berlino, Osnabrück e Colonia, Braunschweig e Lubecca, ogni città aveva il suo immacolato centro pedonale, i negozi di lusso, le luminose pasticcerie, le calde birrerie, i suoi ampi viali, i suoi giardini perfetti, e grattacieli, canali, antiche chiese.

Antiche? Be', certo sapevamo che Amburgo e Dresda erano state distrutte dalla "tempesta di fuoco", un fenomeno termico causato da vari fattori oltre che, ben inteso, dalle bombe incendiarie. Ma perfino Amburgo, perfino Dresda non sembravano così malconce sfilando sotto i nostri occhi. Certi spicchi di palazzi sopravvivevano, certi muri di cattedrali o campanili o bastioni esibivano pietre forse un po' troppo chiare, un ponte, una gentile piazzetta, un colonnato avevano senza dubbio un'aria "rifatta". Ma l'insieme era bello, era prospero, era moderno, lievitava. Del nazismo non parlavamo mai e quanto alle piaghe lasciate dai bombardamenti non si vedevano, i nostri ospiti vi accennavano appena, scrollando le spalle. Qui una volta c'era una biblioteca, là una torre, laggiù un castello. E si cambiava discorso. La Germania per noi, commessi viaggiatori di noi stessi, era un felice paese, con molti lettori (di rara intelligenza), molte città e borghi accoglienti, che aveva saputo tirarsi fuori dalla guerra con ammirevole solerzia, genialità, fantasia, e che non aveva più nulla a che fare col suo tragico passato.

Un libro terribile e affascinante (Jörg Friedrich, *La Germania bombardata. La popolazione tedesca sotto gli attacchi alleati 1940-1945*) mi costringe infine a capire che della Germania io non so niente, non ho capito niente, non ho visto niente. L'autore è uno storico militare tedesco noto per le sue ricerche, non revisioniste, sul nazismo, che ha dedicato uno studio molto approfondito e molto ben documentato a quella che si può tutto sommato definire una rimozione collettiva, anche nostra, anche mia.

L'autore illustra la teoria strategica che ispirava la distruzione sistematica del territorio nemico mediante i bombardamenti. Ne era promotore un generale italiano, Douhet, e se ne discuteva tra esperti e progettisti, cui però ancora mancavano gli strumenti adatti. Hitler stesso considerava l'incendio totale di Londra come un'attraente possibilità, ma non gli riuscì di metterla in pratica. Ci riuscì invece per gradi e successive elaborazioni la formidabile macchina industriale alleata e la grande impresa poté infine realizzarsi sotto il nome di *moralbombing*.

L'idea era semplice: fiaccare il morale dei civili, casalinghe e operai, impiegati e bottegai, spingendoli a ribellarsi al nazismo. Ma il nazismo aveva le sue saldissime e ramificatissime organizzazioni, aveva spie dappertutto (anche in famiglia) e i civili tedeschi si trovarono stretti in una morsa senza scampo: il terrore assoluto delle bombe da un lato e dall'altro il terrore assoluto della Gestapo. Non ci fu nessuna sollevazione. I superstiti strisciavano fuori dal buio fitto delle cantine e dei bunker surriscaldati e si trovavano in un mare di fiamme, laceri, intontiti, completamente smarriti. «Abbiamo cominciato noi, ce lo siamo voluto.» Bastava una frase come questa (e c'era un decalogo apposito ad uso dei delatori) per essere arrestati in quanto "disfattisti" e fucilati. Lo sciacallaggio tra le rovine veniva represso ferocemente, un soccorritore che s'era intascato un salamino di duecentocinquanta grammi venne processato e messo al muro. Il partito, che aveva causato quella catastrofe e non era in grado di contrastare con i caccia e la contraerea gli stormi di mille o duemila bombardieri in volo giorno e notte sulla Germania, si impegnava però a fondo nell'assistenza, apprestava rifugi in calcestruzzo e fosse comuni, smistava milioni di senzatetto, distribuiva coperte, panini, acqua potabile, morfina. I senzatetto cercavano riparo nelle campagne, nei boschi, erravano da una regione all'altra, molte mamme obnubilate si portavano nella valigia il cadavere carbonizzato del loro bambino. Che mai potevano fare contro l'onnipresente regime queste mandrie apatiche e stralunate?

Il *moralbombing* fu un fallimento, ma seguiva ormai il suo corso inarrestabile e infantiloide. Bombe sempre più potenti, spezzoni incendiari sempre più sofisticati, sistemi di puntamento e lancio sempre più infallibili. La teoria stessa si modificò atrocemente: gli obiettivi "sensibili" erano all'inizio soltanto militari – fabbriche, ferrovie, ponti, caserme –, ma si giunse via via alla conclusione che tutto quanto stava nei pressi di tali bersagli era ugualmente importante per demoralizzare e paralizzare il nemico. E "nei pressi" c'erano appunto le città, meglio se antiche, meglio se costruite con molto legno e strette viuzze; l'effetto "tempesta di fuoco" era garantito.

Ci passò la Germania intera, le metropoli come le cittadine di sessantamila abitanti, i centri storici, le periferie, i villaggi. Quel tanto o poco che si era potuto mettere in salvo fu risparmiato ma le architetture di secoli, romaniche, gotiche, barocche, rococò, neoclassiche furono rase al suolo. Incunaboli preziosissimi finirono in cenere; statue, affreschi, fregi, cori lignei vennero spazzati per sempre dalla faccia della terra. Aquisgrana e Münster, Bonn e Hannover, Erlangen e Kassel, tutti luoghi che credevo di aver visto seguendo il braccio levato di Frau Bubolz erano di fatto una finzione, un prodigioso, eroico allestimento scenico. Il paesaggio del passato è perduto per sempre e capisco soltanto ora che è perduto anche per me, che il lutto, la mutilazione, ferisce inguaribilmente ogni decente europeo.

Mi chiedo tuttavia come una così spaventosa tragedia sia potuta rimanere fuori dalla mia non proprio indifferente portata per tanti anni. Non è tutta colpa mia, però. La distruzione della Germania fu in Germania a lungo un tabù. Mancavano le parole per raccontare un evento tanto inconcepibile. Non ci si poteva credere, non c'era modo di elaborarlo e riproporlo in romanzi, racconti, poemi. Ci provarono in due o tre, con risultati modesti. Ci furono cronache locali, ricordi di sopravvissuti scritti a colpi di frasi fatte. Ma nemmeno Goethe, nemmeno i grandi romantici tedeschi e forse nemmeno Milton e Shakespeare sarebbero stati all'altezza. Omero, forse. O i tragici greci. Ma la letteratura tedesca del dopoguerra girò al largo, non ebbe la forza di affrontare quella perdita totale, definitiva. Ogni scintilla di energia venne convogliata verso la miracolosa ricostruzione, da presentare poi a frivoli passanti della mia specie. Ricordo con tenerezza ma non senza vergogna quei viaggi per Renania e Westfalia, Baviera e Brandeburgo e quasi vorrei scusarmi con tutte quelle Petre e Ute e Grete, con Frau Bubolz che col suo braccio di gesso ci indicava un doppio arcobaleno sopra la foresta di Teutoburgo, quella di "Varo, Varo, rendimi le mie legioni" e Franco e io a inneggiare «*Wunderbar! Wunderschön!*» come due scemi.

Douce France

C'era questo telefilm settimanale francese intitolato "Il comandante Florent" che guardavo puntualmente senza sapere bene perché. Il comandante in questione, di una stazione di gendarmeria, è una donna (la superba trovata!), bruna, sottile, grandi occhi molto lavorati, caruccia ma zero sex-appeal, forse è vedova, forse è single più figlioletto, che vive in caserma e conduce fermamente le indagini tra colleghi invidiosi, leali, amorosi, pasticcioni.

Gli episodietti polizieschi sono quello che sono, un filo sopra la decenza, un pelo sotto la verosimiglianza. Boscaioli piromani, assessori corrotti, notai infidi, torbidi camionisti, e rancori antichi, vendette, cupidigie, un po' di corna, un po' di caccia, un po' di casolari circondati (ma nessuno controllava la finestrella del bagno?) e lei, *le commandant*, doverosamente spericolata, che si butta nei fiumi, scala dirupi, insegue a cavallo un omicida fuggiasco, affronta mitra, pistole, coltelli senza battere il vistoso ciglio.

C'è in giro di peggio, per carità, ma dopo qualche puntata mi sono chiesto perché mai stessi a seguire quelle modeste vicende. Forse era *le commandant* che mi attraeva, mi affascinava? Ho sentito dire che ci sono uomini così, con la perversione dell'uniforme, collegiali, infermiere, soldatesse, vigilesse, operatrici ecologiche, camerierine con la cuffia. Possibile che proprio adesso, mio malgrado, il mio inconscio si fosse beccato un simile bacillo? O forse c'era già prima, dormiente dall'infanzia? Rimestavo tra memorie lontane, le piccole italiane, le suore dell'asilo, le tranviere durante la guerra, le ausiliarie di Salò. Niente, non un palpito, non il minimo trasporto. Guardavo la gendarmessa francese con la sua mitraglietta spianata a un posto di blocco in campagna: un fosso, una curva, un bosco che copriva dolcemente una dolce collina. E lì ho infine capito. Era il fosso a incantarmi, era la strada, era la campagna francese. Era la Francia, la nostalgia per la *Douce France*, che mi teneva fermo davanti alla tv.

Avevo uno zio ingegnere sempre in movimento tra Algeria, Belgio, Svizzera e altri Paesi ancora, ovunque la sua impresa lo inviasse. Faceva anche lunghi soggiorni a Parigi e ne tornava con regalini per le sorelle, profumi, foulard, romanzi di Maurice Dekobra (tempo fa ho provato a leggerne uno; impossibile). Anche dischi, e fra questi, messo e rimesso sul grammofono a manovella, Joséphine Baker che cantava "*J'ai deux amours, mon pays et Paris...*".

A quel disco risalgono i miei primi rapporti culturali con la Francia. Non sapevo chi fosse Joséphine Baker (perché tanti sorrisetti degli adulti?), né capivo che cosa dicesse, ma il trillo acuto di quella vedette americana e nera depositò dentro di me l'embrione di una preferenza. Decenni dopo, quando ormai si occupava di nobili cause a favore dell'infanzia, Joséphine passò anche a Torino ma io non andai allo spettacolo, mi rattristava l'idea di vederla invecchiata, con il suo gonnellino di spente banane. Queste celebrità epocali vanno applaudite nel momento del loro massimo fulgore simbolico; poi, come dice il poeta, "il primo minuto dopo mezzogiorno è notte".

Era a Parigi, era nel 1932, era al Bal Nègre che avrei dovuto incontrarla, come accadde al più fortunato Simenon. Sono sempre stato persuaso che l'invidia, la vera invidia tra scrittori non esista. Ogni scrittore invidia ovviamente tutti gli scrittori che giudica di rango più basso del suo e che però vendono e guadagnano molto più di lui, quei palloni gonfiati. Ma appunto, si tratta di una invidia strettamente bancaria, non è che uno vorrebbe aver scritto lui quello straccio insignificante di bestseller. E verso i grandi non c'è invidia, nessuno scrittore che non sia in stato di demenza giovanile o senile pensa seriamente che i suoi libri valgono quanto quelli di Flaubert o Kafka o Dostoevskij. Anche perché le vite vissute dai sommi appaiono per lo più tormentatissime – qualche gelato per Leopardi, qualche leone per Hemingway, qualche uovo al burro per Proust (nel ristorante del Ritz), ma altrimenti ossessioni, fissazioni, disperazioni una via l'altra.

Così anche per Simenon, crudelmente tartassato dalla vita, sia pure magari un po' per colpa sua. Se era quello il prezzo da pagare per Simenon meglio lasciar perdere, nessuna invidia. E tuttavia una assurda meschinità repentinamente ti rode quando scopri che Simenon fu per quasi tre anni l'amante della Venere nera, ai bei tempi. Corri urgentemente ai ripari: nevrotico lui, nevrotica certamente lei, sarà stata una *liaison* tempestosa, irta di urla, rinfacciamenti, male parole, musi lunghi. Una cosa insopportabile, da girarci al largo. Ma intanto quei due, l'uomo della pipa e la donna delle banane... Invidia retrospettiva totalmente insensata. Ma invidia pura, ahimè.

Poi venne la guerra, la "pugnalata alla schiena", l'armistizio con la Francia. Una qualche delegazione francese era installata in un villino sotto il Monte dei Cappuccini e io, che abitavo da quelle parti, passavo ogni tanto in bicicletta lì davanti e vedevo quegli ufficiali col chepì cilindrico, eleganti e compassati (e immagino umiliati e schiumanti). Poi la letteratura, naturalmente, la scoperta – vorrei dire carnale – dei grandi autori francesi, della pittura, dell'architettura, della storia, perfino della politica. Ricordo ancora i titoloni per l'attentato al giovane deputato François Mitterrand, vicino al Luxembourg negli anni Cinquanta, che fu forse un falso attentato, organizzato dalla scampata vittima per motivi oscuri.

Ma tutta quella esaltante scorpacciata non c'entra niente con l'indomita gendarmessa al posto di blocco. Il fosso dove tra poco dovrà forse gettarsi per evitare una muta assassina è lo stesso dove io ho cercato e talvolta trovato dei mazzetti di crescione. E in quel bosco ho percorso un sentierino nelle sue svolte gentili fino al culmine della collina. E al di là c'era la Francia intera, con il suo cielo sempre movimentato, le sue ondulazioni multicolori, i suoi lampi di luce su un fiume mansueto e lontano.

Il paesaggio francese è di una bellezza impossibile da definire decorosamente. Un effetto di vastità, sempre. Quando sbuchi sul ciglio di un altipiano e sotto si estende all'infinito un arazzo grandioso e minuzioso, un recinto con qualche mucca, due cavalli, in primo piano, e poi un tenero precipitare di campi gialli o azzurri di lavanda o terrosi di barbabietole o verdissimi d'erba, e un tozzo campanile, un bruno villaggio, una fattoria fortificata a metà di un pendio. Appariva così a Giulio Cesare quando si mise in testa di conquistare le Gallie? No di certo, tutto doveva essere molto più aspro e selvatico.

Il paesaggio francese di oggi è civilizzato, è ancora regale più che repubblicano, ha come un'aura, una smaltatura quattrocentesca. Si capisce che facesse gola agli inglesi, si capisce che Giovanna d'Arco difendesse queste visioni nobili e scintillanti sparse tuttavia di intimità, di affettuosa raggiungibilità per quelle serpeggianti stradine. Non posso certo dire di conoscere bene l'Esagono, che pure ho attraversato non so quante volte in tutti i sensi. Non ho mai visto la Bretagna, la

Normandia, tanto per dire, e Mont-Saint-Michel è una cartolina, Lascaux una fotografia d'arte.

Ma negli anni precedenti le autostrade e il TGV niente mi entusiasmava come mettermi al volante con vaghi propositi e nessuna prenotazione, capitare la sera in un villaggio imprevisto o in una città come Auxerre (dove, non dimentichiamolo, ha sede la gendarmeria della mia Florent Isabelle) e trovare un alberghetto, un ristorantino, una cattedrale sontuosa, un canale con le sue nere chiatte alla fonda. Troppo lungo sarebbe l'elenco di tutti quei miracolosi incontri, ma se fossi Victor Hugo scriverei uno dei memoriali di una città che non ho mai visto, che per me è solo un nome scandito nella notte.

«*Laroche-Migennes! Laroche-Migennes! Deux minutes d'arrêt!*».

Per raggiungere Lucentini prendevo da Torino una specie di Espresso che non fermava a Fontainebleau, filava dritto a Parigi. Dovevo scendere a Laroche-Migennes e aspettavo mezz'ora un treno locale. Entravo nel minuscolo Café de la Gare, chiedevo un panino (*fromage ou jambon?*) e una birra, mi sedevo sulla panca esterna e fantasticavo su Laroche-Migennes, invisibile nel buio. Quant'era grande? Chi ci abitava? Esisteva veramente?

Oggi mi chiedo che cosa sarebbe stato capace di tirar fuori Simenon da un simile enigma. Ma lui aveva la Venere nera, non c'è partita.

Mutandine di chiffon

Al principio degli anni Trenta il mio era un indirizzo precollinare, via Villa della Regina, sulla riva destra del Po. L'appartamento non era nostro. La casa, decorosamente borghese, apparteneva a un certo dottor Francini, che abitava altrove e della cui stessa esistenza, a quella tenera età, non avevo comprensibilmente nemmeno il sospetto. Il quartiere era a quel tempo un vero paradiso per bambini e ragazzini. C'era il Monte dei Cappuccini con la sua funicolare e la sua ripida china, giù per la quale, negli inverni nevosi, ci si poteva precipitare su uno slittino. C'era il grande ovale in terra battuta dell'Esperia per disputare interminabili partite di pallone. C'era la Villa della Regina in perfette condizioni, dove salivo talvolta a giocare col figlio della guardiana, mio compagno di classe. E c'era il saliscendi di vie, viali, corsi, piazze tutto per noi ciclisti forsennati, che nella quasi totale assenza di automobili rappresentavamo l'unica minaccia per i pedoni. Provo oggi un senso di intenerito stupore quando leggo di questa o quella iniziativa, di riunioni, comitati, convegni promossi per dare nuova armonia a quel borgo tranquillo. I volenterosi che vi si impegnano aspirano, sembrerebbe, a qualcosa che al tempo, per noi, era scontata, era già lì, nemmeno ci si faceva caso. Un piccolo tram rosso che se ne veniva su scampanellando, ville e villini immersi negli alberi, scuole, collegi, istituti, pensionati (cosa mai significava la parola "vedovenubili"?), da cui d'estate trapelavano criptiche nenie. E c'era a portata di mano tutto il piccolo commercio che serviva: il panettiere all'angolo, il lattaio-gelataio, la pescheria un po' più in giù, la salumeria, il barbiere Moccia. Il ciabattino faceva anche le scarpe, meno care di quelle della produzione in serie vendute nei grandi magazzini; e così, fino a una certa età, scarpe, vestiti, camicie, cappotti, tutto quello che indossavo era "su misura".

Ogni tanto correvamo sul balcone (a panciute colonnine di cemento, non di marmo), richiamati dalla esplosiva fanfara dei bersaglieri, "Quando passan per la via gli animosi bersaglieri". Avevano la caserma in via Asti e scendevano di corsa, cadenzati e piumati con in testa il colonnello, forse un po' più corpulento ma non meno aitante della sua truppa. In fondo alla discesa c'era la Gran Madre, il tempio neoclassico eretto per il ritorno dei Savoia dopo Napoleone, misteriosamente citato in un inno fascista: "Verrà, quel dì verrà, che la Gran Madre degli eroi ci chiamerà". Perché ci avrebbe chiamati? E cosa avremmo fatto, una volta lì, in quella che per noi era soltanto la chiesa parrocchiale dove l'incenso mi faceva talvolta stramazzare svenuto?

Lungo il fiume lussureggiava il parco Michelotti, col suo labirinto di platani enormi, di radure, cespugli, sentieri, e al centro del quale d'estate un vasto spiazzo veniva riservato al cinema all'aperto. In quel magico luogo mio padre ci conduceva, con la dovuta moderazione, ma vedere *Capitan Blood*, *L'isola del tesoro*, *La Primula Rossa*, succhiando nel frattempo un gelato, produceva il tipo di appagamento estatico perseguito, suppongo, dai consumatori di cocaina, crack, LSD e pasticche varie.

La guerra e lo sfollamento misero più o meno fine a tutto questo. A Torino, come chiunque altro, ci venivo con mezzi di fortuna – in bicicletta, su ansimanti corriere, camioncini a carbonella, carri bestiame da Chieri – e trovavo come tutti cumuli di macerie, nubi di polvere rossiccia, grigi lavandini sospesi sul vuoto. Ma la casa di via Villa della Regina, a parte i vetri, restava intatta. Per motivi connessi col disordine prevalente venivo qualche volta mandato a pagare l'affitto al dottor Francini, in piazza Statuto. Mi veniva ad aprire silenziosamente una donnetta minuta e grinzosa, che mi invitava a infilarmi certi grossi pattini di panno e a scivolare così sul parquet lucidissimo fino allo studio del dottore. Era sua moglie, olandese o tedesca, non l'ho mai saputo. Il dottore non era dottore in medicina, forse in legge o in lettere, o un commercialista. Era grosso, massiccio, con un po' di pinguedine tra le bretelle. Si alzava a mezzo dalla sua scrivania bofonchiando con una voce grave, ghiaiosa, ritirava la mia busta, si risedeva a compilare la ricevuta e, scivolando anche lui sui pattini di panno, mi riaccompagnava alla porta. Erano incontri brevi e non privi di tetraggine, forse per via di quelle stanze buie, chiuse, odorose di cera, o forse per via dei rapporti tra i coniugi Francini, che intuivo tesi, aspri. Era lei che lo faceva "correre"? O lui, che era malato, sarcastico, insopportabile? Non ricordo di aver mai sentito una risata tra quei muri di piazza Statuto. E d'altra parte che avrebbero avuto da ridere i vecchi Francini in quei tempi calamitosi?

Dopo la guerra crebbe ancora l'inflazione e con l'inflazione arrivò il primo blocco degli affitti. Non so se il dottor Francini avesse altre case "da reddito", ma certo l'affitto che gli pagavamo noi divenne in pochi mesi ridicolo. Mio padre, che anche lui non nuotava nell'oro, si vergognava tuttavia di quell'ingiusto vantaggio offertogli dallo Stato e ogni tanto portavo al dottor Francini una somma maggiorata, sia pure di poco. Lui sogghignava amaramente, e ringraziava appena, compilava la ricevuta e pattinava con me fino alla porta. Ma presto persi ogni contatto coi Francini, non rividi mai più né lui né la sua striminzita moglie tedesca o olandese. So che vendette la nostra casa, forse anche si trasferì da piazza Statuto, si stabilì chissà dove, insomma sparì.

Qualche estate dopo un amico più vecchio di me, fine coltivatore di anticaglie e ricercatezze un po' snob, mi costrinse a seguirlo a un evento musicale che si teneva al Michelotti, nella spianata del cinema all'aperto. Unica star della serata era Gino Franzi, un nome a me del tutto ignoto, che era stato negli anni Venti l'idolo del varietà. «Non si può perdere assolutamente!» diceva festante il mio amico. «Tu pensa, è quello di *Balocchi e profumi*.» Andammo, gelato in pugno. Non c'era folla, il ritorno del celebre Gino Franzi non diceva molto al grande pubblico. Ben in carne, in doppio petto, salì sul palco, cantò *Scettico blues*, un altro dei suoi trionfi (ma non sarà stato *Il blues dello scettico*?), con appropriato disprezzo, disgusto verso il mondo intero. Poi cantò "Mamma, mormora la bambina". Aveva una voce ancora potente e la usava per strapparci fino all'ultima lacrima. «No, ma è stupendo!» sussurrava il mio amico snob. «Ci crede, ti rendi conto? Ci crede!» Il cantante-dicitore drammatizzava, quasi singhiozzava, avvolto nelle strazianti parole

> Per la tua piccolina non compri mai balocchi,
> mamma, tu compri soltanto profumi per te!

La melensaggine colava peggio del gelato. Era grottesco, penoso, e insieme sublime, come se per tutti quei tragici anni il pover'uomo fosse rimasto rintanato in una profumeria che vendeva cipria Coty.

Cambiò registro per darci respiro, annunciò che avrebbe ora cantato tre canzoni del grande maestro Bel Ami, leggere, allegre, birichine. E, cercando di darsi un minimo di briosa spigliatezza gestuale e vocale, interpretò *Era nata a Novi* (*ma non era una no-*

vizia), cantò *Si fa ma non si dice* e infine *Mutandine di chiffon*. La voce profonda appesantiva senza pietà quei miti doppi sensi, quegli scollacciati ammiccamenti, ma non poteva annientare del tutto il carattere epocale della canzone, paragonabile – mi sembrò nell'entusiasmo del momento – alla Marsigliese, all'Internazionale.

> Mutandine di chiffon, sentinelle sentinelle del pudor difendete dall'amor la trincea della virtù.

L'indomani, sentendomela canticchiare per casa

> Ma un attacco può scoppiar... qualche assalto ci può star ed allor voi diventate... mutandine mutilate!

mia madre s'informò con aria perplessa. Ah, e così l'avevo sentita da Gino Franzi. Ma la conosceva anche lei, la piccante canzoncina? Certo, era una di quelle *folairade* di Francini. Perché Francini, che c'entrava Francini? L'autore si chiamava Bel Ami. Appunto. Bel Ami era il nome d'arte di Francini, che con quelle mutandine e altre canzonette sempre un po' sull'osé aveva fatto i soldi, s'era anche comprato la nostra casa; era quel Francini lì, il dottor Francini di piazza Statuto, con quella moglie forse olandese, ex ballerina in una delle sue riviste. «Bel Ami...» diceva mia madre, deplorante e nostalgica. Era stato un nome, ai suoi tempi. Riviste, balletti, spettacoli, varietà, fisarmoniche e chitarre nei cortili a diffondere le sue *folairade*. E poi tutto aveva girato, i gusti erano cambiati, nessuno aveva più cercato Bel Ami e le sue ariette licenziose. Ma perché s'era stabilito proprio a Torino invece che a Milano, a Roma o a Firenze dov'era nato? Non lo sapeva mia madre e non l'ho mai saputo nemmeno io. Ma non mi spiego perché a qualche geniale animatore televisivo non venga in mente di dedicare una serata speciale a quei remoti, gentili frou frou. Starei lì con un ricco gelato a godermi le mutandine del dottor Francini (Anacleto, se ricordo bene), in arte Bel Ami.*

Ma succede in guerra ognor che ogni cosa cade e muor mentre voi se vi abbassate qualche cosa risvegliate!

PS: Non ho mai avuto la ventura di vederle, queste famose mutandine, né esposte in vetrina, né indossate *suaviter*. Credevo che fossero estinte, espunte dalle nuove mode dell'intimo. Ma non è così, sembrerebbe. Mi dicono che siano ancora confezionate, carissime, delicate, nemiche della lavatrice. Trasparenti? Dipende dallo spessore, a quanto verosimilmente pare.

---

* Dolce e implacabile Laura Cerutti, redattrice di punta alla Mondadori, mi informa che l'autore di *Mutandine di chiffon* non è il dott. Anacleto Francini (in arte Bel Ami), bensì il dott. in farmacia Marco Bonavita (in arte Marf). Di chi la colpa? Mia, evidentemente, per non aver controllato quel mio antico ricordo. Ma forse un po' anche di Gino Franzi che dette preminenza al più famoso Bel Ami, da me automaticamente associato al romanzo di Maupassant. Ma anche mia madre, santa donna, dovette fare un po' di confusione. Un bel pasticceto d'autore che avrebbe forse divertito Dante Isella, sommo filologo e mio caro amico.

I pollini del Duce

Mi vennero i primi dubbi sul fascismo per via della febbre da fieno. Ero un banale balilla, né fiero né ostile, compilavo debitamente i temi sul Duce, andavo annoiandomi alle adunate, marciavo inquadrato su e giù per corso Duca di Genova (oggi Stati Uniti) – dove di lì a qualche settimana saremmo sfilati davanti a un eminente gerarca venuto da Roma, Renato Ricci o qualcuno dello stesso rango. Era giugno, i pollini a me più nefasti volavano liberi per l'aria profumata e io starnutivo e lacrimavo in continuazione, una vera tortura ereditata da mia madre. Ore così, sotto il sole, avanti e indietro, sognando cantine, chiese buie e immense, cinematografi cavernosi.

Quando venne il gran giorno ci riunirono sul corso alle otto del mattino, il gerarca era atteso per le undici. Ancora un po' di scattanti andirivieni, una lunga pausa d'attesa, il gerarca stava arrivando, no, avrebbe tardato, altre prove di sfilata, altre pause, altri starnuti e lacrime. E infine squilli di fanfara, «At-tenti!», ed ecco sul podio il nostro uomo in energica posa. Sfilammo il più possibile marzialmente, io sforzandomi di nascondere le mie afflizioni di donnicciola, essendo allora l'allergia ai pollini considerata una debolezza ridicola e vergognosa per un potenziale guerriero (ma per equità va detto che né Flash Gordon né l'Uomo Mascherato mi avrebbero arruolato volentieri come assistente). Bene. Era finita. Aspettavo sotto gli alberi lanuginosi il "Rompete le righe", sognando le pezzuole fredde che a casa avrebbero dato pace ai miei occhi congestionati.

E invece no. In gran fretta, senza spiegazioni, fummo rimessi in colonna e fatti passare surrettiziamente sul controviale, dietro il palco del gerarca e riportati alla posizione di partenza. Sfilammo una seconda volta, petto in fuori, "magnifici" per la seconda volta, come ebbe a esprimersi il destinatario di quell'inganno. Un piccolo trucco, causato da chissà quali disguidi organizzativi, dalla necessità pressante di far buona figura davanti all'emissario romano. Tutto molto felliniano, vedo ora. Ma nel mio stato di convulsa esasperazione tanto bastò per insinuare dentro di me una specie di cronico sospetto: ma allora tutte quelle quadrate legioni, quei carri armati, quegli aerei che nei cinegiornali vedevo trascorrere a Roma davanti al nostro Duce e al nostro Re non era mica che in fondo al viale facessero anche loro quatti quatti una conversione a U e si ripresentassero "magnifici" una seconda volta per far numero, per far bella figura?

Non c'era nulla di politico nelle mie del resto labili perplessità. Ma venuta la guerra fu subito chiaro a molti che l'infelice balilla aveva intuito la verità, che il re era davvero nudo.

La Cina

Nel dopoguerra immediato, in piazza Carlo Felice, in faccia alla stazione di Porta Nuova a Torino, giovani e meno giovani attivisti del PCI tenevano dei minicomizi volanti raggrumando capannelli di cinque o sei passanti che si scioglievano, si riformavano, stavano lì zitti a sentire, se ne andavano per i fatti loro con le mani in tasca. La città era misera, avvilita dai bombardamenti, immersa in una cupaggine che faceva sembrare elettrizzanti le malinconie di Gozzano. Ma quei comizianti guardavano lontano, oltre le alberate tagliate per far legna, oltre i muri fuligginosi, i tetti crollati, i fiori sradicati a vantaggio degli orti di guerra.

Con l'avvento del comunismo – profetizzavano senza megafono, alzando appena la voce – tutto sarebbe cambiato. Il punto di forza propagandistico, in una città operaia, era l'economia centralizzata. Niente più padroni, niente più profitti indecenti per pochi e paghe di fame per tutti gli altri. La produzione, saggiamente controllata, avrebbe in breve tempo superato ogni traguardo capitalistico, trovandosi a poter distribuire quantità inimmaginabili di beni in tutto il mondo, a prezzi bassissimi. E facendo di conseguenza crollare il sistema rivale, sommerso, spazzato via dalla concorrenza proletaria. Non so se quelle argomentazioni un po' rudimentali, un po' ingenue, avessero all'origine un rifinito testo di Marx o

73

di Engels. Né potrei dire quanta presa facessero sui casuali ascoltatori, forse valsero qualche tessera in più, o almeno qualche voto, al partito della falce e del martello.

Ma oggi mi è difficile ricordare senza una stretta al cuore quei fervidi statalisti, installati per un paio d'ore sul territorio che allora (e ancora adesso, parrebbe) era riservato ai fulminei manipolatori delle tre carte o dei tre campanelli. Li rivedo seri, intensi, prospettare utopistiche meraviglie nei loro giubboni informi e cappotti rivoltati, per poi tornarsene verso scale buie e zuppe di cavolo riscaldate.

La Storia si comportò crudelmente con loro. Fu il capitalismo torinese a mettere insieme milioni di automobili in URSS, a Togliattigrad. Furono le fabbriche del capitalismo a dilagare in tutto il mondo, a produrre quella mitica, inarrestabile ondata di beni durevoli o frivoli alla portata del popolo tutto. Fu il capitalismo a trovare la moneta buona sotto il campanello giusto. Delusione, frustrazione, amarezza devono aver segnato per mezzo secolo la vita di quei dialettici agitatori. Era proprio la favolistica teoria che non stava in piedi, era proprio il meccanismo del sognato sorpasso che non aveva funzionato.

Chissà quanti di loro sono nel frattempo defunti, oggi mi chiedo. Ma ai forse pochissimi superstiti la Storia, con una delle sue tipiche capriole, mischiando ancora una volta le tre carte, sta regalando una strabiliante rivalsa. Un immenso paese tutto comunista si prepara a invaderci con automobili da cinquemila irresistibili euro; e già ci sommerge di magliette, borsette, scarpette, pantaloni, giocattoli, attrezzi invincibili. È la Cina che infine (se glissiamo su certi dettagli) ha messo in pratica quegli onirici discorsi davanti a Porta Nuova, ha realizzato la profezia dei comizianti in guanti di lana bucati. Un po' c'è da temere, certo. Ma non dispiace aver visto anche questo nel corso ondulante della vita.

Amici

Marameo alla Wehrmacht

Mi prendo una specie di rivalsa pensando a come l'ebreo Erich Linder riuscì a gabbare per diversi mesi quei creduloni della Kommandantur di Firenze. Linder era nel mondo editoriale internazionale un personaggio di primo piano, agente letterario amato, odiato, rispettato, ascoltato. Io fui a lungo suo cliente e poi amico, andavo a trovarlo in corso Matteotti 3, alla sede dell'agenzia, e ce ne stavamo a chiacchierare lì o in qualche bar della zona.

Era bilingue, cresciuto se non sbaglio in Austria e poi emigrato a Milano col padre, che vendeva loden e impermeabili viennesi. A vent'anni lavorava a Ivrea nel giro di Adriano Olivetti. Qui lo colse l'8 settembre, mi raccontò un giorno, e nemmeno per un momento pensò che i tedeschi l'avrebbero risparmiato. Bisognava sparire. Un amico gli procurò una carta d'identità vera, rubata al municipio di Strambino, e provvisto di falsi dati il giovane giudeo si rifugiò a Firenze, presso una famiglia sicura. Non ricordo i dettagli e i motivi, so soltanto che a un certo punto Linder venne a sapere che alla Kommandantur della città cercavano un interprete. «Ero giovane, e avevo la sfrontatezza, più che il coraggio, dei giovani» mi spiegò. Sfrontatamente (io direi follemente) si presentò a quei militari e non ho idea di cosa riuscisse a raccontargli circa il suo passato, la sua perfetta padronanza della lingua tedesca. Di sicuro non poteva passare per un contadino eporediese ma la storia che s'inventò non insospettì i suoi datori di lavoro. Fu assunto, con un buon stipendio, e cominciò a lavorare nella gola del lupo. «Sì, avevo paura» mi disse, «ma anche mi divertivo. Il paradosso era eccitante, la sfida, a quell'età, mi pareva irresistibile.»

Lavoratore puntuale e diligente fu presto ben voluto dai "colleghi" in divisa. Aveva molto da fare, fra scambi di prigionieri, arresti contestati, riunioni con intermediari di vario genere. «Non potevo fare molto per dare una mano alla mia gente, di cui si occupava la Gestapo, non la Wehrmacht. Ma insomma, se appena si presentava l'occasione, cercavo di intervenire.»

Giocava a carte, a biliardo, con quei soldati, mangiava alla loro mensa, girava tranquillo per i corridoi del palazzo, e dopo un po', come succede, la routine rischiò di avere pericolosamente la meglio sulla prudenza. C'erano giorni interi in cui Linder "si dimenticava" di essere un infiltrato in quella trappola mortale, rideva e scherzava spensieratamente con i "padroni". Solo al gabinetto, per via della circoncisione, doveva stare attentissimo a non scoprirsi.

Un giorno accompagnò il colonnello in una missione fuori Firenze, su una di quelle macchine scoperte che erano l'equivalente tedesco della jeep. Un caccia americano la individuò su una strada di campagna, si abbassò a mitragliare. L'autista perse il controllo, la vetturetta finì in un fosso e Linder fu scaraventato sopra il colonnello. Nessuno ci lasciò la pelle ma il colonnello si convinse che il giovane interprete s'era gettato eroicamente su di lui per salvargli la vita e lo voleva proporre per la croce di ferro. Sarebbe stato il trionfo della finzione romanzesca, ma era troppo anche per lo spavaldo giovanotto, che non senza difficoltà trovò modo di rifiutare l'ambita onorificenza (la prediletta da Hitler).

Quando nel maggio del 1944 gli alleati si stavano avvicinando a Roma, Linder escogitò un pretesto burocratico per fare un salto nella capitale. La sera prima della partenza, un ufficiale, salutandolo, gli chiese di portare i suoi saluti a un noto scrittore antifascista, se per caso l'avesse visto. Si guardarono, tutti e due sorrisero, si strinsero la mano senza una parola e Linder partì, raggiunse fortunosamente Roma e la sua temeraria avventura ebbe fine. «No» mi disse, «oggi non lo rifarei, non ne sarei capace, non è questione di nervi d'acciaio e simili, ma di irresponsabilità giovanile, d'incoscienza. E del gusto infantile di fare marameo alla Wehrmacht.»

Il compagno Fruttero

Feci la conoscenza di Italo Calvino una sessantina di anni fa al primo piano di palazzo Campana, davanti a una bacheca gremita di avvisi. Il palazzo nero, tristissimo, era stato sede del fascio locale e adesso ospitava la facoltà di Lettere dell'Università di Torino. Ci presentò un comune amico che passava di lì e che se ne andò poco dopo. Calvino mi disse che stava preparando la tesi (su Conrad) e poi bruscamente, come per troncare sul nascere ogni chiacchierata letteraria, mi chiese se ero comunista. Gli dissi di no. Allora azionista? Nemmeno.

A quel tempo i partiti politici uscivano dalla clandestinità e dal silenzio e si sforzavano di presentarsi e spiegarsi agli italiani coi modesti media di allora, di cui il comizio era, se non il più efficace, certo il più divertente. Andare un po' in giro a sentire quegli ignoti oratori da una piazza all'altra, da un teatro a un cinema di periferia, non sembrava il peggior modo per passare un pomeriggio o una sera. Le formule, gli slogan, le frasi fatte, i luoghi comuni della politica non avevano quel suono frusto che dovevano in seguito renderli intollerabili all'orecchio umano, tutto appariva meravigliosamente fresco, curioso, degno di attenzione. Cosa volevano i socialisti? Che raccontavano i liberali? Chi erano i qualunquisti? Dissi a Calvino che io andavo piuttosto a sentire i comizi degli anarchici, per aver letto durante lo sfollamento *L'unico* di Max Stirner, testo atto a promuovere l'egocentrismo di un giovane ex balilla poco incline, dopo tante adunate e sfilate, a nuovi intruppamenti. Calvino, che non doveva conoscerlo, lasciò cadere e se ne andò con un vago, forse condiscendente borbottio.

Molte altre cose ci dividevano. Gli anni dal '42 al '45 io li avevo passati quasi interamente e quasi tranquillamente in campagna, mere ragioni anagrafiche avendomi risparmiato il servizio militare prima, e dopo il richiamo tra le file del fascismo repubblicano, vale a dire l'obbligo di una scelta di campo nella guerra oggi detta civile. Calvino era stato partigiano, aveva combattuto sui monti della Liguria, nulla di più naturale che ora ci tenesse a conservare quel caldo cameratismo tra i "compagni" rossi. Non parlammo mai della sua adesione al PCI, né posso dire se davvero in quel periodo si augurasse una rivoluzione e una società di tipo sovietico. Quanto a me, alti concetti come democrazia, libertà, maggioranza, opposizione eccetera, increspavano appena la mia torbida coscienza di autodidatta politico; ma così, a fior di pelle, mi pareva quantomeno inappropriato voler passare da una dittatura a un'altra dittatura, fosse pure stavolta del proletariato.

Questo proletariato era un chiodo fisso degli intellettuali dell'epoca, lettori e chiosatori instancabili di Gramsci, Lenin, Stalin e altri insigni maestri. Come classe aveva molto di mitico, di tantalizzante, un po' come le ballerine delle Ziegfeld Follies, così vicine sullo schermo sgranato di una terza visione, così lontane nella realtà. Era una classe che deteneva in ogni circostanza e per ogni occasione una sua profonda, istintiva verità, anzi la verità *tout court*. Bastava saperla interpretare e tradurre in una "linea", e a tal compito, tra euclideo e non-euclideo, provvedeva appunto il Partito comunista, sudando le sue quattro camicie dal più

81

informale capannello di strada o fabbrica ai rituali dibattiti di "sezione", su su fino alla direzione romana, pronto ventiquattr'ore su ventiquattro a captare con l'orecchio a terra i segnali affluenti dalle masse.

Una bella macchina, da molti invidiata e imitata, entro la quale il compagno Calvino doveva trovarsi a suo agio, posso immaginare. Scriveva su "L'Unità" e su varie riviste del partito, partecipava a convegni, assemblee, cortei, incontrava dirigenti e luminari, non si tirava mai indietro. Era un intellettuale organico? Uno stalinista? Non ne ho idea, non so con quale spirito abbia vissuto la sua esperienza di militante dal disastro del fronte nel 1948 alla morte di Stalin nel 1953.

Non lo so perché ci eravamo persi di vista, io mi ero gettato proprio in quegli anni in una serie di individualistiche avventure lavorative a Parigi, in Belgio, a Londra, dove avevo avuto a che fare da vicino con gli alberi, mai con la foresta proletaria. Il succo di quelle mie astigmatiche esperienze era che esistevano proletari allegri e spiritosi, altri avarissimi, altri attaccabottoni, altri generosi, altri cupi e depressi; insomma lo stesso identico ventaglio di diversità riscontrabile in qualsiasi Circolo della Caccia o Jockey Club. Non vedevo nessuna differenza (a parte i soldi, talvolta le maniere) tra una marchesa logorroica e un logorroico manovale. Così, senza farci caso, attraverso l'assoluto di Stirner ero arrivato alla massima pluralità democratica. Nessuno era più importante o più trascurabile di nessun altro.

Ripresi i rapporti con Calvino grazie alla casa editrice Einaudi, che finì per assorbire me e le mie velleità di libero vagabondo. Dopo aver errato per diversi uffici distaccati e scrivanie provvisorie fui infine sistemato nella sua stessa stanza, abbastanza grande, ampia, algida. Calvino era piazzato spalle al muro, alla mia destra, faccia alla finestra; mentre il mio tavolo, ad angolo retto rispetto al suo, prendeva da quelle finestre una buona luce da sinistra anche d'inverno. Mi piaceva guardare la neve che veniva giù aggressiva come se ce l'avesse proprio con me. Mi piaceva il verde degli ippocastani, tenerissimo e stillante dopo un temporale a maggio. Lavoravamo chini sui nostri rispettivi dattiloscritti, tra lunghi silenzi e lunghe telefonate, in massima parte di Calvino, che teneva i contatti con un'infinità di gente.

«Aaah» sospirava rimettendo giù la cornetta. «Be', meno male...» Oppure si lanciava in una breve, esasperata invettiva contro il suo misterioso interlocutore.

Un giorno ormai imprecisabile di un anno imprecisabile (ma c'è un termine ad quem) mi chiese perché non mi iscrivessi al Partito comunista. Era un segno di amicizia e di stima, giacché sarebbe stato eventualmente lui il presentatore, il garante del compagno Fruttero. Ma il compagno Fruttero aveva letto nel frattempo gli scritti di Köstler e di Victor Serge, nonché i romanzi di Ambler, e s'era messo in testa la romantica idea che per fare il comunista ci fosse bisogno di una autentica vocazione, in lui del resto mancante. Quei "rivoluzionari di professione" degli anni eroici avevano costituito una congregazione simile a quella dei Gesuiti, che imponeva ai suoi sceltissimi membri una disponibilità totale, voti di obbedienza e povertà, rinuncia come minimo a tutti gli agi della vita borghese. Se uno non faceva il comunista così, che comunista era? Calvino ridacchiò di quelle ingenue obiezioni. I tempi erano cambiati – minimizzava – il partito non ti chiedeva più un impegno così fanatico, una dedizione così integrale. Ma allora uno poteva – insistevo io – tenersi le giacche inglesi con le pezze di cuoio ai gomiti, aspirare a una potente auto sportiva, bere il suo sherry prima di cena? Come no – diceva Calvino, bonario –, come no. Quella mia visione estremistica, religiosa, non aveva nulla a che fare con un partito ormai di massa, che ai suoi intellettuali chiedeva semplicemente di essere presenti in sezione, e nemmeno sempre. «Te la cavi con qualche riunione noiosa e col carro allegorico del Primo Maggio» mi chiarì, incoraggiante.

Quale carro allegorico? Il carro che la sezione einaudiana apprestava ogni anno per la grande festa del lavoro e sul quale si saliva e si sfilava per il centro della città. Non chiesi se bisognava travestirsi, mettersi costumi da intellettuali, corone d'alloro in testa, levando alta un'enorme stilografica di cartapesta. Ma pensai, non so bene perché, a quando molti anni prima, ai tempi dell'asilo infantile ("Fedeli Compagne di Gesù", si chiamavano quelle suore francesi), avevo sparso a manciate petali di rose sul cammino del Cardinale Arcivescovo, via via che avanzava per un vialetto del vasto giardino. Tutto fiero del mio cestino, del mio gesto, del mio impegno.

Il telefono di Calvino suonò, qualcuno lo incastrò in una lunga conversazione e il suo affettuoso tentativo di proselitismo, che a ripensarci gli doveva essere costato un certo sforzo, ebbe fine. Non tornammo mai più sull'argomento e a mettere un'ultima pietra sulle nostre giovanili frivolezze venne ben presto il termine ad quem, la rivolta di Budapest nel 1956, dopo la quale non credo ci siano più stati carri allegorici del Primo Maggio.

Il mentore

Le nostre case in quella pineta sulla costa toscana erano distanti cinque minuti l'una dall'altra, a piedi. Ma c'incontravamo anche nel paese, Castiglione della Pescaia, dove venivamo a volte spediti dalle donne di casa a fare la spesa, in bicicletta. Fu forse qui, ciascuno asimmetricamente appesantito dai suoi sacchetti di plastica, che ci vedemmo in una tarda mattinata d'estate. Italo mi chiese se potevo passare da lui nel pomeriggio, aveva qualcosa da farmi leggere. Quando arrivai a casa sua c'installammo nel prato e lui, un filo più imbarazzato del solito, mi passò il dattiloscritto del *Viaggiatore*.

Non è che mi considerasse il grande ayatollah della critica, ma voleva un primo parere rudimentale e tuttavia, per uno scrittore, decisivo. Il nostro linguaggio, quando ci capitava (raramente) di parlare di letteratura, era del resto ridotto a poche formule banalissime. «Cammina?», «Prende?», «Sta in piedi?», «Funziona?». Era questo il contributo che contava di poter avere da me dopo gli anni passati nella stessa stanza alla casa editrice Einaudi.

Mentre lui andava e veniva, portava il tè freddo, correva al telefono, tornava a sedersi, mi offriva nervosamente una pesca, io continuavo a leggere col massimo distacco possibile. Leggevo e fumavo. Lui se ne stava

zitto, non faceva domande, mi lasciava lavorare. A me
scappava ogni tanto un ghignetto, un grugnito. Ma stava in piedi? Sì, stava in piedi. Prendeva? Sì, prendeva,
prendeva, bravo, bene. Mi chiese se alla fine dovesse
chiudere il cerchio del gioco o lasciarlo aperto. Per me,
gli dissi, quel tipo di gioco era meglio chiuderlo. Già,
forse, disse Italo raccogliendo i fogli.

Il sole era appena tramontato, i tronchi dei pini intorno a noi erano rosa. Camminammo insieme sull'erba, in silenzio. «E allora grazie» disse Italo. «Figurati»
dissi io. Mi accompagnò per un tratto, poi, al primo
sentiero verso il mare e verso casa mia ci lasciammo.
La stretta di mano non faceva parte delle nostre abitudini. Quando poi *Se una notte d'inverno un viaggiatore* fu pubblicato me ne arrivò una copia con la dedica: "A Carlo, primo lettore e mentore di questo libro".

La piscina di Chichita

Onnivoro e casuale, leggo *Don Segundo Sombra*, un romanzo argentino (1926) di Ricardo Güiraldes. È una storia di iniziazione: un ragazzino ammira i gauchos, riesce a intrufolarsi nel loro mondo, fa la loro vita sotto la protezione del mitico Don Segundo Sombra, impara i fondamenti di quel duro mestiere, che è poi lo stesso dei cowboy nordamericani. Usare il lazo, guidare mandrie per centinaia di chilometri, battersi in duello con compagni aggressivi, bivaccare all'addiaccio, scommettere sui cavalli, rischiare incornate e disarcionamenti, mantenere un atteggiamento stoico di fronte a qualsiasi pericolo. E bere il *mate*. Ma come sarà mai questo mate che ricorre ogni tre pagine? Mi informo dall'unica persona di nazionalità argentina che conosca, la vedova di Italo Calvino, nata e cresciuta a Buenos Aires. Il suo nome è Esther, ma tutti la chiamano Chichita, un vezzeggiativo che le impose una tata messicana, mi pare, e che poi restò. È una donna piccola, molto lentigginosa, rossa di capelli e con occhi di rara luminosità. Al collo o ai polsi o alle dita porta sempre qualche squisito gioiello vittoriano. Ebrea, poliglotta, lavorò a lungo per l'Unesco, vivendo faticosamente un po' dappertutto in Europa fino all'incontro con Italo. Insieme a lui si stabilì a Roma, poi a Parigi, poi di nuovo a Roma in un palazzo antico e complicato: tre piani, con tre terrazze lussureggianti affacciate sulla città. Ma d'estate è mia vicina nella pineta toscana in riva al mare dove anch'io ho una casa semi-*detached*. La sua è invece una vera villa con un gran prato che digrada verso una piscina incorniciata da ampie distese di cotto, un cotto specialissimo, cercato a lungo fra mille altri cotti e infine scelto e sistemato. Così è Chichita: esige sempre il meglio assoluto, dal ferro da stiro al cespuglio ornamentale, dalla sedia a sdraio al biscotto di Fortnum & Mason. Tipico vizio argentino, ammette lei stessa ridendo (ma intanto ti porge un cuscino da spiaggia che fabbricano in pochi esemplari soltanto a Lucca o sulla costa del Maine). Dopo la morte di Italo mi considerò per anni il suo migliore amico, cosa, si comprenderà, non poco lusinghiera. Lo ripeteva a destra e a sinistra, «È il mio migliore amico», e io mi sentivo come una composta di frutta accessibile esclusivamente ai radi abitanti di una valle dell'Auvergne. Mi passava romanzi polizieschi e non, di cui è sempre fornitissima per via di un network sterminato di informatori internazionali; e mi invitava a casa a vedere cassette di film che m'erano sfuggiti, *Full Metal Jacket*, per esempio, o musical del 1934 in cui appariva in una parte minore Eddie Cantor, di cui Borges aveva scritto una breve recensione.

Una notte mi telefonò ironicamente disperata. Era sola, stava malissimo, non sapeva che fare. Corsi a casa sua e, con un'amica comune convocata anche lei d'urgenza, cominciammo a parlare del 118. Ma la cocciutaggine di Chichita è leggendaria. Si sentiva sempre peggio, non si capiva cosa stesse succedendo dentro di lei, ma l'idea dell'ambulanza, dell'ospedale di Grosseto, non la poteva mandar giù. A un elicottero che la portasse in una clinica di Losanna si sarebbe magari rassegnata, ma al 118 mai e poi mai. Dopo più di un'ora cedette, salì su un'ambulanza come sul cellulare dei carabinieri, l'accompagnammo a Grosseto, un letto in una stanza singola fu trovato e noi ce ne tornammo a casa che albeggiava. Non dico che cosa le fosse capitato, non tanto per rispettare la sua privacy, quanto perché non l'ho mai saputo, come non lo sa lei stessa né i medici che la curano. Sia chiaro, Chichita non è affatto un malata immaginaria. È piuttosto una superstite cronica afflitta da disturbi gravissimi e inafferrabili, che sembrano ogni volta sul punto di portarsela via. Luminari francesi, argentini, italiani, svizzeri, addirittura il CNR se la rigirano da tutte le parti, fanno la loro diagnosi, una qualche cura viene avviata. Ma s'erano sbagliati, un simpatico internista ghanese appena laureato scopre la vera verità e i nostri cuori si riaprono momentaneamente alla speranza.

Dopo quella notte del 118 Chichita prese a dire a destra e a sinistra che le avevo salvato la vita. A me in coscienza non pareva e anzi mi stupivo che una donna celebre per il suo umorismo sarcastico la mettesse in quei termini. «Guarda che dice che le hai salvato la vita» mi ripetevano. «Sarà» dicevo io, «ma insomma, ho poi solo fatto un numero di telefono.» Dopo un paio d'anni e mezza dozzina di altre crisi misteriose, ci ritrovammo attorno alla piscina, tra gloriosi cespi di petunie. («Sono petunie, no?», «No, no, figurarsi, queste sono le cosiddette Farfalle del Madagascar, il profumo si sente solo tra le undici e mezzogiorno».)

Le chiesi: «Ma perché continui a dire che ti ho salvato la vita?». «Perché è vero» disse lei. E con un sorriso smagliante aggiunse: «E non te lo potrò mai perdonare». Umorismo sarcastico. Quando la battuta le sale alle labbra non fa, si può dire, niente per trattenerla e le sue, chiamiamole, relazioni pubbliche tendono perciò al conflittuale. Tonfi clamorosi, strilli selvaggi, spruzzi da diluvio universale interrompevano intanto la nostra conversazione. Chichita aveva cominciato a invitare in piscina i miei due nipoti Matteo e Tommaso, la cui iniziale timidezza s'era sciolta al primo sguardo.

«Cosa fate oggi?», «Andiamo da Chichita». Tommaso, il più piccolo e il più sfacciato dei due, le telefona quasi ogni giorno: «Possiamo venire?». Possono venire sempre. «Possiamo portare anche Filippo?» Possono portare anche Filippo, Alberto, Gala e il Ninno.

Una banda di bambini che gioca dentro e fuori di una piscina offre uno spettacolo essenzialmente sacro. Fa pensare alla famosa comunione tra anima e corpo, alla prodigiosa vitalità, come dire, della vita, alla naturalezza totale che certi artisti e poeti riescono talvolta miracolosamente a riprodurre. Durante queste scene di esuberanza panica e parecchio rumorosa, Chichita se ne sta imperturbabile sul cotto della piscina fumando le sue Gauloises senza filtro, che tengono bellamente in gioco (lo sa lei, lo sappiamo tutti) il 118. Ogni tanto uno dei bambini la chiama: «Guarda Chichita!». E si produce in un tuffo spettacolare. Chichita guarda e si capisce benissimo che sta pensando pensieri leopardiani. Godetevi questi momenti, bambini, non sarete mai più così felici. Ma non glielo dice, anche perché non è esattamente vero. Di lì a poco, uno degli ospiti comincia a uscire dall'acqua tutto tremolante, con la pelle d'oca e le labbra viola, si asciuga, se ne sta lì intontito per due minuti. E via via tutti vengono fuori in silenzio. Allora Chichita sale in cucina e tutto il branco la segue con fretta famelica.

È l'ora della merenda (o scorpacciata, come nelle fiabe di Italo), una cerimonia non troppo dissimile dalla distribuzione del cibo agli animali dello zoo. Crostate, torte, creme, cioccolato, formaggi (specialissimi) al forno, e tutte le bevande con o senza bollicine reperibili in un supermercato. Chichita fa le parti senza sbagliare di un grammo in più o in meno, ben sapendo quanto siano sensibili i bambini all'equità delle briciole; e io mi chiedo come la vedano, quegli allegri lupi che sembrano a digiuno da una settimana. Una mamma? No. Una nonna, allora? Nemmeno. Una sorella maggiore, una zia? Chichita non "scende" al loro livello, né li tratta come piccoli adulti. Ha quel dono, ben più raro del suo cotto e dei suoi braccialetti vittoriani, di parlare d'istinto la loro lingua, sopprimendo ogni interferenza, ogni distanza. Diventa una di loro in tutto e per tutto, e loro tranquillamente se l'annettono come si annettono i pini, il mare, la marmellata, la notte. Chichita è una di quelle cose che non si discutono, ci sono e basta. Quando la frotta se ne va, le gridano: «*Adiós!*». E lei ha inoltre insegnato a Tommaso uno scherzetto presarcastico della sua infanzia argentina. Si tratta di rispondere: «*Cuando te veo me vien la tos*». E quello, beato, glielo grida ancora mentre già pedala via sulla bicicletta, *adiós adiós cuando te veo me vien la tos*.

L'anno scorso a Natale è arrivata una cartolina a Matteo e Tommaso, "I miei migliori amici" diceva. Io per indole non sono certo geloso, ma resta pur sempre il fatto del 118, dell'ambulanza, di quel cielo alabastrino di Grosseto, all'alba. Non per dire, ma non ero quello che le aveva salvato la vita? Quanto al mate, è un infuso eccitante che si fa con un'erba locale e serve a "tenersi su", come il caffè. È tra l'asprigno e l'amarognolo, parrebbe, ma ci si può pure mettere lo zucchero. Il sapore non dev'essere un gran che, altrimenti Chichita lo avrebbe già preparato per i suoi migliori amici in un apposito bollitore d'argento vittoriano scovato a Portobello Road.

Il nazifascista

A questo punto Lodovico Terzi (Lodo per gli amici) mi fa notare che fra le tante, dovrei dire innumerevoli, omissioni di questa approssimativa narrazione, ce n'è una più omissiva delle altre: la casa editrice Einaudi, il personaggio di Giulio Einaudi, i miei anni in quelle immacolate stanze.

Siamo qui nella mia casa sulla costa maremmana e Lodo è sceso dalla sua Vigevano per darmi una mano, aiutarmi a mettere insieme una qualche coerenza, a suggerire almeno l'impressione che in questi scritti sparsi e casuali ci sia un minimo di senso. L'ho chiamato fin dall'inizio perché, come me, anche Lodo ha sempre lavorato nell'editoria, ha una vastissima esperienza di "taglio e cucito" e sapevo di poter contare sul suo occhio distaccato e lucido di veterano. Già con Lucentini gli chiedevamo di arbitrare certe questioni di strategia narrativa e il suo parere era sempre decisivo nelle nostre complicate divergenze. Qui in Maremma siamo alla seconda o terza sessione di lavoro e Lodo non si risparmia, mi evita accavallamenti e sovrapposizioni, salva ritagli da me cassati, ne esclude altri che mi parevano decorosi. Un concentrato lavoro di editing, come ora si dice.

Sulla "lacuna Einaudi" ha ragione, anche perché dopotutto è lì che ci siamo conosciuti oltre mezzo secolo fa. Lui ha un anno più di me, è nato a Parma, al centro (così lo vedo io, come una specie di Pivot) di una famiglia sterminata da parte sia materna che paterna, cui poi si aggiunse la folta famiglia di sua moglie Ottavia Sturani. Un bell'uomo, bellissimo a vent'anni, mi dicono. Oggi coltiva baffi lontanamente staliniani ed è sempre un po' sovrappeso, ma se ne preoccupa solo saltuariamente. Instancabile nuotatore nel mare della Versilia, mi salvò la vita a Ischia tra flutti non proprio tempestosi e a venti metri dallo scoglio. Gliene sono ovviamente grato ancora adesso, ma non fu tanto il salvataggio a colpirmi quanto l'intelligenza del salvatore. Fu l'unico tra i ridanciani astanti a intuire che quel frenetico agitatore di braccia e gambe con l'acqua ormai al naso, era davvero nel panico, stava davvero per annegare. Un attimo; ma io, a parti invertite ce ne avrei messi cento, di attimi, a capirlo (e per onestà dirò che non sarei comunque mai stato capace di salvare neppure un anatroccolo di celluloide).

Passammo con lui e Ottavia molte estati al mare senza fare nulla di straordinario, un po' di pigro turismo d'arte, spiaggia e ombrellone, gelato alla sera e quella pioggia di continue risate di cui è poi impossibile ritrovare il motivo: il calore avviluppante e impalpabile dell'amicizia – che io per uscire dal tremulo mi raffiguro sempre in termini bassamente concreti, come lingotti accumulati in una banca di Zurigo, cedendo in sostanza al proverbio del chi trova un amico.

In casa mia, come credo in moltissime case, un amico non si discute. Per le mie figlie Lodo è Lodo (questa la formula) come Pietro è Pietro, Chichita è Chichita, la Vita è la Vita, Franco era Franco, Leonardo è Leonardo, e così per tutti gli altri, che sono stati e sono non pochi, per mia somma fortuna.

Gli amici senza dubbio si muovono, seguono la loro via, si rendono ridicoli, sbagliano, perdono pezzi, spariscono per lunghi periodi; ma per me, ai miei occhi, la loro vera essenza è l'immutabilità, una sorta di persistenza naturale come di albero, di isola o di tempio greco, se vogliamo. Non è questione di lealtà, fedeltà, confidenza, affinità o altro. Stanno sempre lì, ci sono comunque, li ritrovi anche al buio. So bene che sull'amicizia sono stati scritti saggi e trattati importanti ma io non me la sento di andare più in là di una similitudine, diciamo, frugale: entri nella vecchia casa, cerchi istintivamente l'interruttore a destra della porta, premi, e la luce si accende, l'impianto funziona ancora (in gioventù naturalmente sono ammessi errori e disillusioni).

Così fu a lungo l'amicizia tra Lodo e Giulio Bollati, nata in un illustre collegio di Parma quando erano entrambi ragazzini. Bollati si laureò poi alla Normale di Pisa, Lodo, errabondo e confuso, se ne venne alla fine a Torino dove l'altro già era entrato alla Einaudi. Fu assunto anche lui, nel settore commerciale, e s'iscrisse come Bollati e tanti altri al Partito comunista italiano.

Passò qualche tempo e, per vie che non saprei dire, cominciò a diffondersi nella cellula o sezione la voce che il compagno Terzi avesse avuto trascorsi politici poco chiari, parecchio comprometenti, se non addirittura delittuosi, criminali: l'aver egli militato nell'esercito della Repubblica fascista di Salò. E vedi le mascelle indurirsi tra quei compagni.

Cos'ha da rispondere il compagno Terzi a una così devastante accusa? Si convoca una riunione straordinaria, nella saletta tutte le sedie sono occupate, tutti fumano, c'è una corona di gente in piedi lungo i muri, l'atmosfera è pesante, minacciosa. Manca Viscinski, non ci sono la Lubyanka né il Gulag, ma l'arietta che tira è proprio quella dei terribili processi di Mosca, un'esperienza nuova (forse eccitante) per questi comunisti di Torino, recenti ma determinati, uomini e donne che in gran parte hanno combattuto la guerra civile dall'altra parte col fazzoletto rosso al collo. Chiamato a negare, chiarire o fare piena autocritica, accettando infine l'espulsione con disonore, il compagno Terzi sale sulla pedana a testa alta.

Io, beninteso, non c'ero (chissà se c'erano Bollati, Calvino?) ma immagino facilmente la scena. Lodo è nei suoi rapporti quotidiani col prossimo persona molto amabile, spiritosa, divertentissima. Le storie di famiglia, innumerevoli, che spesso racconta sono capolavori di psicologia e finissimo umorismo. Ha la battuta pronta, mai però malevola o velenosa. Un uomo indulgente, generoso, filosofico, *bon vivant*, apprezzatore di *crus* di grande annata, amico di famosi vignaioli.

Ora, tutto questo non è che non sia vero e documentabile. Ma l'indole autentica di Lodo, il palpito centrale della sua personalità, è fortemente incline all'eroismo. Non alla lettera, per carità, ma i suoi modelli vengono da Omero e Shakespeare, da Racine, dai tragici greci, dai cavalieri di re Artù, da Muzio Scevola, dal generale Cambronne. Modelli alti, e teatralmente nobili.

Allora, compagno Lodo Bucharin, è vero che hai vestito l'uniforme repubblichina? Cos'hai da dire a tua discolpa?

È vero, ammette l'accusato fieramente sincero, sono stato un infame cane nazifascista.

E comincia il suo racconto, che non sono certo in grado di riportare con fedeltà, ma che, tanto per restare tra i classici, cercherò di riassumere alla maniera di Tucidide, indirettamente.

Ricorda dunque l'accusato che la sua era una potente famiglia assai bene inserita nel regime fascista. Ambasciatori, ammiragli, alti funzionari, uno zio segretario del Duce, un padre brillante ingegnere, in stretto contatto con le massime sfere ministeriali. Nessun fanatismo, perché quando stai a certi livelli del fanatismo non c'è bisogno, le cose vengono da sé, nessuno ti chiede di dimostrare niente.

Ma arriva la guerra, arrivano le sconfitte, le grandi ritirate. Il padre dell'accusato muore di infarto a Roma poco dopo la caduta del fascismo, la madre muore nel giro di qualche settimana in un mitragliamento su una strada toscana. C'è l'8 settembre. Che fare? L'orfano è chiamato alle armi nel neonato esercito di Salò. Ci vado, non ci vado? Ma se non ci vado, dove vado? Solo, smarrito, annichilito dal lutto, il ventenne Bucharin non sa dove sbattere la testa: i suoi parenti sono tutti più o meno coinvolti nel crollo, chi potrebbe prendersi la responsabilità di ospitarlo, nasconderlo, magari per anni? C'è pericolo ovunque, c'è pressione, c'è paura, i tedeschi sono dappertutto con quelle loro motocarrozzette mimetizzate, i partigiani sono di là da venire.

E poi c'è l'onore.

Intere armate italiane si disfano e sparpagliano al primo soffio, il Re e gli alti comandi fuggono nella notte a Pescara, in ogni casolare c'è un soldato stravolto che chiede abiti civili, anche da donna. Chi non ha visto coi suoi occhi lo sfacelo, lo schianto, il folle turbinio di uno Stato intero che va in pezzi, chi non ha percepito il puzzo cadaverico di quella purulenta implosione, non può immaginare la reazione di un ragazzo ancora adolescente, orfano da poche settimane, lasciato solo a decidere che cosa fare di sé in una catastrofe di quelle proporzioni.

La disperazione, il senso di vuoto, il vuoto di ogni senso, la subitanea, caotica brutalità di ciò che ti sta intorno, la vergogna per quel passaggio di campo, per quel tradimento («Sì, compagni, tradimento, io lo vidi come un tradimento!») dell'alleato (tedesco nello specifico, ma poteva il nobile Bolingbroke lasciare il nobile Norwich e passare col nobile Lancaster?), ebbene a quel punto salgono alle labbra del compagno Terzi le parole non certo di Mussolini ma di Leopardi: "L'armi, qua l'armi: io solo / combatterò, procomberò sol io"! È la scelta dell'eroe, non del fascista.

A quell'età i fatti, i sempre confusissimi fatti, contano poco, tutto sta nel come ti vedi, come rappresenti te stesso là in mezzo, su quel palcoscenico di fine estate tra nubi di polvere rovente, colonne di automezzi e blindati, i bassi voli dei caccia, il rombo perenne dei bombardieri, la gola secca, il tuo breve passato cenere ormai dispersa, il tuo futuro sbarrato, inchiodato.

Il compagno Terzi ci si buttò contro a testa bassa, perdente in partenza come Ettore sotto le mura di Troia. Si presentò alla caserma di reclutamento, entrò nell'esercito del maresciallo Graziani, fu spedito in Germania per un lungo addestramento agli ordini di sergenti maggiori arrivati dal fronte russo, chi senza una mano, un braccio, un occhio, implacabili mastini. *Achtung! Achtung! Schnell! Schnell!* L'educazione del nazifascista perfetto, che fu poi aggregato a un reparto di artiglieria e spedito a difendere la costa ligure da uno sbarco che non venne mai. Venne invece la fine, il ripiegamento a capo chino in colonna ordinata verso l'interno, fino all'apparizione dietro una curva dei partigiani. Poteva finire lì, con una sventagliata di mitra, e questo Lodo si aspettava già dal primo giorno. Ci furono invece brevi trattative, la resa, la consegna delle armi e il campo di concentramento di Coltano con migliaia di altri cani fascisti catturati. Nulla essendo poi risultato di criminale a carico del repubblichino Terzi, venne di lì a poco liberato.

Ed eccolo qui a Torino sulla pedana, offrendo metaforicamente il petto, pronto a restituire la tessera e a sparire per sempre dalla vista dei compagni. «Questa è stata la mia storia, il mio destino. Cacciatemi, se lo ritenete giusto.»

Testimoni oculari mi dissero che a quel punto la vista dei presenti era annebbiata dalle lacrime. Tutte le donne piangevano, gli uomini si soffiavano il naso. Alcuni corsero ad abbracciare il compagno ritrovato, che si tenne la sua bella tessera e fu poi lui a restituirla quando scoppiò la rivolta d'Ungheria nel 1956.

Un grande attore? No di certo, piuttosto un impetuoso trasfiguratore. Dono – che un po' di egocentrismo aiuta – di cui facciamo largo uso in giovane età, massime nelle faccende amorose. A doppio taglio, come è ovvio. Chi ne è privo si rassegna nel suo cantuccio a dipendere dalle trasfigurazioni di cinema e tv, o dello stadio in curva, o tenta l'esaltazione ripetitiva della droga. Chi il dono ce l'ha, può finire missionario (martire) in Africa o terrorista suicida a Tel Aviv, per dire. O tentare di scrivere *Moby Dick*, di dipingere la Cappella Sistina, rischiando però la frustrazione a vita.

PS: La storia che precede mi colpì moltissimo quando Lodovico me la raccontò più di quarant'anni fa e l'ho scritta così come me la ricordavo. Non potevo naturalmente non fargliela leggere, o piuttosto controllare, dato che il mio racconto era di seconda mano, con probabili inesattezze. Le inesattezze c'erano, e molte, ma Lodovico negò soprattutto la trasposizione eroica della sua vicenda. Io avevo fatto di lui un personaggio shakespeariano, ispirato in quei tragici giorni da sentimenti nobili, alti, teatrali. Niente di più falso, mi disse. Avevo romanzato una realtà molto più semplice e casuale. Correggere punto per punto la mia versione era però impossibile, mi resi conto. Meglio lasciar perdere, rinunciare. Ma Lodovico, che conosce quanto me i segreti cunicoli della scrittura, vide bene dalla mia aria afflitta che mi dispiaceva e mi autorizzò generosamente a pubblicare la storia così com'era. Avrebbe poi provveduto lui a precisare com'erano andate le cose con una nota conclusiva.

Questa nota nei mesi successivi si è sempre più allungata e alla fine è diventata un libro, che sarà pubblicato con il titolo *Due anni senza gloria*. Di tutti i ricordi, le memorie, le rievocazioni che ho letto sulla guerra civile, questa per me è senza alcun dubbio la più commovente, la più saggia, la più bella. Sono pagine di una verità immediata e insieme meditata, di convulsa cronistoria e di pacificato, anche ironico, distacco. Un capolavoro che sono fiero di aver suscitato con la mia superficiale memoria.

Nel 1956 Lodo non era più a Torino, s'era trasferito a Milano, assunto alla Mondadori non ricordo con quale impiego. Ma sfiorò diverse brillanti carriere nei diversi settori di quella grande azienda, sempre ritraendosene all'ultimo passo. Gliene venne fama di ribelle, dirompente e anarcoide, anche se Lodo, oltre che socievolissimo, è un uomo amante dell'ordine, delle cose ben disposte e bene organizzate, non incompatibile con il collegio a Parma, i sergenti monocoli della Wehrmacht, il ben congegnato Partito comunista. Anche le sue successive abitazioni le ho sempre viste impeccabili, la scrivania, la cucina, i libri, i tappeti, le giacche in fila per fianco sinist nell'armadio.

Ma nello stesso tempo è afflitto da una incontenibile insofferenza per la gerarchia, forse connessa alle sue origini di "giovin signore", di ricco borghese che se una cosa non gli va esce sbattendo la porta e al diavolo le conseguenze. Tra le due pulsioni ci deve essere senz'altro un nesso ma non tocca a me investigare tra i doppi e tripli specchi dell'umana psiche. Siamo tutti parecchio complicati, più in là di così non vado.

Le "conseguenze" comunque lo portarono in giro per il mondo come inviato di "Panorama" (si beccò perfino una disastrosa gastroenterite sul passo Khyber in Afghanistan) e poi a collaborare con tutta una serie di case editrici. Una, Gazza e Ceppo, dal nome di una locanda dickensiana, la fondò lui stesso, ma non si sollevò da terra e in breve tempo fu chiusa. Tradusse molti classici inglesi, Stevenson, Swift, Dickens e dedicò (ma lui nega risolutamente) a Giulio Einaudi un delizioso ritratto in "stile cinese", intitolato *L'imperatore timido* (Einaudi editore).

Timido l'imperatore appariva davvero, passava senza salutare, mormorava frasi inaudibili, arrossiva, lo vedevi sempre un po' di sbieco mentre spariva tra due porte. Era bello, alto, biondo, elegantissimo nei suoi completi oscillanti tra varie tonalità del grigio medio. Venne poi, all'epoca del *Libretto rosso*, una scivolata sul capello lungo e sul giubbotto di daino, ma da vecchio aveva ricuperato il vecchio stile, con qualche tocco geniale. Sono cose che del resto si sanno e su cui abbondano gli aneddoti. Quanto a me, non feci mai parte della sua cerchia intima, non ne subivo il leggendario fascino, non andavo oltre il rispetto e la gratitudine. Rispetto perché negli anni Trenta, quando il fascismo non solo era vincente ma sembrava solido, durevole, una soluzione concreta e funzionante a tutte le travolgenti questioni successive, diciamo, alla presa della Bastiglia, il giovane Einaudi, con pochissimi altri, non ci cascò, capì che la grande cialtronata era effimera e sarebbe finita presto o tardi nel peggiore dei modi. Un'intuizione non da poco in quei tempi di gagliardetti al vento e corporazioni.

E gratitudine (anche se, lo ammetto, tardiva) perché quando cominciai a collaborare con la ditta avevo solo venticinque anni e lui vide qualcosa di promettente dietro la mia giovanile spavalderia e supponenza.

Non so, e non credo importi sapere, se fu mai iscritto al Partito comunista. S'incontrava naturalmente con Togliatti e i massimi dirigenti del partito, ma posso immaginare che sapesse mantenere le distanze anche con loro. Fiancheggiare, "oggettivamente" fiancheggiava, ma non permetteva a nessuno di interferire con le sue scelte, prese in base a quanto gli raccontavamo noi, suggeritori di vario peso e influenza e liberissimi di pensare quel che ci pareva dell'URSS e annessi.

Nel 1956 l'URSS mandò i carri armati per reprimere la rivolta scoppiata in Ungheria, Paese comunista, governato da comunisti, abitato da comunisti. E lì da noi, in via Biancamano, fu come se si fosse infilata in corridoio una granata di T-34. Un'esplosione che sbriciolava anni di materialismo dialettico, centralismo democratico, terza via, via italiana al comunismo, aperture e chiusure ai cattolici, sfumature eretiche, temibili deviazionismi e migliaia e migliaia di saggi, studi, articoli interamente dedicati al Paese Guida; miliardi e miliardi di confronti, polemiche, posizioni e distinzioni, conciliaboli, anatemi, riavvicinamenti, una cosmica massa di parole che di colpo suonavano vane, se non peggio, come le chiacchiere dei due meschini che aspettano Godot. Una strage, un massacro polverizzante.

In quel corridoio bianchissimo volavano tutte le schegge, le porte si aprivano, sbattevano, volti cupi o arrossati si affacciavano, si fronteggiavano, scattavano verso un nuovo arrivato, sostavano due minuti a gruppetti, si rintanavano in due o tre dentro a un ufficio, ne saltavano fuori per infilarsi nell'ufficio di fronte, le sedie stridevano, le scrivanie si facevano sedili angolosi, i portacenere traboccavano, i telefoni squillavano in continuazione. Non stava fermo nessuno, nessuno lavorava. Le graziose segretarie nei loro grembiulini gialli, rossi, azzurri passavano compunte con in mano cartelline e fogli che nessuno si dava la pena di firmare. – «Dottore, ci sarebbe...», «Fammi il piacere, Cilli, non vedi cosa sta succedendo?» –.

Ma nessuno sapeva cosa stesse succedendo. Qualcuno aveva portato su una radio, ma i notiziari italiani erano insoddisfacenti. Si sparava, c'erano le barricate, ma nessun reporter era lì a farci sentire il crepitio della battaglia in diretta. Fu convocata la signorina Dridso, una delle segretarie. Era russa e non si sapeva bene come e perché fosse arrivata in via Biancamano. Si cercò, tra sibili e disturbi catarrosi, di captare Radio Mosca. Cosa dicevano? La Dridso non ci capiva niente. Ma allora Radio Budapest, il russo non era in qualche modo connesso con l'ungherese? No, per niente; né la Dridso, né nessun altro sapeva una dannata parola di ugrofinnico.

L'editore usciva ogni tanto dal suo ufficio, corrucciato, distantissimo, la voce sempre più nasale, strascicata. E tutti: e a Roma, cosa dicono a Roma? La speranza era che Einaudi fosse in contatto con la direzione del partito, che avesse qualche riservatissima primizia. Ma il partito ancora non si pronunciava. Era una rivoluzione? O non, piuttosto, una controrivoluzione? Una sommossa giovanile spontanea e casuale? O non, piuttosto, un'operazione sovversiva, fomentata e manovrata da traditori al servizio di potenze straniere? La tensione montava, vibrava, qualche finestra veniva aperta, e perché non facciamo un salto a prenderci un buon caffè da Platti, un ricco panino semidolce?

Chiedevano un parere anche a noi agnostici o comunque scettici sul paradiso sovietico. Ti rendi conto, carri armati comunisti che stritolano un Paese comunista! Compagni massacrati da compagni, è incredibile, è pazzesco! Ma no, non è affatto pazzesco, è normale, rispondevamo noi da vere carogne.

Prendevano le parti dell'URSS con facce di bronzo. Cos'altro potevano fare? Se cedevano lì, sarebbe crollato tutto il sistema, un pezzo dopo l'altro. Gli imperi si tenevano insieme così, con la forza, tu guarda i Romani: mandavano di corsa due legioni a sistemare i casini. Lo stesso i Greci con le colonie ribelli, pensa solo a Melo, alla disputa di Melo: alla fine gli Ateniesi mandarono la flotta e sterminarono l'intera popolazione dell'isola, ateniese come loro. E gli inglesi? Hai presente la politica delle cannoniere? No, non c'era questione, i russi stavano facendo la cosa giusta, *the right thing*. Viscidi provocatori, da mettere al muro all'istante.

Quelle turbate coscienze si dibattevano in ogni direzione: e gli odiosi americani, l'ONU, come mai non facevano niente, non intervenivano?

Figurarsi se andavano a cacciarsi in un simile pasticcio! Gli americani erano sicuramente d'accordo, sapevano tutto da giorni, lasciavano fare.

E Cases, dov'è Cases, fate venire Cases! Cesare Cases era il nostro (bravissimo, autentico) germanista e poteva servire a tradurre i notiziari di Radio Vienna, città vicinissima all'Ungheria, dove c'era da pensare che avessero notizie più fresche, più immediate.

L'ansia frenetica, il quasi isterico nervosismo, lo smarrimento di quei dilaniati colleghi durarono l'intera giornata; il portiere Gerlin, di sentinella all'edicola più vicina, arrivava ogni tanto trafelato con nuove edizioni straordinarie di tutti i quotidiani. I carri armati avanzavano inesorabili, le barricate venivano travolte una dopo l'altra, i controrivoluzionari cedevano sotto i colpi di cannone, di mitra, di fucile.

Già, perché adesso da Roma avevano deciso la linea: trattavasi di controrivoluzione, oggettiva e "oggettiva", nei due sensi. E le forze sane del Paese si univano ai compagni sovietici venuti in loro soccorso. Molti morti, molti arresti, molte case sventrate, ma cosa vuoi farci: quando si tratta di controrivoluzione... Perplessità folgoranti venivano or sì or no a trafiggere quei cuori esacerbati: ma qui allora va tutto a puttane, ma allora siamo dei poveri coglioni.

No, no, non esageriamo – dicevamo noi al massimo della perfidia –, è solo astigmatismo dialettico, può capitare a chiunque.

Era autunno, il buio scese presto, le castagne d'India cadute dagli ippocastani del corso brillavano nella luce dei lampioni. Chissà se anche nei viali di Budapest...? Bollati e sua moglie Graziella, io e mia moglie Maria Pia andammo a cena in collina nella bella villa di un'amica che, senza fare un vero e proprio *salon*, ospitava volentieri diverse "personalità" eminenti, emergenti o quantomeno decenti, di stanza o di passaggio a Torino. Nello sfondo c'era una schiera di possibili informatori: Giulio, "il padrone", suo padre, presidente della Repubblica fino a poco prima, tutta una ragnatela tra ministeri, funzionari di partito, alti comandi militari, servizi segreti, giornalisti eccetera, da cui era plausibile aspettarsi notizie fondate, certe. L'idea era che, attraverso la casa editrice, potessero filtrare fino a quegli accoglienti divani informazioni più precise.

Eravamo al dessert quando suonò il telefono. La padrona di casa corse di là, tornò affannata. – «Giulio (Bollati)! Giulio (Einaudi) ti vuole» –. Bollati si precipitò con le sue lunghe gambe, sparì nello studio. Ecco. Finalmente avremmo saputo. Stavamo lì coi nostri cucchiaini in mano cercando di parlar d'altro. Bollati si riaffacciò un istante: carta, gli serviva della carta, la penna ce l'aveva. La padrona di casa sparì con lui, tornò presto al tavolo ma ne sapeva come prima. Caffè, chi prende il caffè? Una grappa di pere? Un armagnac?

Passavano i minuti, dieci, venti, mezz'ora. Cosa combinavano di là i due Giulii al telefono? La radio era accesa ma non dava spago a nessuno. Combattimenti, barricate, morti, colonne di profughi e nient'altro. Le signore sussurravano colpevolmente, s'erano cioè ritratte dalla cruenta ma un po' lunga battaglia di Budapest, scivolando nel sottovoce di figli, vestiti, domestiche, esasperanti artigiani. Ma ti posso dare l'indirizzo del mio, se vuoi. È bravissimo e niente caro.

Infine la porta dello studio si riaprì e Bollati riapparve. Che succedeva? L'America mandava i paracadutisti? I russi erano stati cacciati? S'erano ritirati? E Nagy? E il generale Maleter? E il partito? Cosa diceva il Partito comunista italiano?

Bollati aveva in mano dei fogli e senza rispondere guardò me.

Un appello all'ONU. Questo era stato deciso da Einaudi e dai suoi consiglieri più fidati. Lui stesso, Bollati, lo aveva messo a punto parola per parola con l'editore e gli altri attorno a lui. Un lungo appello all'ONU che ora io, anglista ufficiale della *maison*, avrei tradotto in inglese.

Mi sentii morire, lottai disperatamente per evitare quella prova funesta. A cosa poteva mai servire un simile documento? Nella bolgia di una così grave crisi internazionale cosa gliene poteva fregare all'ONU dell'indignazione di una casa editrice torinese, illustre finché vuoi ma insomma... Una goccia nell'oceano, un'iniziativa perfettamente inutile e perfino ridicola, se permetti. Ma loro non la pensavano così, la casa editrice aveva una notevole influenza morale, un alto prestigio etico in Italia e in Europa, la sua voce doveva essere presa in considerazione dal mondo intero.

Ma scusa, ma se tutti, proprio tutti, mandavano appelli deploranti e auspicanti, non c'era circolo di bridge, non c'era confraternita di tranvieri che non tempestasse New York di esortazioni urgentissime, drammaticissime...

Niente da fare.

Intuivo che si trattava di un messaggio a uso interno, per i giornali italiani, ma anche lì mi pareva evidente che si sarebbe perso nel vortice.

Tentai un'ultima difesa: che senso aveva quel messaggio in inglese quando l'italiano avrebbe ben meglio sottolineato la nostra adesione, la nostra specifica affinità con i principi di un organismo mondiale come l'ONU? Era da italiani che dovevamo farci sentire, era nella lingua di Dante e Machiavelli che dovevamo rivolgerci a...

Avevo un'ultimissima carta da giocare, spesso efficace: è una cosa provinciale, faremmo una figura da provinciali, il paesello che vuole mettere il becco in questioni che...

Ma stavolta non servì neanche quello, non c'era partita. L'anglista fu più o meno rinchiuso di là, nello studio, e messo fermamente all'opera. Ora, chiunque abbia non accademicamente ma affettuosamente frequentato la lingua e la cultura inglesi, sa che un appello compilato nel gergo della sinistra italiana, di ieri come di oggi, non ha alcuna possibilità di trasposizione. Non sono le parole, è tutta la secolare storia filosofica, politica, di costume, di civiltà, contro cui vieni a sbattere come contro una porta di ferro. Non so che fine abbia fatto quel documento, forse l'avrò gettato, fatto a pezzetti, forse un giorno salterà fuori in qualche mio cassetto. C'erano le solite cose, "ferma presa di posizione", "fiduciosa speranza", "valori democratici", "ripudio d'ogni violenza", "sangue innocente", "comune sforzo per la Patria", e così avanti da un cliché all'altro.

L'aria fritta è intraducibile, ma le tentai tutte. Tagliare, condensare, rifare, fondere, ribaltare. Ma poi arrivava Bollati che di sopra la mia spalla ripristinava la versione base, il "padrone" (ma se non sa l'inglese!) il padrone, ti dico, controllerà, andrà su tutte le furie, devi essere il più letterale possibile. Alla fine mi arresi e composi (a quel punto, anzi, con perversa scrupolosità) un testo di cui ancora oggi ho confusamente vergogna.

E adesso? S'era fatto molto tardi, di là tutti sbadigliavano e si stiracchiavano immersi nelle poltrone, potevamo andarcene a letto? Eh no, la missione non era finita, ancora toccava a noi spedire il telegramma. E come? Alle due passate del mattino? Ma dalla posta centrale, aperta ventiquattr'ore su ventiquattro, non lo sapevi? Su, presto, non c'è un minuto da perdere, l'ONU freme nell'attesa del nostro appello.

Mia moglie accompagnò a casa la moglie di Bollati,

ollati mi prese su sulla sua Volkswagen color bronzo e scendemmo stridendo per le curve della collina, attraversammo la città e arrivammo al palazzo della posta centrale, che era davvero aperta, aveva davvero un impiegato solo e mesto dietro uno sportello. Ecco qui il testo, battuto (da me) a macchina, una bella pagina di belle parole inglesi. Quello lesse, cominciò a contare muovendo le labbra, col dito che correva lungo le righe e alla fine ci disse quanto costava.

Fu qui che la farsa entrò nella rivolta di Budapest. Bollati tirò fuori il portafoglio, constatò che i soldi non bastavano, si rivolse con il mento a me che constatai la stessa cosa. Negli spazi eleganti e un po' algidi della casa editrice circolavano idee, fermenti, sperimentazioni, proposte di altissima, indiscussa qualità intellettuale; ma, di soldi, per qualche ragione ne giravano pochi.

Mettemmo insieme le nostre sommette ma nemmeno così si arrivava alla cifra. Pensai di slancio a una soluzione modello Pinocchio: chi c'era di là, al palazzo dell'ONU, che potesse controllare? Nessuno. Il testo italiano dell'appello avrebbe avuto il dovuto risalto su qualche giornale, mentre laggiù nessuno (come ripetevo da ore) ci avrebbe fatto il minimo caso se non arrivava il nostro fottuto telegramma. Quindi stracciamolo e andiamocene a casa.

Ma Bollati, che era un uomo d'onore e non un burattino di legno, rifiutò nettamente. Allora potrei provare a scorciare, riassumere, dimezzare le parole... No, il testo ormai era quello e così doveva arrivare ai massimi livelli del potere internazionale. Ma allora come facciamo coi soldi? È semplice, andiamo a chiederli al "padrone".

Lasciammo quel salone pieno di ombre e rimbombi dicendo all'impiegato che saremmo presto tornati e andammo sotto al domicilio del "padrone", che abitava su un corso non lontano a un piano rialzato. Non c'era un'anima in giro, rare automobili frusciavano sotto gli alberi. Ecco, quella è la finestra della sua camera da letto, mi informò Bollati, assiduo frequentatore della casa. Cercammo qualche manciata di ghiaia sul controviale, la tirammo contro i vetri. Niente. Dopo una simile giornata di battaglia, Einaudi doveva essersi addormentato come un carrista sovietico. Altri sassolini, altro silenzio. E le castagne d'India? Meglio di no, rischiamo di spaccare un vetro.

Non restava che il metodo Arsenio Lupin. Bollati incrociò le mani a staffa, io mi tolsi le scarpe, mi issai su quel sostegno, raggiunsi la finestra, cominciai a battere con le nocche. Più forte, diceva Bollati, semistrozzato dallo sforzo. Ripresi a picchiare sempre più rumorosamente e infine la finestra si aprì, Giulio Einaudi apparve con un'aria appena stupita in un bel pigiama celeste. Guardò in giù, ci vide, non disse una parola. Io saltai a terra e Bollati gli spiegò affannosamente la situazione. Il "padrone" non sorrise, non fece il minimo commento; sparì, riapparve coi soldi e, sempre senza pronunciare una parola, richiuse la finestra e si ritirò a letto. Noi due tornammo alla posta centrale, pagammo il dovuto, risalimmo esausti in macchina. Era stato un giorno di troppe parole, dette, gridate, ascoltate, lette, scritte, decifrate, e quel silenzio veniva come un soave soffio di piume. Immaginavo vagamente un remoto impiegato dell'ONU che in questi istanti, cravatta slacciata, stanco quanto noi, registrava il nostro appello a New York. Cosa ne avrebbe fatto? Dove lo avrebbe messo? In archivio? Nel cestino? In quella macchina che trancia i fogli in tante striscioline? Non ne seppi più niente, in ogni caso, e non ne parlai mai più con Einaudi e Bollati. Entrambi molto orgogliosi, ipersuscettibili alle magre figure, così senza dubbio se la mettevano: una figuraccia (anzi meno ancora, uno stupido intoppo) da dimenticare alla svelta, da rimuovere, operazione del resto facile dato che ne eravamo al corrente soltanto noi tre. Niente pubblico, niente figuraccia. E non faceva nemmeno ridere come storiella da raccontare agli amici.

Su questo ero d'accordo anch'io: eravamo inciampati in un meccanismo comico – magniloquenza con le pezze al sedere – già noto ai tempi di Aristofane, ma in mezzo alle barricate e cannonate di Budapest, era una nota fuori posto, proprio non faceva ridere.

Gentiluomo con sigaretta

Tanto forte può essere, per me ma credo per molti, la suggestione della letteratura che quando penso a Luciano Foà, l'editore scomparso, lo immagino come Anchise, addirittura lo "vedo" – come il padre di Enea – portato sulle robuste spalle di suo genero, Aldo Grasso, per le viuzze notturne di Nemours.

Luciano è stato un caro amico, onesta frase necrologica che non vuol dire niente; o semmai, che prende senso soltanto in contrapposizione al fatto di essere stati entrambi per diversi anni colleghi di lavoro alla Giulio Einaudi editore, divisi da qualche porta, in frequente contatto nel candido corridoio, occupati per molte ore a parlare di libri, collane, slittamenti, traduzioni, possibili acquisti, giri di bozze.

C'era tutto questo, beninteso, ma non è questo che oggi, mezzo secolo dopo, mi lega emotivamente a Luciano Foà. Da un punto di vista gerarchico lui era il segretario generale (chissà poi perché si usava questa formula così staliniana) e io un semplice (vorrei dire umile, ma mentirei) redattore. Io andavo in ufficio in bicicletta, i piedi nudi infilati in un paio di zoccoli che mi ero fabbricato da me incrociando una cinghia militare sulla suola di legno. Lui veniva a piedi da uno di quei viali interminabili come corso Umberto I o Galileo Ferraris, dove abitava e dove la domenica non si vedeva un bar aperto, al massimo la sagoma lontana di un passante col suo cane sciolto.

Eppure diventammo subito e d'istinto amici. Le preferenze e le insofferenze letterarie, le affinità culturali, le vittorie e sconfitte editoriali contano in verità ben poco, in queste amicizie apparentemente professionali. Vale invece moltissimo ciò che vale per tutti. Per una questione di globuli rossi (troppo pochi), io dovevo per esempio passare una settimana o due in montagna, in pieno inverno. Luciano aveva una casa a Courmayeur e me la mise a disposizione. Con mia moglie passeggiavamo nella neve alta, la sera cenavamo in una piccola trattoria lì davanti, munita anche di televisore e di Gianni Morandi che cantava *Fatti mandare dalla mamma*. Voglio dire a tentoni e ben consapevole del rischio di uno slittamento sentimentale, che quella graziosa canzoncina mi restituisce Luciano Foà, il grande editore, il fondatore di Adelphi, più vividamente di uno dei tanti capolavori del suo catalogo.

Non so se avesse la tessera del Partito comunista, forse sì, forse se ne liberò come molti dopo la rivolta d'Ungheria. Può darsi che abbia avuto un occhio benevolo per i cosiddetti cattocomunisti, Natalia Ginzburg, Felice Balbo e altri intellettuali tentati da quell'improbabile connubio. Ma queste cose non mi interessavano, le consideravo secondarie, o per meglio dire "private". Né parlammo mai di religione. Luciano era ebreo ma non so quanto credente, osservante. Aveva di sicuro una certa inclinazione per la sfera mistica (come altro chiamarla?) e anche per questo invitava spesso a Torino Roberto (Bobi) Bazlen, estroso e carsico personaggio della cultura italiana, da lui ammirato e invece detestato da Giulio Einaudi. Bazlen proponeva ma i suoi suggerimenti passavano di rado (Musil, Broch). C'era senza dubbio di mezzo il marxismo, ma oggi, ripensandoci e senza voler ridimensionare, niente mi pare più plausibile che supporre uno scontro tra due forti personalità, rocciose, inconciliabili. Einaudi e Bazlen erano in fondo due snob, si potrebbe congetturare: l'uno taciturno, chiuso, contadino, l'altro estroverso, fiammeggiante e cosmopolita. Troppo per una sola casa editrice.

L'isola dei famosi

Nel 1960 (o '61) andai a Formentor, sull'isola di Maiorca, per il Prix International des Éditeurs, una iniziativa intesa a dar fastidio al generale Franco, ancora ben saldo al potere ma guardato male da tutto l'Occidente. Gli *éditeurs* erano sei: Einaudi, Gallimard, lo spagnolo Barral, il tedesco Rowohlt, l'inglese Weidenfeld (grasso fumatore di sigari) e l'americano Rosset, che aveva finalmente pubblicato *I tropici* di Henry Miller sfidando la censura di casa sua. Io andai in treno fino a Barcellona insieme a Luciano Foà, che mi pare non amasse l'aereo. Verso le due del pomeriggio ci trovammo al Ritz con gli altri che avevano già pranzato. Per Luciano e per me fu allestito un tavolo da cui posso trarre uno dei rarissimi ricordi gastronomici della mia vita di infimo, trasandato goloso. Ci portarono un pesce lesso di belle proporzioni, forse un'ombrina, e un cameriere riscaldò su una candela un grosso cucchiaio, contenente una miscela di sherry e Pernod, una salsa perfetta mai più ritrovata.

Formentor era un immenso albergo destinato in prevalenza alle vacanze estive, al centro di un immenso parco. A maggio era vuoto, soltanto noi delle varie *délégations* ne occupavamo un'ala: Moravia e Vittorini, il poeta Enzensberger, Doris Lessing, Michel Butor, Roger Caillois e altri luminari delle lettere, molti sergenti di fureria come me, uno stuolo di giornalisti. Andavamo su e giù per quei viali e boschetti in un'aria parecchio freddina sotto un sole esitante, chiacchierando del più e del meno. Scopo di quel convegno era di assegnare il premio, consistente ma non favoloso, a uno scrittore di alto livello, e ben presto la scelta si ridusse a due nomi: Borges e Beckett. Italiani, spagnoli e francesi sostenevano il primo, gli altri tre il secondo. Io, che di Beckett avevo tradotto il teatro, mi trovai a perorare la causa di Borges, da me del resto amatissimo. Queste laceranti perorazioni si svolgevano di pomeriggio e talvolta di sera, in francese e in inglese, due lingue in cui allora me la cavavo con scioltezza (e in realtà solo per questo facevo parte della *délégation*, essendo gli altri membri alquanto impacciati, quasi al livello del celebre scambio in vagone letto – "*Qui busse?*", "*Je!*", "*Avant!*" – attribuito a diversi politici italiani).

Si discuteva anche animatamente, si dicevano banalità, sciocchezze, pettegolezzi, volavano convinte digressioni fuori tema, si beveva molto sherry, si fumava, si passeggiava in quel paesaggio tra Marienbad e *Shining*. Io dividevo la mia stanza con Angelo Maria Ripellino, che non ho mai capito a che titolo fosse con noi, e che la sera indossava un dignitoso doppiopetto verde scuro, spiazzando la mia unica giacca a quadrettini. Come ben sanno tutti i convegnisti, l'atmosfera acquistava via via qualcosa di infantilmente euforico: scherzi, battute, corsette, gridolini echeggiavano in quei saloni sterminati, in quei corridoi senza fine. Ci fu ancora un pomeriggio di fuoco, lo stallo fu superato, il premio sarebbe stato diviso in due, metà a Beckett metà a Borges. Seguì un banchetto sontuoso, con balletto di nacchere e tacchi al centro dei tavoli. Io sedevo con Roger Caillois, anche lui in doppiopetto (blu) e con il bottoncino rosso della Légion d'Honneur all'occhiello. Era molto compito, distante come un alto funzionario, forse compreso del suo ruolo di raffinato saggista, di magistrale indagatore dei mondi enigmatici che non ci è dato vedere. Era lui che in Europa aveva scoperto e messo in evidenza il grande Borges.

E a me venne quella che penso sia stata una crisi esistenziale. A quei tavoli tra nacchere e olé sedeva la crema intellettuale d'Occidente, il meglio del meglio, e tutto a un tratto pensai che anch'io sarei diventato col tempo uno di loro, un rispettato – anzi *distinguished*, come dicevano gli inglesi – punto di riferimento culturale, premiato e agghindato da agghiaccianti onorificenze, invitato a tenere seminari in prestigiose università, collaboratore di importanti quotidiani, giurato dei massimi premi, spinto infine all'acquisto di un autorevole doppiopetto. Una bella carriera, sulla quale mi sporsi come su un tragico abisso. Era questo che volevo dalla vita? Era Caillois il mio modello? Fu un attimo di terrore viscerale, totale.

L'indomani sera m'imbarcai con Luciano sul traghetto per Barcellona. Navigammo tutta la notte in un mare calmissimo ma non per questo mi riuscì di dormire. Scoprii che Luciano, nella cuccetta sopra di me, russava maledettamente e non potei far niente per zittirlo. A Barcellona avevamo la mattinata libera e andammo in tassì a visitare il giardino progettato da Gaudí in cima a una collina affacciata sulla città. Sedevamo su quei bizzarri parapetti multicolori e Luciano di punto in bianco mi confidò che aveva deciso di lasciare la Einaudi per fondare a Milano una sua casa editrice (una delle ragioni, mi spiegò poi, erano quegli interminabili, funesti viali torinesi la domenica). Io allora gli confidai la mia crisi di rigetto scatenata dall'incolpevole Caillois, gli dissi che pensavo di passare alla Mondadori a curare la collana di fantascienza "Urania", con tutti quei mandibolosi insettoni in copertina. Non era una pubblicazione *distinguished*, e tanto mi bastava.

Così ce ne andammo, in direzioni opposte e tuttavia meno di quanto possa sembrare. Fui invitato alla festa di inaugurazione della Adelphi, dove tutti erano qualcuno, Roberto Olivetti, il socio e mecenate, di cui per puro caso ero diventato amico anni prima, l'entusiastico Bazlen, Montale seduto su uno scomodo divanetto accanto a me, al quale non sapevo proprio cosa dire. *Distinguished* anche loro? Non esattamente, prevaleva un certo clima di eccitazione avventurosa, di rischio, diciamo anche di "casino", che non rattristava; e comunque io ero ormai in salvo presso gli extraterrestri.

I primi anni furono per Luciano molto difficili. Adelphi stentava a decollare, era perennemente in rosso, raccoglieva consensi da tutte, o quasi, le parti, ma restava una casa più o meno di culto, non ben capita, fuorviante. Passavo a trovare l'editore nel suo ufficio a Milano e lo rivedevo tale e quale, la testa un po' piegata da una parte, gli occhi semichiusi, la sigaretta accesa all'angolo della bocca, vezzo forse acquisito in anni lontani a imitazione di Gabin, di Bogart. Ma non era "tale e quale", rideva meno, quella sua aria assente di chi sta pensando ad altro s'era accentuata, una ruga gli tagliava la fronte. Era stato costretto a cedere parte della sua creatura a un gruppo editoriale il cui megamanager era un bestione rozzo, ignorante, attento esclusivamente al profitto immediato, col quale Luciano doveva confrontarsi giornalmente. Lui, sommesso, elegante gentiluomo, me ne parlava con un furore, un disgusto che non gli conoscevo. Ma teneva duro, sicuro che il tempo gli avrebbe dato ragione.

Poi Mimmina, sua moglie, morì per un tumore di ritorno. Era una donna di allegra, coinvolgente energia e la sua scomparsa fu per Luciano un colpo durissimo. Non si dava pace, era smarrito, annichilito. Quell'estate Lucentini e io eravamo al lavoro a Moncourt, e la figlia di Luciano, Anna, che s'era frattanto sposata, pensò di far fare un giro in Francia al papà, per cercare di distrarlo da quel dolore feroce. Vennero in auto, fecero tappa a Nemours, all'Écu de Fran-

117

ce, antico albergo descritto da Balzac in uno dei suoi romanzi. «Vi abbiamo portato Anchise» ci dissero i ragazzi. Lui sorrideva, si lasciava condurre, teneramente passivo. Cenammo all'Écu e Anchise apprezzò i gamberetti di fiume appena pescati, che si mangiavano con le dita estraendoli da un grande vassoio comune, una delizia stagionale ancora esente da protezioni e divieti.

Nemours è una cittadina storica, con una notevole cattedrale, nobili palazzi, un municipio napoleonico, le rovine di un castello e un groviglio di vicoli deserti in cui ci addentrammo uscendo dall'Écu. Ogni tanto si sbucava in uno slargo triangolare o in una piazzetta con quattro alberi, e passo dopo passo portammo Anchise fino al fiume, il Loing, che scorreva invisibile nella notte col suo fruscio misterioso. Quando tornammo dentro la città ci fermammo davanti a un lungo muro di pietra grigia, dov'era incastrata una lapide illeggibile alla luce fioca di un lampione. Lucentini la illuminò col suo accendino: era dedicata a una dama molto amata da Balzac. Anchise lesse quelle righe scolpite e semisvanite e con un sospiro disse che era stanco, che voleva andare a dormire, e prese il braccio di sua figlia.

Ma che bravi, che bel colpo

Ancora oggi mi riesce difficile mandar giù, storicizzando, perdonando eccetera, l'assassinio di Carlo Casalegno. Ho dimenticato il nome d'arte della banda che lo uccise, ho dimenticato i nomi degli uccisori, non so che fine abbiano fatto, se siano irriducibili, pentiti, liberi in qualche defilata cooperativa del giocattolo ecologico. Ma l'atto, la scena, resta indimenticabile: quel viale così torinese, quell'androne lustro identico ai tanti per cui sono passato (del temuto dentista, da bambino; del professore di matematica, per le ripetizioni; del commercialista, per la dichiarazione dei redditi), ed ecco sbucare le ombre anonime, il rimbombo delle rivoltellate, il sangue, le grida. Ma che bravi, che bel colpo: l'uomo inerme, senza scorta, colpito a tradimento. Fu anzitutto una vigliaccata, questo pensai e penso tuttora, dando alla parola il significato di quando giocavo agli indiani e leggevo Salgari, l'età in cui si forma senza tante filosofie il cosiddetto "codice d'onore". Certe cose non si fanno e basta.

Dice: ma appunto, quelli avevano tutt'altro "sistema di valori", non gliene fregava niente del *Corsaro Nero*, magari non l'avevano nemmeno letto, per loro Casalegno non era un uomo ma un simbolo, colpirne uno per terrorizzarne mille eccetera. E simbolo, Casalegno, non si può negare che lo fosse. Di un ceto, di una cultura, di un mondo sempre detestato in tutti i tempi dai propugnatori di verità assolute. Era una persona dai modi sommessi, sfumati, ironicamente pensosi, che probabilmente gli giovarono nei suoi rapporti (di sopportazione) con Giulio De Benedetti, il tirannico e appassionato direttore de "La Stampa" di allora. Era uno storico prestato al giornalismo, usciva da quella minoranza di intellettuali, eruditi, studiosi – da Luigi Salvatorelli a Jemolo, da Ferdinando Neri a Croce, da Arnaldo Momigliano a Praz a Franco Venturi – che a me, dal mio loggione di ventenne, appariva come l'unica élite decente che ci fosse in Italia. Non erano arroganti e neppure orgogliosi, non si sentivano certo degli eletti e del resto il loro "stile" non si impose mai al Paese, sconfitto puntualmente da fascismo, comunismo, democristianismo, terrorismo e da ogni altro più andante e più attraente blob di massa.

Come storico, Casalegno scrisse soltanto una deliziosa biografia della Regina Margherita (che consiglio a tutti), ma una volta mi disse che dopo la pensione aveva in mente di affrontare Enea Silvio Piccolomini, grande diplomatico, grande politico e Papa umanista, su cui non esisteva una ricerca adeguata alla sua statura. I colpi di quei vili (sì quei vili, con un grazie a Salgari) mi privarono oltretutto di un libro che sarebbe stato di sicuro eccellente.

Quando cominciarono gli anni di piombo, Casalegno vide immediatamente la futilità di quel tentativo rivoluzionario, ne combatté con le sue armi la ferocia, la disperata arretratezza politica e culturale, non ebbe paura, restò fermo al suo stile sobrio e ragionevole. Ma va a parlare di Tocqueville e Montesquieu a gente che non conosce Sandokan. Altroché dialogo. Il dialogo questi fanatici lo accettano, anzi lo pretendono sempre "dopo". Sul momento rispondono acquattandosi in un androne torinese e aspettando pistola in pugno un uomo disarmato che va a casa a mangiare. Un simbolo, niente altro.

Camicia rossa

«Non so cosa mettermi.»

Nessun uomo cui sia capitato di convivere con madri, sorelle, fidanzate, mogli, figlie, vorrà negare di aver sentito ripetere questa frase in tutta la gamma delle intonazioni possibili: atterrita, pensosa, rabbiosa, accusatrice, minacciosa, prossima alle lacrime.

La usai finalmente anch'io quando venni invitato da Giorgio Armani a presentare un suo album di schizzi e disegni nella sede di Milano – che era allora, se ben ricordo, in via Durini. A quel tempo i grandi sarti erano sul punto di diventare "stilisti" inclini a vaste generalizzazioni d'ordine filosofico, ma ancora sentivano, bontà loro, la necessità di una consacrazione culturale. L'ideale sarebbe stato il poeta simbolista Mallarmé (1842-1898) che esercitò ai suoi tempi la professione di critico di moda femminile, ovvero in seconda battuta Norberto Bobbio. Ma con la mia fettina di notorietà potevo andar bene anch'io. Fu invitato con me Vittorio Sgarbi, spigliato ma autorevole critico d'arte, e insieme affrontammo il pubblico. C'era un immenso salone completamente vuoto e noi chiedemmo perlomeno un tavolo a cui appoggiarci. L'invidiabile Sgarbi s'era messo senza problemi la sua solita divisa, blazer blu un po' liso. Io non avevo che un triste completo di un grigio qualsiasi, l'unico del mio guardaroba, e guardavo non senza timore quella folla di dame sedute sul pavimento. Tutto calcolato, immagino, per imporre alla riunione un tono disinvolto e festoso, consono allo stile della *Maison*.

Ma dalla seconda o terza fila mi balenò il sorriso ironico di un vecchio amico, Giorgio Bocca, che era venuto lì per pura curiosità, per divertirsi, o per celebrare sul suo giornale quell'evento mondano. Non ricordo come fosse vestito, se con una giacchetta di velluto a coste o uno di quei maglioni a strisce trasversali che proprio non gli donano. Ma istantaneamente lo rividi nella *mise* in cui l'avevo conosciuto a Torino, molti anni prima.

Era venuto a casa nostra a intervistare Lucentini e me quando uscì *La donna della domenica*, un romanzo che non destava alcun interesse presso la critica letteraria ma che era invece un "caso" di buon appeal giornalistico; e Bocca era già un giornalista di chiara fama. Non ricordo le sue domande né le nostre risposte, ma ricordo vividamente la sua vivida camicia rossa che sbocciò quando si tolse la giacca. Era di seta, di un rosso arancio sgargiante, e gli faceva degli sbuffi un po' dappertutto. Borbottò con un filo di deprecazione che se l'era comprata, o gliel'avevano regalata, in Estremo Oriente, a Bangkok o Singapore. Ma intanto la portava, un pugno nell'occhio di clamorosa contraddizione con i suoi modi volutamente un po' grezzi, di irriducibile cuneese, di rude partigiano che s'infila la prima cosa che trova in giro. Un navigato *poseur*, che con quello strabiliante capriccio di fiamma lasciava intendere di non essere tutto lì, tutto d'un pezzo, compatto come un contadino della val Varaita.

Il "vecchissimo Giorgio", così si firma nella dedica, mi manda il suo primo libro, stampato nel 1945 presso una tipografia di Cuneo e poi ripreso da Feltrinelli. Bocca pubblicò i suoi maggiori successi da Mondadori, che lasciò in odio un po' prevedibile al Pol Spot (alias Berlusconi) d'Occidente.

Il suo libro ha, oggi, intenti polemici. Tutti parlano male della Resistenza e Bocca ritira fuori quel vecchio testo (*Partigiani della montagna*) per mostrarci quanto invece la Resistenza fosse bella, eroica e decisiva per la nascita della Repubblica italiana, una "meravigliosa avventura" di guerra. Sfrondata dall'enfasi del giovane autore che la buttò giù a caldo, oscillando tra relazione storica, cronaca e diario, è tuttavia una ricca miniera dei materiali che più tardi Fenoglio trasfigurò in epopea. Agguati, colpi di mano, rastrellamenti, incendi, fucilazioni, scambi di prigionieri, freddo, fame, pidocchi, su e giù per le valli del cuneese, con la neve, la pioggia, le interminabili scarpinate, i precari bivacchi, la cronica mancanza di armi. Tempi lontanissimi, sudatissime peripezie che Bocca, comprensibilmente, non vuol lasciar cadere nell'irrilevanza e nell'oblio. Ma per me, pantofolaio impunito, è difficile immaginare quel giovane Giorgio nei laceri giacconi e nelle scarpacce sfondate dello stile partigiano. Gli credo sulla parola, s'intende, ma mio malgrado continuo a vedere in primo piano la vaporosa camicia di un inatteso Bocca in stile estremo-orientale.

Ai ciamuma

Ancora circola quella frase fatta che dà per certa l'esistenza di uno "stile torinese", evocatrice automatica di pasticcerie, malinconie, cortesie, riservatezze, silenzi contegnosi. La Juve prende una batosta tremenda ma tace pudica, sorvola, offre un ennesimo esempio di stile torinese (almeno quello). Io ho i miei dubbi, specie osservando il frenetico attivismo della città in tutti i campi, diurni e notturni, sopra e sotto terra e nell'alto dei cieli. *Turin on the move*, mi pare dica uno slogan di qualche comitato promozionale.

Ma l'altro giorno ero in uno studio medico per certi controlli e aspettavo il mio turno in compagnia di due uomini piuttosto oltre la mezza età che parlavano a voce bassissima in dialetto. Dopo un po' uno dei due tornò a guardarmi di sfuggita per la terza o quarta volta ed ebbe l'impressione di riconoscermi. Chiese all'altro: «Ma non ti pare che quello lì sia...?». L'altro guardò anche lui, scosse il capo, non interessato. Passarono altri minuti e il primo mi fissò ancora. «Eppure, eppure...» Poi disse al compagno, in un sussurro: «*Ai ciamuma*?», gli chiediamo? L'altro scosse la testa: «*Lassà stè*» soffiò a fior di labbra, lascia stare.

Lunga vita a questo benedetto stile.

Argenteo poeta

Grande, grosso, ingombrante, e con un'aria vorrei dire pericolante, fragile. Si alzava dalla sedia nel suo ufficio a "La Stampa" e sembrava sul punto di collassare con tutti i suoi libri attorno. La stanzetta ne era piena, pile e pile da tutte le parti e mucchi gettati qua e là a casaccio. Era letteralmente vestito di libri e forse questo è il motivo vero della nostra amicizia. Che era però del tipo che esclude le intimità, le confidenze, il privato. Non sono mai stato a casa di Nico Orengo, né lui è mai venuto da me. Sapevo pochissimo della sua vita, che aveva problemi agli occhi, che aveva figli amatissimi da mogli diverse e niente altro. Gli suggerivo a volte qualche titolo e a volte lui faceva lo stesso con me. I nostri entusiasmi non sempre coincidevano. E poi c'era anche il fatto di avere entrambi servito nel Reale Reggimento Dragoni Einaudi, sia pure in epoche diverse. Nico si era molto affezionato al "padrone", di cui aveva subito i capricci con l'animo indulgente, comprensivo, del giovane per il vecchio. Ricordava quei giorni con sospironi ironici e tutto il suo atteggiamento verso la vita mi dava quell'impressione: pazienza, accettazione, filosofico distacco. Ma forse sono in molti a potermi smentire. Aveva abitato con mia grande invidia nella famosa "fetta di polenta" di Antonelli e conosceva Torino e dintorni meglio di me. Affiorava a volte nei nostri discorsi il suo amore per la Liguria, per quei sassi, quelle ville, quei fiori; ma sempre con grande discrezione, fosse pudore o fosse semplice buona educazione. Una volta a una festa in collina (di lavoro, beninteso) si presentò con una giacca di un rosso acceso e io lo accusai di vestirsi come un intrattenitore televisivo. Sospirò, con quel suo ghignetto rassegnato e andò a cercarsi un piatto di risotto.

Poco per volergli bene, eppure io gli volevo bene, forse con una sfumatura protettiva, condivisa probabilmente da molti. Un argenteo poeta di trote e di anguille che doveva restare lì e continuare a incantarci ancora per anni. Ma non è andata così. Sospiro, ma senza ghignetto.

L'istinto dei limiti

Con Lucentini ci davamo spesso appuntamento nella libreria di Femore, a metà pomeriggio. Non compravamo libri, li scambiavamo con quelli che arrivavano a casa da vari editori e che non ci interessava tenere. Così all'inizio. La libreria non era un granché, a dire il vero. Piazzata in quell'angolo di Torino defilato, smorto, le sue ampie vetrate non bastavano a farne un luogo di attrazione e il nome stesso, Campus, aveva qualcosa di irritante, per noi almeno.

Ma la libreria era lui, Femore. Ci faceva sedere su due poltroncine di tela nello "spazio aperto" del suo piccolo ufficio, e si fermava con noi a chiacchierare, telefonava, andava al banco, spariva, tornava, ci offriva il tè. A quel tempo si poteva ancora fumare (o lui ce lo permetteva nonostante) e quindi anche lavorare, cioè risolvere certe spinose difficoltà nei libri che andavamo scrivendo. Femore non chiedeva, non amava – come noi – curiosare dietro le quinte. Era affabilissimo ma riservatissimo. Non dava giudizi su libri e scrittori, specie se italiani. E invece noi alle volte ci lasciavamo scappare qualche apprezzamento negativo o sarcastico, su questo o su quello; lui restava ben saldo nel suo tatto, se la cavava con un sorriso, o allargando le braccia. Ci proteggeva. Qualche cliente gli sussurrava all'orecchio: «Ma sono loro?». E lui mormorava poche frasi che allontanavano i disturbatori.

Ci capitò varie volte di presentare libri nostri o altrui in quella saletta al mezzanino, confortante perché, date le dimensioni, si riempiva facilmente (nulla deprime come le file di sedie semivuote). Della sua vita privata non sapevamo niente, né dei suoi affari, il che prova definitivamente che si può essere amici senza scambiarsi confidenze, rovelli, segreti dolorosi. Ci intendevamo benissimo entro quei limiti, evitando chiacchiere intime. Mi chiedo oggi se una simile amicizia sia possibile fuori da Torino. Ma è solo un'idea così, anche banale.

Il mistero del dandy ruscone

Nella primavera del 1972 (*La donna della domenica* era uscito da una settimana) il telefono squillò in casa mia, a Torino. "Sono Mario Soldati" disse una voce. Non c'eravamo mai incontrati ma quella voce era nota a tutti gli italiani. Cosa poteva volere da me? Ma rallegrarsi, complimentarsi, coprire Lucentini e me di lodi sperticate, ma sincerissime, sentitissime. Che grande romanzo! Che infallibile occhio! Che strepitoso ritratto della città e della sua gente!

Soldati parlava e parlava e io, sbalordito, tentavo di ringraziarlo per la generosità, per il tanto calore ammirativo verso quello che era dopotutto il libro di due "esordienti". Ne concludemmo che Soldati era davvero una figura candidamente eccentrica nel mondo delle lettere italiane, di solito così tirchio in fatto di riconoscimenti interpersonali, così votato al culto della livida Madonna dell'Invidia.

Passò qualche mese e Soldati pubblicò un suo gremitissimo libro di memorie, *Un prato di papaveri*, che rimestava col garbo del grande conversatore (di fatto monologante) nelle proprie avventurose vicende. C'era il corridore basco Trueba, magico nome che pensavo dimenticato da tutti e che Soldati aveva seguito su per le montagne del Tour. E c'era l'Invidia.

Soldati confessava di soffrirne morbosamente nei

confronti di cineasti e scrittori che gli sembrava avessero fatto cose migliori di quelle che faceva lui. Un tormento che lo rodeva insopportabilmente e a cui con gli anni aveva finito per trovare un rimedio: visto il film, letto il libro, telefonava immediatamente all'invidiato coprendolo di elogi entusiastici, manifestando un'ammirazione che andasse un po' al di là del giusto. Con questo antidoto attenuava sottilmente l'effetto del veleno, riconquistando una sua segreta superiorità sul rivale. Un piccolo capolavoro di quella ginnastica risistematoria che torna spesso nei suoi scritti e che Soldati sempre attribuisce alla sua educazione presso una scuola di Gesuiti.

Di tali contorsioni si compiaceva in un modo che potrei definire fanciullesco, tutto fiero di essere duplice, triplice, torbido, serpentino, tormentato, spaccato. E tutta la sua vita fu da lui stesso così esibita narcisisticamente: gran peccatore, cronico scialacquatore, dissipatore svergognato di talenti, vocazioni, milioni, sentimenti, passioni, donne, uomini.

Usciva per una breve commissione e si teneva poi il tassì fino a notte. Aveva centocinquanta abiti nel suo guardaroba, dozzine e dozzine di bastoni da passeggio, cappelli, guanti, cravatte firmate da due, forse tre esclusivissimi creatori. Nel suo frigorifero erano stipate pile di filetti e cosciotti prelibatissimi, pesci inarrivabili, creme e salse ineguagliabili, e tutto se ne andava giorno per giorno in malora, tralasciato, dimenticato. Questa la leggenda (ma documentata da affettuosi testimoni). Un bambino sfrenato, goloso di tutto, curioso di tutto, un *disbela* che voleva mettere le mani su qualsiasi cosa gli si presentasse a tiro.

Eppure, se si lascia un momento da parte questa immagine teatrale, un po' frivola, un po' invadente, sempre comunque simpatica (Soldati ci teneva a piacere a tutti, tutti voleva stupire, affascinare, sedurre), se ci si ferma a riflettere dietro le quinte del gran varietà, salta agli occhi ciò che il sommo istrione aveva cura di nascondere: il lavoro.

Soldati scrisse moltissimo, fece molti film, molta televisione, inventò programmi, rubriche, mode, sempre con mano ferma, impegno assoluto. Nulla di ciò che ci ha lasciato è tirato via, la sua disciplina di artista o di artigiano fu sempre rigorosa, la sua concentrazione su quel che stava facendo – romanzo, racconto, reportage, documentario, film – fu sempre miracolosa. Come faceva quello scioperato, quel vanesio, quel giocoso dandy grondante snobismi, a sdoppiarsi radicalmente, a diventare per ore, giorni, mesi un lavoratore impeccabile, un ruscone? Il mistero resta.

Prima di lui, così lussureggiante c'era stato soltanto D'Annunzio. Dopo di lui, nessuno. È giusto rimpiangerlo, è lecito invidiarlo per quanto si dev'essere divertito, malgrado tutto.

La musa a Lugano

Ma voi come fate, ci sentivamo chiedere talvolta io e Lucentini, a stare senza patemi davanti all'occhio della telecamera, a sedere su quelle seggiole o poltrone da intervista e rispondere alle domande del conduttore senza abbandonarvi al panico? E come mai il rapporto tra lo scrittore e i mass media non sembra crearvi dilemmi, drammi, coliche di coscienza?

Ah, rispondevamo noi, perché per lo scrittore e per l'oca tutto dipende dalla prima impressione, dall'imprinting, come lo chiama Konrad Lorenz. E al nostro imprinting televisivo, al battesimo del fuoco, al primo contatto col Mostro, noi avemmo il paradossale privilegio di essere condotti da uno degli uomini più schivi, trepidi e perplessi che abbiamo mai conosciuto, da un Virgilio titubante e dolcissimo, da un poeta di suprema sensibilità e ombrosità, e tra i maggiori del Novecento italiano: dal nostro amico (indimenticabile? Eh, sì, indimenticabile!) Vittorio Sereni.

Perché fu proprio lui a invitarci al talk show che, contro ogni verosimiglianza, conduceva per la tv ticinese. La trasmissione si chiamava "Lavori in corso" e Sereni ce ne parlò come di una riunioncina familiare, cordiale, alla buona, praticamente un incontro con gli amici al caffè prima di andare tutti a cena da qualche parte. E se era lui – re della timidezza, signore dello scrupolo, zar del rossore e dell'imbarazzo – a farci una proposta simile, potevamo fidarci.

Ci venne a prendere con la sua Giulietta blu alla stazione Garibaldi di Milano, una gelida sera di fine febbraio o principio di marzo. Sulla macchina c'era già il responsabile ticinese del programma, il suo amico Grytzko Mascioni, che non conoscevamo; e tutti e quattro partimmo per Lugano sotto un cielo gonfio di nubi malauguranti. Poco dopo infatti cominciò a nevicare, il tergicristallo della Giulietta si produsse in una breve, stridula agonia e si fermò del tutto. Avremmo scommesso qualsiasi somma sull'annichilita confusione di Sereni. Invece lui, come divertito, stimolato dall'imprevisto, invitò Lucentini, che gli sedeva accanto, ad abbassare il vetro e tentare di azionare il congegno con la mano sporgendosi all'infuori. Così, perigliosamente, procedemmo. La neve entrava turbinando nella macchina, ma mentre noi battevamo i denti pensando con nostalgia alle FFSS, il pilota, sdegnoso della tormenta, tutto proteso in avanti, le mani strette al volante, seguiva l'esiguo alone dei fari con un sorriso eccitato, entusiastico.

Non vedemmo in quell'atteggiamento altro che fanciullesca freschezza, candida gioia di vivere, capace di tramutare il breve viaggio in una sfida à la Michel Strogoff. E quei tornanti, quelle salite e discese tra oscure masse collinose, in chissà quale paesaggio fantastico. L'euforia avventurosa di Sereni non si placò a Lugano, città a noi allora ignota. Volle farci da guida nella notte, per vie deserte e piazze appena imbiancate, lungo il cupo, liquido mistero del lago, su per ripide e tortuose strade fino a un belvedere che sapeva lui e da cui, attraverso il velo ora rado della neve, si contemplavano all'ingiro grappoli e festoni di lumi alti sulle acque. Gesticolava, rideva, parlava a voce alta nel grande silenzio, e con un minimo incoraggiamento da parte nostra avrebbe forse intonato un qualche canto militare o popolare.

Poiché non c'era traffico scendevamo camminando, noi quattro, su tutta la larghezza della strada, e Sereni ci parlò di un quadro che gli pareva di aver visto in un museo o in un libro, raffigurante quattro antichi gentiluomini in marcia nell'oscurità. No, non era *La ronda di notte*, ma qualcosa di vagamente simile, almeno per il soggetto e forse l'epoca. Spagnolo? Olandese? Francese? Italiano? Non avrebbe saputo dire, il suo ricordo era appannato, lontano, e tuttavia preciso, insistente, quasi ormai un'ossessione. Ci sforzammo di ripescare dalla memoria qualche indizio, qualche possibile nome; ma Sereni scuoteva la testa, le nostre ipotetiche attribuzioni non coincidevano con la sfuggente elusività del quadro, che del resto non poteva escludere di avere semplicemente sognato, ammise.

Contro le nostre, più che austere, scettiche abitudini, seguimmo poi quel trascinatore nel night in funzione sotto l'albergo, inteneriti dalla sua effervescente disponibilità, dall'espansività conviviale che lo animava da qualche ora e che evidentemente gli faceva apparire come un "colpo di vita" ciò che era dopotutto un normale viaggio di lavoro.

Tra i tavolini semideserti e i clangori dell'orchestrina lo vedemmo insediato nel pieno godimento del presente, e ci limitammo a scoraggiare due volenterose intrattenitrici accorse a proporre champagne. Nella penombra dovevano averci scambiati per giocatori del Casinò di Campione venuti lì a festeggiare una vincita, ma quando Lucentini chiese timidamente se fosse possibile avere un tamarindo, fummo con una smorfia abbandonati al nostro squallido destino.

L'indomani Sereni si rivelò un intervistatore impeccabile, come se non avesse mai fatto altro in vita sua, provocando, suggerendo, facilitando, sbloccando. Affascinati da quell'esperienza incredibile (esser messi disinvoltamente a proprio agio da un notorio professionista del disagio, dell'impaccio), ci scordammo del tutto i mass media, il loro inquietante potere, le problematiche ombre che proiettavano. Per noi la tv restò definitivamente associata al profilo nitido e gentile del poeta, al suo sguardo retrattile, alle sue repentine erubescenze, al suo sorriso sempre un po' corrucciato, in bilico tra la necessità del sospetto e il desiderio dell'abbandono.

Passarono anni, e un giorno ci arrivò a casa una rivista letteraria con alcune sue poesie inedite. Una era intitolata *Addio Lugano bella* e recava, in epigrafe, una dedica a noi e a Grytzko Mascioni, "loro sanno perché". C'era dentro quel viaggio in macchina, la nevicata tra le montagne, i laghi transitori, la passeggiata notturna per la città; e c'eravamo noi stessi:

> Ne vanno alteri i gentiluomini nottambuli
> scesi con me per strada
>   da un quadro
> visto una volta, perso
> di vista, rincorso tra altrui reminescenze
> o soltanto sognato.

Quei versi ci riempirono di illegittimo orgoglio, ma ancor più di vergogna retrospettiva. A pochi è dato di servire, sia pure indegnamente, da mattoni in un edificio lirico; a pochissimi di cogliere l'istante miracoloso in cui la Musa sfiora il poeta e mette in moto i suoi segreti circuiti di sintesi e trasfigurazione. Noi, per tutta quella sera, avevamo avuto davanti agli occhi il fenomeno, e non ce n'eravamo accorti. L'allegria, la giubilante vivacità, l'umore vagabondo di Sereni altro non erano stati che i segni superficiali del divino possesso, le irrefrenabili manifestazioni di un poeta sotto ispirazione. Non avevamo capito niente, non avevamo meritato né la dedica, né la qualifica di "gentiluomini nottambuli", per quanto di sbieco, in condominio con le oniriche figure del quadro.

E tuttavia, tempo dopo, quando la poesia entrò a far parte dell'ultima raccolta di Sereni, *Stella variabile*, ci dispiacque che la dedica fosse stata soppressa, e al suo posto ci fosse un verso di Bartolo Cattafi, "Quando nella notte ce ne andammo". Ormai c'eravamo abituati all'idea gratificante di "esser dentro" una poesia di Sereni, e parlando in seguito con Mascioni di quella sostituzione progettammo di chiederne severamente conto all'autore: usando la carta intestata e la firma (falsa) di qualche amico avvocato, gli avremmo inviato per raccomandata una richiesta di pubblica riparazione a nome di tutti e tre, minacciando querele e sequestri nel più gelido e intimidatorio linguaggio legale. Per almeno dieci secondi Sereni ci sarebbe cascato.

La sua morte c'impedì di mettere in atto il nostro scherzo. Ma tornando un'altra volta a Lugano per un'altra intervista televisiva e ritrovando le stesse nubi oscure, gli stessi brulli pendii, la stessa neve sul lungolago livido di vento, ci siamo ricordati di quel lontano imprinting, e da un verso bellissimo di Sereni ("Tutto, si sa, la morte dissigilla") abbiamo dedotto una giustificazione, o un presagio, di questo nostro indiscreto racconto. Che non può avere una vera conclusione: nessuno ormai sarà più in grado di sciogliere l'enigma del quadro e dei suoi fantomatici nottambuli.

Il biscazziere di Las Vegas

Tanto vale togliersi subito il pensiero: Citati è ammirato da molti ma da molti detestato. Arrogante, sprezzante, tagliente, è sempre lui l'unico ad aver capito tutto. Gli autori di cui non si occupa non esistono. Quelli che esistono si chiamano Goethe, Omero, Kafka, Proust, Tolstoj e pochi altri dello stesso club inavvicinabile. Gli esclusi lo vorrebbero morto, uno così. Come si permette, chi si crede di essere?

Li capisco benissimo, sia chiaro. Di Citati mi considero oggi un caro amico, ma anche con me, dopo tanti anni, se gli viene in mano il coltello a serramanico non esita a far scattare la lama. Mai alle spalle, però, sempre faccia a faccia, che è forse anche più insultante. Il critico, il letterato, può dunque apparire e magari saltuariamente essere odioso; ma l'uomo non è cattivo, tutt'altro.

Io lo conobbi nel 1958 o '59 in casa editrice Einaudi, dov'era passato a salutare i suoi compagni di scuola (Normale di Pisa) Ponchiroli e Bollati. Passò anche a salutare Calvino, che ammirava e di cui era amico, ma Italo aveva appena lasciato l'ufficio e Citati restò lì al mio tavolo qualche minuto a parlare di fantascienza, le antologie da me curate essendogli molto piaciute. Gentile, sembrava.

Molti anni dopo Gianni Merlini e io, stufi della trop-

137

po umida Versilia, cercavamo casa più a sud, in Maremma, e Citati, grande amico di Gianni, ci ospitò per due o tre notti a casa sua.

La sua casa era una vera e propria tenuta, con un prato ampissimo, immensi alberi ombrosi, viali infilati sotto fitti rami e cespugli, una cappelletta tra gli ulivi, filari di alberi da frutta. L'edificio, benché costruito negli anni Trenta, restava felicemente fedele a canoni di sobria rusticità toscana. Niente civetterie anticheggianti, solida, comoda naturalezza in quei terrazzi, loggette, salette e saloni e alti finestroni. La Castellaccia, si chiamava la frazione, dotata di una botteguccia di alimentari e attorno un minuscolo borgo. Citati s'era scelto come studio una cameretta a pianterreno e lì s'installava a scrivere accanitamente dal primo mattino. Poi, quasi ogni giorno, prendeva la macchina e faceva quei venti chilometri fino alla spiaggia della mia pineta. Si cambiava, si sedeva sotto il mio capanno di cannucce e si metteva a leggere il giornale. Per me andava benissimo così, perché con un apodittico cronico la conversazione è sempre piuttosto asimmetrica. Se accenni a un libro che hai cominciato a leggere ieri sera, o a un film che hai appena visto in tv, l'apodittico nove volte su dieci già lo conosce da anni, l'ha già soppesato, valutato, sistemato nel suo archivio mentale e te lo liquida in quattro parole. Se invece capita che non ne sappia niente lo liquida in parole due, come irrilevante. Finché non c'è arrivato lui, alla caduta di Costantinopoli, non è il caso di parlarne.

Una bella sicurezza, da me molto invidiata. Non voglio dire che la mia indole tenda particolarmente all'amletismo, ma di dubbi ne ho sempre, come tutti, tantissimi, sui cardi delle perplessità mi ci spello i piedi quasi ogni giorno, quasi ogni decisione infine presa mi sembra, a rifletterci, sbagliata. Non così Citati, sereno, sorridente, ben piantato nella sua infallibilità: quella Citroën, di quel colore, di quella cilindrata, è l'unica giusta; quella pasticceria di Gavorrano è l'unica che sa fare i salatini; quel certo albergo in Cadore è l'unico dove si sta veramente bene. Se solo accenni a un buon albergo in Val d'Aosta dove anche tu una volta... Citati taglia corto con una smorfia. Quale Val d'Aosta? La Val d'Aosta non esiste, è cancellata dalla carta geografica. Ipse dixit. Si può sospettare che sia tutta una difesa per tenere lontano Amleto e i suoi tormenti, ma non credo. Citati è convintissimo di quello che dice, sceglie, fa; la sua stessa voce s'impone con tonalità sbrigative, definitive nel fatale labirinto dei sentieri che si biforcano.

È possibile diventare e restare amici di un personaggio così rostrato? Sì, per una ragione ai miei occhi decisiva: Citati è uno dei rarissimi uomini che sanno parlare ai bambini. Un dono divino, se vogliamo, come san Francesco che sapeva parlare agli animali. Abbiamo ormai la certezza scientifica, o metafisica, che i bambini vengono strappati urlanti da un loro misterioso mondo extraterrestre e che poi qui da noi si adattano piano piano al nostro. Per alcuni anni, però, conservano del loro luogo d'origine un sistema logico di strabiliante mutevolezza, dove tutto, assolutamente tutto, si può innestare su tutto, tramutarsi nel suo opposto, trapassare inconcepibili dimensioni, far esplodere o miniaturizzare ogni ordine di grandezza, di probabilità, ogni convergenza euclidea o divergenza non euclidea.

Come parlano questi piccoli alieni? Be', più o meno come noi, apparentemente. Ma ricordano d'istinto la lingua delle mummie, per esempio. Sepolti (meno il volto) in tre tumuli sabbiosi, l'egittologo Citati si china su di loro e gli rivolge cavernose parole. Le mummie rispondono, altrettanto cavernose. Dopo una lunga criptica conversazione l'egittologo si trasforma in promotore di Formula 1, afferra per i piedi una ex mummia e le fa tracciare col fondoschiena un circuito da brividi, tutto curve e controcurve, un solo rettilineo, e piazza sulla linea di partenza le grosse biglie cangianti da lui stesso messe a punto in una sua officina. Ed eccolo giudice di gara, a dirimere delicatissime questioni di fair play, a chiudere un occhio con chi bara (tutti), a rimettere in pista chi ne sembrava uscito definitivamente per la terza volta, a decidere chi abbia in realtà vinto (tutti).

«Ma questa è di inestimabile valore?» gli chiede un bambino mostrandogli una conchiglietta poco più rosa del suo palmo aperto. «Senza dubbio» risponde ammirato il massimo diamantologo di Anversa dopo averla scrutata a lungo col suo occhialino fatto con due dita. «È proprio di inestimabile valore.»

Il cliché, che ha una sua nobile carriera fiabesca, deve essere rispettato. E rispettate (con delizia) saranno tuttè le deformazioni di parole praticate dai bambini, soltanto un orecchio ottuso correggerà il "rogiologio" in "orologio", il "lusignono" in "usignolo".

Un'estate, nel sottotetto di casa sua, Citati trovò la muta di un lungo serpente, un frustone: involucro trasparente, leggerissimo, crepitante. Ma allora il rettile abitava lassù, nascosto in un suo buco, e forse chiamandolo... I bambini salirono col cuore in gola, lo stregone Citati aprì una porticina cigolante. «Su, provate a chiamarlo!» Il meno timoroso infilò mezza testa in quella penombra infida e balbettò a mezza voce: «Frustone». «Grida più forte» lo incoraggiava Citati. E l'altro: «Frustone! Frustone!», pronto a precipitarsi lontano da quella soffitta amazzonica. Ma per pigrizia o timidezza il rettile non si mostrò.

Posso ben dire che quelle feste di bambini (e di grandi) alla Castellaccia erano d'inestimabile valore. C'erano zuppe, e torte con e senza panna. Intingoli e prelibatezze maremmane, fritti e creme e involtini e salsine sparse su lunghi tavoli ai bordi del prato: il classico "ogni ben di dio" sempre presente in Pinocchio e in tante dimore fantastiche.

Affezionatissimo, come tutti noi, alla sua bella casa, Citati ci viveva il più a lungo possibile, veniva già a fine maggio e richiudeva tutte quelle infinite finestre solo a fine ottobre, se non in novembre. Spesso riapriva per Pasqua, quasi sempre per le vacanze di Natale, allestendo con suo figlio Stefano e mia figlia Federica (stessa età) un presepe degno di una prima alla Scala, qui il secondo laghetto, lì la quarta gallina, l'arrotino laggiù, la Stella un po' più in basso, e così via fino alla perfezione. La notte di Capodanno giocavamo a tombola, evento chiassosissimo, eccitato, sgocciolante di creme e bave al cioccolato, scandito dal biscazziere venuto appositamente da Las Vegas per gestire il gioco. E qui dico che chi non abbia partecipato a una tombola presieduta a capotavola da Citati nell'urlio continuo dei piccoli alieni non può sapere che cosa sia la *douceur de vivre*.

Messo così, Citati sembrerebbe tutto meno che un illustre e potente personaggio dell'establishment culturale italiano. Qualcuno di quel mondo veniva talvolta a trovarlo alla Castellaccia e lui lo portava poi alla mia spiaggia a fare il bagno. Ma non l'ho mai visto all'opera con banchieri o ministri o luminari di questo o quel ramo. So che s'era preso di grande affetto per Federico Fellini, che girava degli spot pubblicitari per sopravvivere e lo invitava ad assistere alle riprese.

Vinse anche il premio Strega e una volta non so più quale presidente della Repubblica lo invitò a cena al Quirinale, una cena di alte personalità accademiche, delle arti, e d'altro ancora, immagino. *Black tie*. Citati spiegò allora al segretario che non possedeva uno smoking. Poco male, avrebbe provveduto il Quirinale. Citati rifiutò. Anche solo la giacchetta nera? Anche. Ma non aveva almeno un abito non proprio color ruggine, un po' sullo scuro, diciamo fumo di Londra? A palazzo gli avrebbero fornito un farfallino nero con l'elastico, che su una bella camicia bianca... Citati disse di no, grazie e non salì al Colle.

Sdegnoso dunque di riconoscimenti e onori, superiore alle pompe del mondo? Chissà (c'era pur sempre quella piccola macchia nera del premio Strega...). Circa il suo guardaroba, sua moglie Elena faceva del proprio meglio per renderlo, se non presentabile, almeno inoffensivo. Completi neutri, cravatte spente, che Citati si portava addosso senza la minima solidarietà. Né mai provò la minima solidarietà verso marxismo, materialismo dialettico, palingenesi rivoluzionarie e simili tragiche velleità (e per questo forse sta così antipatico a molti). Ma fra le tante icone sbandierate in quei cortei il suo rimpianto va al presidente Mao, non tanto per *Il libretto rosso* quanto perché il Grande Timoniere seppe imporre a miliardi di persone un abito unico, con gli stessi bottoni, risvolti, tasche, della stessa stoffa, dello stesso colore. E non appena si logorava, un altro uguale identico. Questo avrebbe desiderato quanto a sé Citati.

Se faceva di testa sua, o piuttosto se si lasciava plagiare da amici sconsiderati, poteva succedere che si presentasse alla spiaggia combinato nei modi più inverosimili. Lucidi calzonetti color prugna, polo rosso fuoco, una volta arrivò con una maglietta a larghe strisce orizzontali verdi e beige, terribile. «Ma sei impazzito?» protestavo io. Su queste cosette esteriori si lasciava dire, sorrideva indulgente, filosofico. «Be', che c'è di male, l'ho trovata su una bancarella a Arcidosso», «Ma non si può, sembri un centrocampista del Celtic Glasgow!». Citati si rimirava la maglia senza vergogna. «Mi hanno detto che è filo di Scozia, bello fresco» si difendeva bonario.*

---

* Lui nega recisamente questo dettaglio ma io sono sicurissimo di averla vista, quella maglietta. Può trattarsi però di uno scambio di persona. Era venuto con lui quel giorno Sergio Ferrero, scrittore torinese poco notato ma autore di alcuni romanzi non banali, uomo di gusti raffinatissimi, grande nell'imitazione di portinaie e *madamìn* torinesi. Un vero snob, in sostanza. E, come accade a questo genere di personaggi, poteva essersi lasciato incantare proprio dalla ridicolaggine di quella maglietta. Una sfida.

Faceva lunghissime nuotate al largo riducendosi a un puntino invisibile tra Montecristo e il Giglio. Ma quanto a visibilità in terraferma ne aveva da vendere, come constatai quando mi propose di andare un paio di giorni a Spoleto a vedere un po' di quel festival.

Questi grandi eventi culturali io li ho, si può dire, mancati tutti. Mai una "prima" fastosissima, attesa da anni, mai un vernissage, un'inaugurazione, una celebrazione squillante. Non m'invitavano, per lo più; oppure ero in un altro posto; o mi spaventava la ressa; e nemmeno io avevo uno smoking, del resto. Ma il festival di Spoleto durava già da un bel pezzo, i primi appassionati, gli "scopritori", già avevano smesso di andarci e quindi il fervore iniziatico delle prime due o tre stagioni non era più da temere. D'altra parte il pubblico doveva essere aumentato vertiginosamente, poiché ogni occasione che contenga il virus dello snobismo si propaga peggio dell'influenza aviaria.

«E se non troviamo da dormire?» dicevo io. Da autentico leader, Citati nemmeno mi stava a sentire. A Spoleto non c'era naturalmente una camera o subcamera libera. Pazienza, dicevo io, abbiamo fatto comunque una bella gita. Lui sparì, taciturno e grintoso, e quando tornò al caffè dove ci aveva lasciati tutti, annunciò che avremmo dormito in un bellissimo albergo in cima a una montagna lì vicino, pochi chilometri di salita, gli stessi in discesa, gli stessi ancora per andarcene a dormire dopo lo spettacolo.

«Quale spettacolo?», «*Così fan tutte*, nel famoso teatrino del festival. E anzi, alzatevi e andiamo», «Ma i biglietti?». Il leader alzò le spalle senza rispondere e si mise alla testa del titubante gruppetto, a grandi passi. Nell'ingresso del teatro si affacciò allo sportello della biglietteria. «Sono Pietro Citati» disse duro alla ragazza. Io credetti di leggere nel di lei pensiero un chiarissimo "E chi se ne frega", e intravidi, così mi parve, la sua lingua prepararsi al pernacchio.

Invece, in due minuti, ci furono i biglietti, ci fu un intero palco tutto per noi, e quando si vide che le sedie non bastavano ci furono (altri tre minuti) anche le sedie. Da quel momento Citati ci guidò per tutte le scale, i giardini, i terrazzi, i saloni, i bianchi divani, le accecanti vetrate, le fresche ombre che provvedevano a fare di Spoleto un memorabile evento mondano. Entrammo in non so quante case (compresa quella di Menotti, beninteso), attraversammo con impeto non so quanti ingorghi di invitati, curiosi, musicisti, cantanti, addetti ai lavori, camerieri contorsionisti, personaggi dal portamento che diceva palesemente: "Lei non sa chi sono io" (e infatti non lo sapevo).

Un trionfo, che ricordo con nostalgia e gratitudine, perché qualcosa senza dubbio mi insegnò per *Ti trovo un po' pallida*. Il giorno della partenza andammo a sederci nel grande caffè sulla piazza che digrada appena verso il Duomo. File e file di sedie erano allineate per il concerto serale, mia figlia Maria Carla era andata con la mamma a cercarsi una di quelle candide camicie da notte in stile nonna allora di moda, io bevevo un bicchiere di bianco e guardavo quella piazza dolcemente inclinata, quel capolavoro di chiesa, quella premonizione di violini, flauti, trombe, clarini, sospesa lì davanti come una nube latente di pagliuzze dorate.

«È bello» dissi a Citati, «avevi ragione.»

«Ma io ho sempre ragione» disse lui sorridendo, più rassegnato che fiero.

Complice Formenton

Mario Formenton, che per alcuni anni (pochi, in verità) fu presidente della Mondadori, era un uomo irresistibilmente simpatico. Grande e grosso e tuttavia agile, elegante, gli bastava sorridere per conquistare chiunque. Spargeva intorno a sé energia, fiducia, ottimismo, entusiasmo. So che è ridicolo metterlo a confronto con Hitler, tuttavia non c'è dubbio che se devi avere un capo carismatico da seguire fedelmente lo vorresti proprio così, generoso, comprensivo, pronto ad accettare obiezioni e critiche ma capace alla fine di decidere da solo. Si lanciò nell'impresa de "la Repubblica" come un condottiero e vinse la sua battaglia (un editore di libri non deve mai farsi irretire da un quotidiano, che lo spellerà vivo in un attimo: questa era la legge, che Formenton ebbe il coraggio di infrangere con pieno successo). Perse poi la battaglia della tv contro Berlusconi, ma questa è un'altra storia. Poco dopo morì ed è ancora oggi rimpianto da moltissimi, me compreso.

Io lo vedevo saltuariamente a Segrate o in occasione di qualche "evento" cultural-mondano, e un paio di volte andai a cena a casa sua. Ma non ricordo quando e dove mi raccontò un piccolo episodio relativo a Simenon. So che eravamo noi due soli, forse alla Buchmesse di Francoforte dove allora aleggiava per tutti i padiglioni un odore di verdura, del resto buonissima, che veniva servita in ciotole metalliche un po' casermesche.

Simenon, venuto a Milano con la moglie per certe questioni contrattuali, era sceso in un grande albergo del centro. Formenton andò a prenderlo e lo trovò al bar. La moglie si stava vestendo, sarebbe scesa tra dieci minuti. I due chiacchieravano del più e del meno, ma a un tratto l'occhio dello scrittore si fermò su una ragazza seduta pochi sgabelli più in là e di cui era chiarissimo il mestiere. Simenon si scusò, pregò l'editore di tenergli buona la moglie se fosse scesa, raggiunse la ragazza e s'infilò con lei in ascensore. Quando arrivò la moglie (chissà quale, fra le tante) Formenton era imbarazzatissimo, ma inventò qualche scusa e tenne eroicamente fronte fino a quando, pochi minuti dopo, un sorridente Simenon riapparve come se niente fosse, si scusò appena, e tutti e tre uscirono dall'albergo per la cena.

Era una delle diecimila donne "conosciute", a suo dire, dallo scrittore e non è certo menzionata nelle sue *Memorie intime*, uscite da Adelphi. È un libro che ha un movente tragico, il suicidio della figlia ventottenne Marie-Jo a Parigi. Ma via via che procede nel dolente scavo, la sua arte di narratore totale gli prende la mano, il coatto non può resistere a niente: un'autostrada in Texas, una casa in Vandea, un albero, una notte di pioggia, una bicicletta, Joséphine Baker, una bettola in rue Mouffetard, un litigio, un prato, ogni minima tessera della sua vita è registrata per sempre. Come se niente fosse reale, niente esistesse al di fuori della scrittura. L'impulso è biblico, divino: Simenon è l'ultimo a tentare di "creare" il mondo intero nei minimi particolari, ma al tempo stesso è un uomo e vuole godere delle sue creature fino alla ragazza di piccola virtù seduta su uno sgabello di un albergo milanese, vista e presa per cinque minuti sotto gli occhi sbalorditi di Formenton.

Mimma degli scrittori

Come tutti i Mondadori che ho avuto modo di più o meno conoscere, la Mimma (vero nome: Laura) dava un'impressione immediata di esuberanza e simpatia. Il sorriso era sempre aperto, accogliente, come riservato espressamente per te. Il principe di Ligne, indiscusso arbitro mondano del Settecento, ne fa la prima regola del successo in società (la seconda è di esercitarsi a trattenere gli sbadigli, a costo di slogarsi le mascelle). Ma il sorriso della Mimma non discendeva da quegli spietati *salons*. Doveva averlo assorbito in casa, in famiglia, anche se il ritratto che della famiglia tratteggia nel suo svelto libro autobiografico *Una tipografia in Paradiso*, uscito nel 1985, non è poi così sorridente. Molti divieti, molte severità, molti castighi del genere a quel tempo tradizionale. Ma nulla in realtà di davvero soffocante, e anzi un'atmosfera piuttosto vivace e movimentata, dove alla fine i figli, Mimma compresa, riuscivano a fare all'incirca quel che volevano.

C'era un passaggio continuo di scrittori d'ogni ordine e grado e questa frequentazione rispettosa ma casalinga coi nomi più illustri o più popolari del momento fu certo d'aiuto alla Mimma quando cominciò a occuparsi, subito dopo la morte di Arnoldo, delle cosiddette "relazioni esterne" della Mondadori. La incontravo per gli aperti corridoi di Segrate sempre in movimento, sempre con l'aria di essere appena arrivata o in procinto di partire, foulard al vento (ne aveva di bellissimi). Le relazioni esterne rappresentano in qualsiasi grande azienda un'attività altamente rognosa, ma in una casa editrice è di gran lunga peggio. La controparte, chiamiamola così, non è un ministero, un ente, una banca, ma una singola persona estremamente nevrotica, piena e insieme dubitosa di sé, incline al sospetto e alla mania di persecuzione, vulnerabile, spesso infantiloide: in una parola, l'autore. Costui, senza eccezioni, è convinto che il manoscritto che ti ha appena consegnato sia un capolavoro. Se afferma sconsolatamente il contrario, vuol dire che ritiene l'opera un capolavoro assoluto.

Si comprenderà come la gestione di simili creature sia il più delle volte problematica, nel senso di dover decidere se spingerle sotto i vagoni della metropolitana o strozzarle direttamente con le proprie mani. La Mimma, col cognome che portava, era in prima linea in queste massacranti relazioni esterne. Infinite telefonate, migliaia di lettere (allora non c'era la posta elettronica) di gente che vedeva in lei un "punto di riferimento" irrinunciabile. L'autore, anche se affermato, anche se celebre, resta essenzialmente un rompicoglioni, che disdegna i rapporti con quella che ai suoi occhi appare come la bassa forza – consulenti, editor, lettori esterni, e altri meschini tirapiedi. Lui vuole trattare col padrone (leggi: la mamma), il solo dal quale può lasciarsi convincere, consolare, lusingare, sottomettere, eventualmente fregare.

Questo appunto la Mimma faceva, come ben risulta dal suo archivio. Sua spalla era Domenico Porzio, singolare figura di talent scout, abile intermediario, astuto raccoglitore di *intelligence* e acceso estimatore di J.L. Borges. C'era poi Vittorio Sereni, che aveva lasciato la carica di direttore letterario e dava una mano col suo grande prestigio e le sue innumerevoli conoscenze nell'ambiente. Uno strano terzetto, a ripensarci, che eruttava lava rovente in occasione dei premi letterari, quando da un voto, una telefonata, una gaffe sembra dipendere l'esito della battaglia di Austerlitz. Sostando un momento davanti alle loro scrivanie io mi permettevo facili esortazioni alla serenità, sapendo benissimo che il malato in terapia intensiva vede il cappellano di passaggio come un'ombra fastidiosa, se non peggio. Poi qualcuno vinceva, qualcuno perdeva, c'erano abbracci e risate, mugugni e recriminazioni. «A quelli l'anno venturo gliela facciamo pagare!», «Meno male che quella ha spostato il tiro all'ultimo momento, ma deve aver avuto paura di chi dico io, che sarà anche una gran carogna, ma sa perfettamente che con noi non gli conviene fare il furbo!».

Cose così: impalpabili intrighi, congiure a mezza voce, imperscrutabili vendette. La Mimma – si vedeva – un po' pigliava gusto a queste sfide ricorrenti, un po' ne pativa, rassegnata, l'assurdità, un po' avrebbe voluto lasciare perdere tutto, rifugiarsi nella villa fiesolana del suo nuovo marito, l'architetto Piero Berardi. In fin dei conti non sposò Giovanni Spadolini (detto in famiglia Spadolone) come molti si aspettavano, ma di questa rottura, se pure ci fu, io non ho mai saputo né immaginato niente. Erano cose da vip.

L'architetto non lo conobbi mai, ma sapevo che aveva fatto parte del famoso team incaricato negli anni Trenta di costruire la rivoluzionaria stazione di Firenze. E sapevo che a Punta Ala, uno dei luoghi più belli d'Italia, sconciato (per sempre!) da ogni sorta di tonitruanti, abominevoli edifici alberghieri e residenziali, l'unico hotel progettato secondo criteri di discrezione tale da sfiorare l'invisibilità, l'hotel Alleluja, era opera di lui, del Piero. Un'estate la Mimma ci si stabilì per qualche settimana in veste di nonna, coi figli, credo, di Leonardo Mondadori e andai a trovarla dalla vicina Castiglione della Pescaia. Passammo un pomeriggio a chiacchierare e a bere tè freddo all'ombra di quei raffinati saloni e sotto i grandi pini a ombrello. Mi parlò della villa di Fiesole, dove suo marito aveva utilizzato una sorgente rocciosa per farne sgorgare le acque entro una piscina di petrarchesca freschezza, e di una lunga, serpeggiante galleria floreale da cui in primavera spioveva una fittissima volta di lillà. Una passeggiata meravigliosa che mi invitò a fare quando ne avessi avuto il tempo. Ma il tempo non si trova mai per queste cose, le uniche serie. Il Piero morì, morì anche la Mimma, e io che non ho mai visto quella romantica galleria vorrei che qualche angolo dell'archivio conservasse in qualche modo anche il profumo dei lillà.

La donna che voleva soltanto le gomme

Chiunque abbia lavorato in una grande azienda sa che i "padroni" o "capi" si lasciano talora sedurre da qualche grande idea rinnovatrice. Verso il 1979 l'idea era questa: esistono in Italia non so quante librerie, ma le cartolibrerie sono infinitamente più numerose e gli editori le ignorano senza pietà. È proprio lì, invece, che bisogna battere il ferro, attirando quei piccoli bottegai nel giro delle manifestazioni maggiori, con sconti speciali, vetrine mirate, campagne di promozione, incontri con gli autori. Il nostro romanzo *A che punto è la notte* era appena uscito e alla Mondadori ritennero che fosse adattissimo per testare quella nuova strategia di mercato. Basta coi teatri dorati, i saloni dei grandi alberghi, le rutilanti librerie del centro, le tartine di caviale. Un esercito di oneste, modeste cartolibrerie aspettava solo un gesto di attenzione per movimentarsi, partire all'attacco, diventare il primo, fondamentale canale capillare di vendita. Ma da dove cominciare? Ovvio: dal paese natale di Arnoldo, da Ostilia.

Leonardo Mondadori era allora un giovane dirigente dell'azienda e c'entrava in qualche modo con la direzione commerciale. L'idea non credo fosse sua ma certo gli dovette piacere e ce ne parlò con il suo consueto entusiasmo. Amanti di ogni esperimento, noi accettammo subito e in una bella giornata d'autunno partimmo tutti quanti per Ostilia, borgo sperduto nella piatta campagna. C'era in giro pochissima gente ma noi pensavamo, se non proprio alle fanfare, a qualche forma di speciale accoglienza. Dopotutto il paese era quello di Arnoldo, con noi c'era suo nipote, e noi due non eravamo degli sconosciuti totali.

Non incontrammo né fanfare, né striscioni o locandine mentre raggiungevamo la cartolibreria prescelta. La proprietaria era sola in mezzo alle sue penne, cartelle, palloni e svariati giocattoli. Il nostro libro era esposto in vetrina e sul tavolo vicino alla cassa una pila di copie faceva la sua invitante figura. Ma non una era ancora stata venduta. La padrona si scusò, erano solo le quattro del pomeriggio, le mamme sarebbero arrivate dopo l'orario scolastico.

Cominciò una lunga attesa. Facevamo passare il tempo giocherellando con bambolotti e dinosauri, album da disegno e pistole ad acqua. Nelle cartolibrerie c'è un buon odore di antico e ognuno di noi rievocava certi pennini, certi temperini dell'infanzia. Si stava bene, al caldo, ma il campanello della porta continuava a non suonare. Fuori stava salendo la nebbia e figure sempre più indistinte sfilavano rade davanti alla vetrina, senza fermarsi.

Infine la padrona, che era uscita lì davanti per impazienza e umiliazione, scorse in lontananza il fanale di una bicicletta che si avvicinava. Rientrò tutta eccitata, conosceva quella donna, era una sua cliente, si sarebbe senza fallo fermata. E infatti la porta scampanellò e una donnetta di mezza età fece il suo ingresso. Voleva delle gomme per cancellare. La padrona ci presentò e noi tre circondammo la preda come avvoltoi, le mettemmo in mano *A che punto è la notte*, le tenemmo discorsi mielosi, suadenti. Lei rigirava tra le mani il libro (per la verità grossetto), sorrideva imbarazzata, faceva timidamente no con la testa. Le gomme, voleva, non quel misterioso mattone. Nulla sapeva di noi e dei Mondadori. No, proprio non se ne parlava. Alla fine Leonardo strappò via la camicia trasparente del volume e glielo regalò, con triplice dedica. Ma si capiva che sarebbe finito in qualche angolino del tinello, nessuno l'avrebbe mai letto.

Lasciammo poi passare un'altra mezz'ora e c'infilammo sconfitti nel folto della nebbia. Il fallito esperimento non ci indusse, come l'imperatore Otone dopo la battaglia, a lasciarci cadere su un lungo pugnale acuminato, benché ce ne fossero in vendita (ma di plastica). E anzi quel flop assoluto ci divertì moltissimo e tra noi e Leonardo si stabilì un legame di ilare cameratismo come tra reduci che abbiano condiviso ritirate e disastri. La donna che voleva soltanto le gomme restò una figura proverbiale tra i "commerciali" della Mondadori e dopo di lei la luminosa idea delle cartolibrerie fu lasciata cadere, se ben ricordo.

La siepe dei lamponi

Quanti anni avrò avuto? Sei, come minimo. Ma più plausibilmente sette, forse otto, perché non mi risulta di essere mai stato precoce in niente (e lo dico senza rimpianti: non so se mi piacerebbe di essere tra quelli che mettevano Einstein in difficoltà col pallottoliere dell'asilo o con il grembiulino bianco devastavano il letto di Hedy Lamarr). La data congetturale dei miei primi rapporti con la Mondadori va dunque posta intorno al 1933, d'estate, nel movimentato giardino di una villa grande, giallina, un po' *délabré*, che mio padre prendeva in affitto per le vacanze sulla collina torinese, come allora si faceva. Per cambiare aria non c'era bisogno delle Maldive, bastava Cavoretto.

Veniva il signor Gallea col suo carro trainato da un immenso cavallo dalla bionda criniera, caricava ceste e bauli e si avviava a tranquille zoccolate verso la collina. L'indomani arrivavamo noi a prendere possesso di quel luogo di camere umide e rubinetti sgocciolanti, che aveva inoltre un frutteto, un pergolato, un gioco da bocce, una sofora di monumentale ombrosità, una siepe di lamponi lungo la recinzione.

Qui è il punto, qui la *madeleine*. Il mento impiastricciato di rosso, le dita appiccicose, io sedevo su un gradino di ciottoli tenendo spalancato sulle ginocchia un album a fumetti e compitavo parola per parola un te-

sto sacro alla memoria: "Topolino e lo struzzo Oscar".
Due gradini più sotto mia sorella Giovanna faceva lo
stesso con: "Topolino e il nibbio Squick".

Così cominciò. Naturalmente io non avevo idea di
che fosse Arnoldo Mondadori. Anzi, nemmeno mi po-
nevo il problema di come quell'album fosse arrivato
fino a me, che ci fosse un "editore", una casa editrice
con tanta gente che si occupava di confezionare e mettere in circolazione la storia del velocissimo struzzo.
Lo struzzo era piovuto dal cielo, per così dire. Come
i lamponi, era lì, a portata di mano, e tu lo prendevi e
divoravi senza farti domande.

Ho indugiato su questo quadretto imperdonabilmen-
te personale per cercare di spiegare il legame che ci fu
poi sempre tra il mio dito di bambino e l'imponente co-
losso aziendale. Immagino sia stata più o meno questa
l'idea, per non chiamarla utopia, del fondatore: metter-
ti tra le mani libri che avessero l'aria di essere piovuti
dal cielo. Li pagavi, beninteso, ma più che di un prezzo si trattava di un obolo (moderato) per quello che in
realtà era il dono di una fata generosa, di un mago illi-
mitatamente prodigo. Un'operazione di essenza fiabesca, gramsciana senza Gramsci, si potrebbe azzardare.

Narrano che fosse un uomo dal fascino irresistibile; il
corrucciato, lo scontento, il deluso varcava a muso duro
la sua porta e ne usciva persuaso e sorridente, il braccio del mago attorno alle spalle. Ma con me il caso non
si presentò mai. Lo incrociavo talvolta nel corridoio al
primo piano del palazzo di via Bianca di Savoia, lo sa-
lutavo, lui salutava me senza probabilmente sapere chi
fossi (o magari lo sapeva benissimo, chissà). Dopo un
paio d'anni che seguivo con Lucentini la rivista "Urania", si pensò di organizzare una piccola mostra dei disegni originali di Karel Thole per le nostre copertine. Il
Presidente venne e prima di aver finito coi succinti ral-
legramenti passò alle esortazioni: bisogna far meglio,
bisogna fare di più, col bastone a mezz'aria.

Quel bastone ridusse quasi alle lacrime Alberto Tedeschi che dirigeva la collana dei "Gialli" con grande successo. Un uomo incantevole, elegante, di finissima sensibilità, infallibile nelle sue scelte, o quasi. Gli era stata offerta la serie di James Bond ma Tedeschi, trattandosi di spionaggio, aveva ritenuto che non potesse interessare i suoi lettori e così 007 uscì da Garzanti. Poco dopo arrivò il primo film e il fenomeno esplose. Un giorno, verso l'una, uscimmo insieme dai nostri contigui ufficetti in via San Martino, attraversammo il cortile interno e da una porticina di servizio sbucò il Presidente, lobbia grigia in testa, bastone in mano, diretto alla sua Bentley di cui l'autista già gli apriva lo sportello. Tedeschi imprecò sottovoce, si fermò. Ma era troppo tardi: senza cambiare passo, girando appena la testa, il mago alzò il bastone a mezz'aria e tristissimamente sospirò: «Eeeh, Tedeschi, abbiamo perduto l'autobus!».

«Capisci me lo dice tutte le volte che lo incontro: "Abbiamo perduto l'autobus, abbiamo perduto l'autobus". Tutte le volte, da mesi! Io divento matto.»

Nel corso degli anni qualche autobus lo persi anch'io, confesserò. Ma era questo il bello della Mondadori, che potevi permetterti di sbagliare. In quella vulcanica profusione di libri, libretti, libroni, collane, sottocollane, settimanali femminili, infantili, settoriali, generali, l'errore poteva sempre essere rimediato, la cantonata spinta sotto il tappeto senza traumi.

Mi rendo conto di parlare da esterno e non da dipendente, un collaboratore marginale che fra l'altro abitava fisicamente a Torino e ignorava, né si curava un granché di sapere, come andassero le cose all'interno di quelle intrecciate gerarchie. Ci saranno state senza dubbio anche lì convulse lotte di potere, coliche e insonnie, urla e lividi rancori; ma a me ne arrivavano soltanto gli echi lontani, per mia fortuna. L'impressione che mi resta dopo mezzo secolo è di un'azienda effervescente più che massiccia, cordiale più che totalitaria, dove le ragazze infelici potevano chiedere di cambiare ufficio, i dirigenti di passare ad altre mansioni, i pigri e gli inefficienti di essere (per un po') perdonati.

Cinico paternalismo? Cruda industria culturale? Queste formule girarono per anni senza turbare la mia disinvolta convivenza con la casa editrice. Era stato Alberto Mondadori a tirarmici dentro, per via di "Urania" da lui stesso escogitata con Monicelli; e senza mai aver fatto parte della sua cerchia intima io assistevo a bocca aperta alle multiformi imprese di quell'eroe d'intensità operistica che non si poneva limiti in nessuna direzione. A Torino *chez* Einaudi non avevo mai visto niente di simile. I nostri rapporti erano facili, potevo entrare nel suo ufficio mentre stava progettando qualche temeraria avventura (gli Oscar, per esempio) e interrompere la riunione per sottoporgli una copertina con mostri schifosi. Quando si staccò dalla Mondadori col suo Saggiatore ci convocò tutti, una sera, nella saletta di un albergo milanese. Per sdrammatizzare io comprai un pistolone giocattolo e lo misi sul tavolo davanti a me come se fossimo a una congrega di cospiratori. Voglio dire, si poteva scherzare e rifiutare l'offerta senza offesa.

Ma con tutta la famiglia era un po' così, tutti erano avvicinabili, informali, di largo sorriso. Tutti appassionatamente operosi, pugnacemente onirici come il capostipite. Perfino le figlie, la Mimma e Cristina, s'imposero alti progetti, scrissero testimonianze. Giorgio spostò la sede da Milano a Segrate chiamando (criticatissimo, anche da me) l'architetto che aveva costruito Brasilia, col risultato che oggi quel palazzo grigio con le sue arcate dissonanti che si specchiano nel laghetto è l'unica opera d'arte della periferia milanese. Mario Formenton ebbe fede nel quotidiano "la Repubblica". Leonardo fece scoppiare la dolce bomba di "Harmony" seppellendo di petali rosa il target femminile.

Target, tirature, tredicesime, promozioni, rese, percentuali, opzioni: è questo, secondo molti, il vero linguaggio dell'editoria e io stesso lo conosco bene, lo parlo correntemente. Ma come una specie di lingua straniera imparata tra tutte quelle scrivanie, a tutti quei piani. E tuttavia, percorrendo i lunghi corridoi dell'open space tra i verdi pannelli divisori, mi sarà pur lecito (data anche la canuta età) intenerirmi un momento come Ulisse e salutare "piangendo i cari compagni", i dolceloquenti Sereni e Vittorini e i Polillo *brothers*, e il dottor Franchi con la sua segretaria Silvana, e Spagnol, l'Hermit e Barbone, l'avvocato Cazzani con la sua assistente avvocato Boselli, e Salmaggi, Porzio, l'incontenibile Lodovico, il Righi, l'altissimo svizzero Senn...

Lo so, sto scivolando verso una specie di *Spoon River* lamentevole, oltre che omissiva, vaga (chi era più il Tadini?), da troncare immediatamente. Ma allora Villon e la ballata delle *"neiges d'antan"*? Dove sono la Calabi e Donatella nel suo lungo montone, la signorina Negretti, la Delessert e tutte le occhiute vestali delle bozze, del refuso, degli indici, tutte le trafelate reginette delle relazioni esterne, le svelte ninfe dell'ufficio eventi a servizio diretto di Zeus?

D'accordo, si può vedere la Mondadori in un'ottica meno sentimentale, come una grande, grossa azienda accanitamente acquisitiva. Io ho la debolezza di vederla come una incredibile follia gestita (nell'insieme) con metodo, che non mi ha mai fatto mancare quei lamponi. E anzi, alcuni li ho addirittura piantati io, figuriamoci.

Le teste di Piero Crommelynck

Picasso Picasso, c'è sempre ancora qualcosa da dire su Picasso. Anni fa, mentre vagava con la sua borsa in spalla per l'aeroporto di New York, un signore francese si vide venire incontro uno sconosciuto, che fissandolo intensamente si fermò a qualche passo da lui e col dito minacciosamente puntato gridò: «*You are Piero Crommelynck!*». E invece di mettergli le manette scoppiò in una risata felice e corse ad abbracciarlo.

Succede a pochi di trovarsi faccia a faccia col modello di un ritratto dipinto da un grande artista e l'americano si sentiva eccitato («*thrilled*» disse) come se avesse incontrato la Gioconda in treno, Federigo da Montefeltro al ristorante. Perché appeso alla parete di casa sua, in bella e continua vista, c'era quello stesso viso asciutto, quella breve barba appuntita, tra l'etrusco e il diabolico, quella chioma riccioluta e rossiccia a cui Pablo Picasso aveva con pochi tratti inconfondibilmente, irrevocabilmente dato vita. Esiste oggi al mondo in varie collezioni pubbliche e private un'ottantina di ritratti di Piero Crommelynck firmati da Picasso, olii, pastelli, incisioni, e già da tempo qualcuno ha in mente di riunirli tutti e farne un libro a dir poco insolito, poiché nell'intera storia della pittura è difficile trovare il caso di un non-familiare che sia servito ottanta volte da modello all'artista. Non che, a rigore, ci sia bisogno di essere Picasso per restare colpiti da una "testa" come quella di Piero Crommelynck. Io la vidi per la prima volta nel 1973 in una villa in Toscana, una sera d'estate. Cenavamo in terrazza, a lume di candela, e al confronto la dozzina di altre teste (compresa la mia) raccolte intorno al lungo tavolo ovale apparivano desolatamente smorte, approssimative, come in un affresco sbavato dall'umido. Sola eccezione, Landa Crommelynck, che avevo e ammiravo a labbro pendulo alla mia sinistra. Quella coppia si poteva senza dubbio definire sensazionale, ma non nel senso in cui la parola è intesa dai giornali di mondanità, di moda eccetera. Guardavi quelle due teste e ti chiedevi: ma dove le ho già viste, o meglio quando, in quale secolo? E ti rendevi conto che stavi cercando una sorta di attribuzione, che le avevi d'istinto inserite nella storia dell'arte. Viaggiatori nel tempo, i Crommelynck arrivavano da altre epoche, più Quattrocento lei, mentre lui copriva bene il Cinquecento e buona parte del Seicento.

Gli chiesi se fosse imparentato con Fernand Crommelynck, scrittore e commediografo degli anni fra le due guerre e autore della celeberrima pièce teatrale *Le cocu magnifique*. Era suo padre, mi disse, che per l'Italia nutriva una passione viscerale tanto da battezzare i figli con nomi italiani. Il suo nome non era Pierrot, diminutivo di Pierre, come io avevo capito, ma Piero, che comunque tutti pronunciavano alla francese, con l'accento sulla o. Il padre, mi raccontò, era anche nella vita, come nella scrittura, un trasgressivo sulfureo, un anarchico *flamboyant*, che non voleva mandare i figli a scuola, rovina della mente. Nomade irrequieto, passava mesi sulla riviera e sui laghi italiani, a Firenze, in giro per la penisola. La dimora più o meno stabile era la villa di Meudon, a due passi da Parigi, un porto di mare dove passavano "tutti", Gide, Malaparte, Mauriac, Cocteau.

Con Picasso andò così. Piero cominciò a vederlo e a frequentarlo nell'atelier dell'incisore dove lui stesso imparava il mestiere. Ma Picasso s'era ormai stancato di Parigi, le sue vacanze nel Midi si prolungavano di anno in anno e verso la fine degli anni Cinquanta si stabilì definitivamente in una fattoria presso Mougins, dove non c'era modo di praticare l'incisione. Qualche anno dopo, Piero lo raggiunse col fratello, la moglie, la figlia Carine, piccolissima, e quanto occorreva per mettere in piedi un atelier negli spazi angusti e scomodi di una casupola del paese. Prese dunque l'avvio a partire dal 1963 l'andirivieni quasi meticoloso, emozionante, di prove, correzioni, cancellazioni, tirature infine approvate, e da quel fervido tempo – un decennio – uscirono circa settecentocinquanta incisioni e litografie. Un giorno il Maestro telefonò: «*Êtes-vous prêt?*». Piero non ricordava che avessero un appuntamento di lavoro, ma Picasso, ridendo, gli disse che era venuto il momento del ritratto, cui aveva mesi prima vagamente accennato. «*Êtes-vous prêt pour l'extraction? Ce sera sans douleur, rassurez-vous.*» Per due ore Piero posò di profilo, immobile, in silenzio assoluto, e da quella seduta furono "estratti" undici ritratti su linoleum e su carta, cui seguirono poche altre pose. Picasso aveva catturato il suo modello una volta per sempre e le variazioni degli anni successivi (in famiglia, da moschettiere, da hidalgo eccetera) facevano tutte capo a quel definitivo pomeriggio di settembre.

Di quel periodo straordinario della sua vita Piero Crommelynck parla con molta discrezione, se non con riluttanza. Una simile intimità col più grande pittore del secolo l'ha per così dire messo al riparo da ogni forma di esibizione, ostentazione, presenzialismo. Non ha vanità (se non per certe camiciole che si compra a Firenze) e nulla gl'importa di essere noto al di fuori del suo ambiente (dove però tutti sanno quanto eccelsa continui a essere la sua attività di *graveur*). Ha sparsi amici a Parigi e in poche altre città del mondo. È un uomo di tal sedimentata sofisticazione che tutto ciò che fa e dice coincide con la più sorridente, strabiliante naturalezza. E dopo trent'anni somiglia ancora come una goccia d'acqua ai tratti che gl'impose – eternizzandoli – il Mago di Mougins. Passa ogni estate sulla costa maremmana, che ha scoperto ben prima di me, e quando scende dalla sua macchina nera davanti a casa mia sono anch'io *thrilled*, come se mi vedessi davanti la Gioconda.

Il banchiere e lo scrittore

FRUTTERO Per prima cosa dobbiamo stabilire come ci chiameremo in questa intervista.

VENESIO Ma coi nostri rispettivi nomi, no?

FRUTTERO No, no, devi pensare a come risulterà quando sarà stampata. Per il lettore l'effetto sarebbe fastidioso, ripetitivo, Fruttero, Venesio, Fruttero, Venesio, due pallettari in allenamento su un campo da tennis... Hai mai giocato a tennis tu?

VENESIO Mai. E neppure equitazione, roccia, sci acquatico...

FRUTTERO Quattrocento a ostacoli?

VENESIO (*sbuffa*) Ma dài, non sono mai stato uno sportivo.

FRUTTERO Nemmeno io, e proprio per questo siamo qui su queste due eleganti poltrone, accasciati, acciaccati, traballanti... A proposito, e la gamba?

VENESIO Be', zoppicare zoppico, dovrei farmi operare anche all'altra anca ma... (all'intervistatore) dopo la prima operazione...

FRUTTERO (*all'intervistatore*) Non si decideva mai, era terrorizzato. Invece tutto andò benissimo, naturalmente.

VENESIO (*all'intervistatore*) L'indomani lui venne in clinica a trovarmi e mi salutò con questa allegra constatazione: «Insomma, non sei poi morto».

FRUTTERO Ma non ti sei mica offeso?

VENESIO No, certo. È una vita che ci diciamo cose così e adesso che "siamo vicinissimi alle falci", come diceva quel vecchio amico di mio padre...

FRUTTERO Cosa sarebbero le falci?

VENESIO I 77 anni. «Brutto passaggio» diceva, «ma se ci arrivi hai altri vent'anni davanti a te»... non che l'idea mi attiri particolarmente.

FRUTTERO Stiamo facendo i tipici discorsi da vecchietti, te ne rendi conto? La salute, gli anni... Possiamo passare ai fatti di cronaca, se vuoi.

VENESIO Il mio preferito è: "Ex collaudatore Fiat guida contromano per nove chilometri sulla Torino-Aosta".

FRUTTERO Un classico. Per me il massimo è: "Due suore travolte da una frana a Imperia". Succede sempre, bastano dodici ore di pioggia.

VENESIO Ma intanto è proprio dalle suore che dobbiamo cominciare la storia della nostra amicizia.

FRUTTERO Non abbiamo risolto la questione dei nomi da usare qui per non seccare i lettori.

VENESIO Carlo, Vittorio...

FRUTTERO Ma è lo stesso, anzi anche peggio.

VENESIO Le iniziali, allora. F. V. La cosa più semplice.

FRUTTERO Troppo semplice. Alla lunga si perde il filo, non si capisce più chi stia parlando.

VENESIO Allora mettiamola chiaramente sul professionale. Famoso scrittore. Piccolo banchiere.

FRUTTERO Non sei poi tanto piccolo e io non sono poi tanto famoso. Mettiamo: noto scrittore e noto banchiere. Come mai sono amici?

VENESIO Non è così strano. Rossini era amicissimo di un Rothschild, che gli fece guadagnare milioni con notiziole riservate.

FRUTTERO Ma io da te non ne ho avuta nemmeno una, di queste notiziole.

VENESIO Io non ne ho e se ce l'ho non ci credo. Per principio.

FRUTTERO (all'intervistatore) Però quando stavo pagando a fatica la mia casa in Maremma mi ha rinnovato non so quante volte un considerevole prestito. Dovevo pagare il mutuo col Monte dei Paschi ma mi mancavano i soldi per tutto il resto, e lui, a ogni scadenza della tratta, rinnovava, rinnovava... Un nobile episodio, no? E una bella smentita al cinico luogo comune per cui non bisogna mai fare prestiti agli amici, che poi non te lo perdonano, ti mordono la mano, ti ricompensano con la più nera ingratitudine. Io di gratitudine trabocco, verso questa banca.

VENESIO Tutti questi buoni sentimenti nascono all'asilo, non c'è dubbio. Eravamo...

FRUTTERO ... a tre, quattro anni...

VENESIO Sì, andavamo alle Fedeli Compagne di Gesù, in via Lanfranchi. Suore francesi, *mère* Agnese...

FRUTTERO Già, *mère* Agnese... E la facezia suprema era di mettersi a strillare, guarda guarda c'è una *mère*dallafinestra.

VENESIO È per questo che io non guardo mai la tv. Il livello generale mi sembra in sostanza quello: scherzi da asilo.

FRUTTERO Ma c'era quel giardino immenso, forse c'è ancora. Anche un frutteto, dove però non si poteva andare.

VENESIO E una visita del Cardinale, quella me la ricordo bene. Ci avevano dato dei cestinetti pieni di petali di fiori e noi li spargevamo davanti a Sua Eminenza man mano che veniva avanti. Era il 1930, o giù di lì.

FRUTTERO Ma le Fedeli Compagne facevano anche pensionato per giovani signore e signorine sole in città. Anni dopo ho letto *Una giovinezza inventata* di Lalla Romano, dove la scrittrice racconta della sua vita tra le *mères*, quando aveva vent'anni. Magari l'abbiamo incrociata tra le rose e le viole.

VENESIO (*mostra di non sapere chi sia Lalla Romano*) Mia nonna veniva spesso a prenderci nel pomeriggio e ci portava a giocare al Monte dei Cappuccini, a villa Genero, al parco Michelotti, in mezzo a quei platani giganteschi che per noi erano sequoie.

FRUTTERO Sì, gran belle corse, bei nascondigli, begli inseguimenti. Ma tua nonna ci portava anche a tridui e novene varie in certe piccole chiese o cappelle del quartiere, non so, ce n'era una in corso Casale, mi sembra, e forse una in corso Quintino Sella. A me piacevano le litanie della Madonna, il coro di *orapronobis* dopo ogni *mater purissima*, *mater castissima*, *virgo veneranda* eccetera. La penombra, il raccoglimento, forse l'incenso, e quella reiterazione ritmata in una lingua misteriosa...

VENESIO Sarà per questo che non ci siamo convertiti al buddismo. Come cantilene rituali un po' sul mistico avevamo già avuto *turris eburnea* da bambini. Bastava quello.

FRUTTERO E poi le gare in bicicletta nel quartiere,

folli corse giù per corso Quintino Sella, fino a corso Gabetti. Eravamo già più grandi, però, sui dodici anni, no?

VENESIO C'era la caserma dei bersaglieri, più tardi di fama sinistra per via di un comando di brigate nere o altre simili accozzaglie. Ma allora noi ci passavamo davanti e si sentiva la tromba...

FRUTTERO Gialla, di ottone.

VENESIO Sì, una cornetta. E si vedevano i bersaglieri correre su e giù nel cortile con quel fez rosso e il fiocco azzurro che gli avevano regalato gli zuavi francesi dopo la battaglia di Magenta, credo.

FRUTTERO O a Sebastopoli?

VENESIO Non ricordo più... Ricordo le vie vuote, tutte per noi, e le piazze deserte. E quei suoni di tromba che arrivavano fino al Po.

FRUTTERO Sembrava naturale che non ci fossero automobili in giro, era tutto talmente più semplice, più facile, anche per le mamme. Anzi, soprattutto per loro, vedo adesso.

VENESIO Già, non c'era nessun pericolo, forse per questo ci siamo inventati a un certo punto un club investigativo, "Il triangolo giallo"... Ci siamo perfino fabbricati un tesserino di riconoscimento, col suo bel triangolo.

FRUTTERO Pedinavamo dei perfetti sconosciuti, per lo più vecchiette, come se fossero spie, criminali, ladri di gioielli... Era molto divertente.

VENESIO Per un po'. Il bello stava nel tesserino, nelle scacciacani che tenevamo in tasca, nei portoni dove ci nascondevamo seguendo "il soggetto".

FRUTTERO Io mi ricordo bene anche il divertimento

delle lunghissime battaglie navali nel corridoio di casa tua, in via Moncalvo. Avevamo due flotte di modellini perfetti, corazzate, caccia, sommergibili, e li spostavamo sui riquadri del pavimento, non so più con quali regole.

VENESIO Ma poi io sono andato al San Giuseppe e tu al Gioberti e ci siamo un po' persi di vista. E con la guerra, fine dei giochi, ognuno sfollato nel suo angolino di campagna.

FRUTTERO *La Résistance?*

VENESIO Figuriamoci. Mi sono rintanato meglio che potevo, aspettavo solo che sbrigassero in fretta tutta la faccenda. E tu?

FRUTTERO Stessa cosa. Leggevo Voltaire, tutto quell'attivismo bellicoso mi sembrava assurdo, dal mio scettico pulpito.

VENESIO Sei sempre stato uno snob.

FRUTTERO Ma quando mai? Era solo la mia involontaria, naturale superiorità.

VENESIO (*all'intervistatore*) Snobbava anche l'Italia, ovviamente. Appena ha avuto un visto di studio per la Francia se n'è andato a Parigi a fare i lavori più strani. Un emarginato, un precario, essenzialmente un albanese. Imbianchino, giostraio, perfino un ospizio ad Anversa, no?

FRUTTERO E anche un'acciaieria a Charleroi. Manovale. Erano avventure molto romantiche, che facevano colpo. Hai visto Carlo? Sì, pedalava su un triciclo in avenue Mozart a consegnare bottiglie di sidro. Quel giovane andrà lontano.

VENESIO (*sogghignando all'intervistatore*) Un genio. Ci siamo rivisti a Parigi dove io facevo uno stage in una banca francese. Lui era alla fame, gli regalavo i miei bollini della tessera del pane, lo invitavo a pranzo. Mangiava per quattro, gli ho praticamente salvato la vita.

FRUTTERO Ma in compenso io ti ho portato a vedere *Aspettando Godot*, ti ho fatto diventare beckettiano. Anzi, ti ho fatto capire che eri già beckettiano, con tutta la tua ricca banca.

VENESIO *Rien à faire*. È così che comincia Godot. Quando ti persuadi che è proprio così, che non c'è niente da fare, tutto poi diventa più facile, non ti aspetti niente, non sei deluso da niente, mandi avanti la vita giorno per giorno senza mai montarti la testa.

FRUTTERO Un vero piemontese. Ruscone nel più nero pessimismo. In tanti anni non ti ho mai sentito fare una previsione che non fosse catastrofica, un commento che non fosse negativo. È un partito preso, mi dico certe volte, un meccanismo automatico che ormai scatta per conto suo. Ma altre volte mi chiedo se non sei un morboso depravato che gode a tormentare se stesso e gli altri.

VENESIO Un mostro dici?

FRUTTERO Ti piacerebbe, lo so. *Rien à faire*, sei un vecchietto con la sciatica che fa sempre le stesse cose, passa per le stesse vie, mangia le stesse minestrine, va negli stessi alberghi, ascolta gli stessi dischi.

VENESIO E tu allora? Da anni vieni in questo ufficio col tuo block-notes a quadretti, guardi lì sotto i giardini Lamarmora, ti fai incitare dal generale con la spada sguainata, scrivi, fumi, che poi mi tocca spalancare la finestra perché non sopporto l'odore delle sigarette... Fai più o meno la mia stessa vita, sei un impiegato della banca...

FRUTTERO Ah, la routine! Che grande protezione! Hai ragione, fuori dalla gabbia mi sentirei perso anch'io. E qui dentro, certo, sono tranquillo, nessuno mi può scoprire. È l'isola di Stevenson nei mari del Sud.

VENESIO In via Cernaia, ci terrei a precisare. Il massimo dello snobismo.

FRUTTERO Assolutamente no. Tutto è successo nella più ovvia concatenazione di piccoli eventi. Io che allora avevo una casa troppo piccola, le mie figlie bambine sempre a interferire, tu che non usavi mai questo ufficio da Mister President... il massimo del pragmatismo torinese, ti posso concedere.

VENESIO Con una punta di eccentricità, ammetterai.

FRUTTERO Ma quella fa parte della tradizione locale, ogni torinese tende all'eccentricità, sotto sotto.

VENESIO Insomma: due banali eccentrici torinesi.

FRUTTERO Non è poi così facile trovare molto di meglio in giro, (all'intervistatore) le pare?

INTERVISTATORE* Non saprei.

* Il prezioso e paziente Alberto Sinigaglia, giornalista a "La Stampa", venne non so come a sapere della mia antica amicizia con Vittorio Venesio, banchiere. Pensò di intervistarci per una rivista piemontese e arrivò in banca con un registratore che raccolse tutte le nostre parole. Ma una volta trascritto, quel testo, come sempre avviene, era lamentevole, gremito di pause, balbettamenti, esitazioni, stiracchiature varie. Dovetti sfrondarlo, strutturarlo, dargli un minimo di movimento narrativo, senza tradire naturalmente la lettera del dialogo. Questo è il risultato e me ne scuso con il personaggio fantasma dell'intervistatore.

Lucentini

Ritratto dell'artista come anima bella

Prefazione al volume *Notizie degli scavi*
che raccoglie i tre racconti di Lucentini (Mondadori)

Luglio 1973

C'è un'età felice, tra la giovinezza e la vecchiaia, in cui un uomo può permettersi di non prendere la propria vita come un fatto personale. È ancora lontana la mano ingiallita che conterà e riconterà, meschina o malinconica, il mucchio di spiccioli ormai inalterabile, mentre l'appassionato e capriccioso egocentrismo con cui ieri guardavamo noi stessi recitare importantissime parti al centro di palcoscenici immaginari ha cessato di opprimerci con la sua pre-copernicana invadenza.

Chi è Fruttero, in quest'età leggera? Chi è Lucentini? Ma niente, nessuno, chiunque. La cosa è priva di ogni interesse, conta soltanto ciò che si fa da un giorno all'altro, da un mese all'altro, e soltanto mentre lo si fa; l'unico orgoglio è di essere infine riusciti a non sentirsi eroi, personaggi, protagonisti, di avere deposto le ingenue aureole di carta argentata, i malcuciti costumi presi a prestito qua e là nei suggestionanti magazzini del comportamento. A quest'età nitida, asciutta, a suo modo spensierata, Lucentini e io siamo arrivati press'a poco nello stesso tempo ed è poi stato non facile, ma naturale, metterci a lavorare insieme allo sgombro tavolo (o bancone, se si vuole) che avevamo davanti. Senonché, nel momento della nostra massima indifferenza per l'autobiografia (e forse proprio per questo, sospettiamo a volte) ci è capitato di scrivere *La donna della domenica*, un romanzo che per la sua ostentata impenetrabilità di oggetto finito, di opera chiusa, si presta fatalmente a suscitare rudi contraccolpi di curiosità aneddotiche, personali. Ogni successo ha per il pubblico del miracoloso: il giocatore di pallone che all'improvviso primeggia su tutti gli altri, la cantante che dilaga repentinamente dai teleschermi, il finanziere cui si scoprono far capo mirabolanti speculazioni devono per forza appoggiarsi su un passato ricco di presagi, portenti, cruciali coincidenze. E all'assillo delle domande indiscrete e pettegole è ridicolo opporre uno sdegnoso riserbo; la notorietà non è la gloria e non merita atteggiamenti fieri. Meglio piegarsi al gioco con buona grazia, come il saggio guidatore si piega al traffico cittadino.

Dirò dunque la verità, anche se è difficile scolorirla e appiattirla del tutto. Ho conosciuto Lucentini nel 1953, a Parigi. Ora, Parigi è un luogo traboccante di fatalità letteraria, ma un tantino *passé*, e sarebbe meno imbarazzante avere come punto di partenza Roma, dove Lucentini è nato, o Torino, dove sono nato io, o l'operosa Milano, cui attualmente è legato il nostro lavoro di consulenti e lettori della casa editrice Mondadori. La scena è invece Parigi, e non basta. Nella cornice di un innocente viaggio di tre giorni per visitare una mostra, di un breve convegno culturale, di una semplice gita turistica, un simile incontro prenderebbe un'aria di casualità insignificante, sul quale potrei sorvolare come su un incontro a una stazione di servizio lungo l'autostrada. Purtroppo, Lucentini e io eravamo a Parigi per ragioni tutt'altro che fortuite, paragonabili (droga e santità a parte) a quelle che immaginiamo spingano i giovani d'oggi verso Katmandu. Come si dice popolarmente a Torino, stavamo cioè facendo "un gran cine".

Occhiuti, voraci, intensissimi, controllavamo di persona dei luoghi comuni, verificavamo dei cliché, percorrevamo euforicamente i sentieri di una disneyland letteraria dove, invece di Topolino e di Bambi, si offrivano al nostro sguardo rapito gli asfalti e i *café-tabac* di Simenon, i *passages* di Céline, i vicoli e le strette catapecchie di Hugo, i tramonti di Baudelaire, i palazzetti di Stendhal, i notturni viali di Monsieur Teste. Per pochi gettoni, era tutto nostro. Non c'era platano, cameriere, panchina, scroscio di pioggia, profilo di tetto, prostituta, mercato, cortile, odore che non riconoscessimo istantaneamente, e attraversare un ponte, scendere una scala di metropolitana, camminare con una ragazza sotto il braccio e uno sfilatino di pane sotto l'altro diventava facilmente una citazione. Oggi pensiamo che non c'è forse altro modo di esorcizzare una volta per tutte la letteratura, metterla al suo posto, non confonderla mai più con la vita; anche perché tra una citazione e l'altra vivevamo, nostro malgrado, davvero.

Non certo – essendo noi né belli né dannati – al modo di Hemingway e Scott Fitzgerald, irraggiungibili in quella loro Parigi di vaste mance, grandi alberghi, epiche sbornie, irriducibili accenti americani. La mancanza di denaro (volontaria, ma non per questo meno spinosa) ci costringeva a mimetizzarci nella città, a intrufolarci nelle sue crepe sempre pronte ad accomodare gli stranieri più flessibili e ricettivi; stilisticamente, le nostre giornate somigliavano dunque piuttosto a quelle di Henry Miller e Orwell, due maestri dell'espediente e del ripiego parigino, dai quali imparammo non pochi stratagemmi di sopravvivenza spicciola.

Nel 1953 Lucentini abitava, inevitabilmente, in una mansarda di Montmartre. Io, altrettanto inevitabilmente, in un infame alberghetto di Montparnasse. Lo portò da me un pomeriggio il nostro comune amico Sandro, che veniva dall'Italia e mi aveva lasciato pochi giorni prima un numero della rivista "Nuovi Argomenti" perché leggessi il racconto di Lucentini *La porta*, che è la prima delle tre parti di questo libro. L'avevo letto e, quando Lucentini arrivò insieme a Sandro, Ida e Sid-

175

ney, gli dissi ma quant'è bello, quanto m'è piaciuto, sebbene avessi delle segrete riserve su certi punti.

Lucentini ringraziò farfugliando qualcosa con la sua voce che già allora era bassa, al limite del distinguibile, e che già allora gli procurava torridi scontri con cassiere di cinema, inservienti di ferrovia e di museo, portinaie, commessi e altri dispensatori di servizi, ai quali egli attribuiva (e attribuisce) una perversa volontà di non dargli ascolto. Ma ricordo bene il suo fondamentale sorriso.

Si tratta di un sorriso – crociani e strutturalisti abbiano pietà di me – dove confluiscono tutti i temi della sua opera di scrittore: contiene, in superficie, confusione, impaccio, una sorta di sbigottito deglutimento da recluta, che coprono appena una tremula richiesta di perdono, un'ammissione d'inettitudine a vivere, di completa vulnerabilità, e un fondo di sconfinata, disastrosa tenerezza verso le minime cose del creato, di comprensione per ogni concepibile debolezza, follia, bassezza e contraddizione umana. È un sorriso mite, soave, sincero, disarmante, e il suo effetto su chi lo vede per la prima volta è infallibile: ecco finalmente, si pensa, un Uomo Buono.

Se Lucentini avesse abbracciato la carriera ecclesiastica non c'è dubbio che oggi sarebbe uno di quei parroci di campagna o arcivescovi il cui trasferimento in altra sede induce il gregge a scendere in piazza minacciando la distruzione fisica del Vaticano, la conversione collettiva all'Islam. Ma anche così, indifferente com'è alla religione, egli può contare su una discreta pattuglia di fedeli. Ho visto arcigne segretarie, glaciali amministratori delegati, letterati di rara perfidia, forsennati mercanti e tetri rivoluzionari abbandonare tutto a un suo sorriso e seguirlo fino alla stanza delle fotocopie, a una mal nota chiesa fiorentina, a una bottega di cornici, a una certa collina di dove è contemplabile un certo rudere.

La cosa ovviamente funziona perché Lucentini non è consapevole di questo suo potere di pifferaio, o meglio, non lo esercita in modo consapevole. La controprova sta nel fatto che, quando ritiene di dover riuscire simpatico a qualcuno per calcolo e si dà da fare con qualche, secondo lui, ben calibrato *numéro de charme*, il risultato è sempre catastrofico. Persone di cui gli avrebbe fatto comodo la benevolenza si mettono a odiarlo con accanita applicazione, altri mi vengono a chiedere se non sia per caso deficiente, altri si alzano di scatto e lo piantano in asso, feriti a morte da una sua madornale gaffe.

No, il suo potere, Lucentini non è in grado di controllarlo, volgerlo a suo profitto, usarlo come moneta graduata nel commercio col prossimo. È un candido autentico, e perciò irresistibile. Ma a questo punto chi resiste è lui.

«Oddio che strazio» mormora coprendosi gli occhi con la mano, «m'hanno ritelefonato quelli. Ma perché devono sempre rompermi i coglioni?»

«Perché sei un'anima bella» gli spiego io. Lucentini risponde con dei mortacci, che si tramutano in uno scoppio di risa, che a sua volta sfocia in un terrificante accesso di tosse.

«Mannaggia, no» impreca mezzo soffocato, «mannaggia, no.»

Eppure è la verità. Dove io sono rimasto per anni Fruttero, lui, nel giro di mezz'ora, diventa Franco. La gente prova un bisogno folgorante di dargli del tu, confidarsi con lui, aprirgli tutte le cavità del cuore, andarlo a trovare, averlo ospite, compagno di viaggio, amico, fratello. "Franco" reagisce con un bisogno altrettanto folgorante di sparire, e una parte considerevole del suo ingegno va nella fabbricazione laboriosissima di scuse, pretesti e menzogne atte a facilitargli lo sganciamento e la fuga. A una anziana signora che lo assillava con profferte di affetto, scrisse ad esempio una lettera sobriamente accorata, informandola di essere diventato matto e che il suo psichiatra gli aveva proibito ogni rapporto con le persone che gli erano care; orgogliosissimo di questa invenzione, si rendeva tuttavia conto di non poterne abusare e già la sua fertile mente correva a soluzioni che avessero quella stessa drastica semplicità, una malattia inguaribile e contagiosa, una falsa emigrazione in Australia, un debito monumentale, la caduta nella miseria più nera e querula. Ma altro è la "giustificazione scritta", altro è quella telefonica.

Quando il telefono suona in casa Lucentini, è come se suonassero le trombe del Giudizio Universale. L'apparecchio non è nello studio dove spesso lavoriamo ma nell'attigua sala, cui si accede da una porta piuttosto stretta e che ha una singolarità non cercata da Lucentini ma caratteristica, per chiunque lo conosca, delle bislacche complicazioni da cui egli è apparentemente perseguitato: c'è una trave inamovibile, d'acciaio, alta una quindicina di centimetri, che regge alla base il muro divisorio e che attraversa dunque tutta la luce della porta. Per passare da una stanza all'altra bisogna scavalcare questa trave, e Lucentini, che l'ha dipinta di marrone scuro, lo stesso colore del pavimento di legno, non fa entrare nessuno in casa sua senza metterlo in guardia contro il maligno trabocchetto con la sollecitudine, l'affannata premura di un cicerone nel castello di Dracula.

Quando il telefono suona di là, Lucentini, di qua, si raddrizza sulla sua poltrona con un'espressione di vivissimo allarme. Una volta su tre, la sigaretta gli casca di bocca.

«Ah!» dice, l'orecchio teso, l'occhio già obnubilato dal panico.

Il telefona suona.

«Ma è il telefono!» grida Lucentini.

«Già» dico io.

Lucentini si alza di scatto, fa qualche passo rapidissimo, a testa bassa, verso la porta, poi si ferma di colpo.

Il telefono suona.

«Acc, cr, evvamm» rantola Lucentini, ipnotizzato dallo strumento. Poi torna indietro, si precipita verso il corridoio e urla:

«Simooooone!»

Simone è sua moglie, parigina, che l'ha seguito in esilio a Torino come Anita avrebbe seguito Garibaldi.

«Simoooooone!» tuona Lucentini, terribile nella sua collera.

«*Ouiiii!*» viene da una remota stanza la voce di Simone.

«*Le téléphone!*»

Accanto all'apparecchio, la mano già sul ricevitore, si materializza Simone come per magia, ma in realtà per un addestramento di anni.

«*Qui est-ce?*» Lucentini scaglia cinque dita esasperate verso il soffitto.

«*Mais je ne sais pas!*»

In un angoscioso crescendo di squilli, Lucentini, ridotto a una povera cosa incoerente, si dibatte fra mille eventualità, raccomanda, ritira, perfeziona, ordina, scarta mille possibili risposte.

«*Mais tu es là ou tu n'es pas là?*» vuol sapere in conclusione Simone.

«Simone...» implora Lucentini, il pianto nella voce per questa ennesima prova della ottusità e del cinismo femminili. Simone alza il ricevitore, dice «Pronto» e in pochi secondi Lucentini apprende che non si tratta di una convocazione di Berija, ma di un amico o di una normale telefonata di lavoro. Il senso di liberazione, colpa, vergogna scarica nel suo organismo una potente dose di adrenalina: egli scatta verso l'apparecchio e inciampa nella trave d'acciaio.

«Eccz str vaff ammz mannaggia no» balbetta precipitando da una tragedia di Racine in un sonetto del

Belli. Ma l'agonia è finita, e quando infine prende in mano il ricevitore Lucentini ricomincia a emettere le sue consuete radiazioni di anima bella e Simone può allontanarsi serena dalla linea del fuoco.

Quel pomeriggio del 1953 Simone non c'era ancora, né io posso dire onestamente di aver fatto subito amicizia con Lucentini. Ricordo che andammo poi tutti a cena in qualche ristorante dei dintorni, che a metà Sidney si sentì male e lasciò la tavola insieme a Ida, che noi tre ci trasferimmo a chiacchierare in un caffè, rivedendoci in seguito un paio di volte, con altra gente.

Mi resi però conto di avere qualcosa in comune con Lucentini, e tutti e due sapevamo del resto già che la base di ogni vera amicizia fra persone articolate non sta in una identità di entusiasmi ma in una identità di intolleranze. Ci confidammo – e ammetto che la cosa si possa oggi considerare significativa – di patire dei veri e propri attacchi di nausea di fronte all'espressione *au préalable*, al nome di un commediografo, Audiberti, che ricorreva da anni sui manifesti di tutta Parigi, e alla formula *à l'heure de* (*Le Congo à l'heure de l'uranium, Le carat à l'heure du dollar* eccetera), di cui ogni quotidiano francese faceva uso almeno una volta al giorno in un titolo. Erano le prime crepe che intravedevamo nelle cattedrali fantastiche fabbricate dai nostri rispettivi Walter Mitty, ma il gioco dell'espatrio, che per me si concluse di lì a poco, durò per Lucentini ancora parecchio e in un certo senso non è finito, dato che egli vive attualmente a Torino in uno stato di integrazione tutto sommato precaria, riottosa, e non si sognerebbe mai di ristabilirsi a Roma, dove pure conserva amici, parenti, monumenti, musei.

Perché abbia lasciato in primo luogo la sua città non me l'ha mai detto chiaramente, sebbene da frammentarie considerazioni e occasionali crollamenti di capo mi sia lecito dedurre che la spinta decisiva gliela diede una Donna, e quel che è peggio slava e fatalissima. Di questo Amore Infelice, che nel caso di Lucentini si può ragionevolmente supporre sia stato del tipo Lacerante, Tempestoso, Frenetico, Ululatorio e Senza Filtro di alcun genere, il lettore troverà traccia nella seconda parte di questo libro, *I compagni sconosciuti*, dove si vede un "Franco" nella Vienna dell'immediato dopoguerra, sbatacchiato e pesto, torturato da incubi amorosi dopo il Crudele Taglio. Tuttavia, sono certo che Lucentini se ne andò sospinto da una più profonda e irresistibile ondata d'intolleranza verso l'ottimo posto che aveva ai servizi esteri dell'Ansa, la grossa vettura Lancia che possedeva, la brillante carriera che si apriva davanti a lui, la famiglia, gli amici, Roma e in generale l'Italia.

Questa faccenda dell'intolleranza di Lucentini merita qualche parola di precisazione. Da quando lavoriamo insieme, la parte del "cattivo" è sempre toccata a me: con editori, redattori, giornalisti, funzionari della televisione, traduttori, avvocati, dattilografe, grafici, agenti teatrali eccetera, sono io che litigo, protesto, faccio la voce grossa, scrivo letteracce, metto alla porta, sollecito in toni sergenteschi e mi rendo universalmente odioso. Agli occhi di costoro Lucentini appare come una specie di angelico dottor Jekyll, una colomba di squisita arrendevolezza legata da una deplorevole alleanza con un falco aggressivo, sanguinario. Se solo sapessero.

La soglia di tolleranza di Lucentini è tra le più basse, forse la più bassa, che abbia mai riscontrato in vita mia.

La sua idea di una trattativa è di spalancare la porta con un calcio, spianare un fucile mitragliatore Thompson, abbattere tutti i convenuti con una raffica e cominciare a discutere solo quando i necrofori stanno arrivando in anticamera. Ciò avviene perché egli ha accumulato negli anni una indelebile casistica privata di proporzioni cibernetiche, dalla quale risulta che gli uomini sono non abbastanza cattivi e fin troppo stupidi, ed è la stupidità (concetto per lui infinitamente sfumato, complesso, e che tuttavia ha racchiuso per scopi pratici in una sola monade lessicale, "stronzaggine") che non gli riesce in alcun modo di sopportare e nella quale s'imbatte invece, o prevede d'imbattersi, continuamente.

È facile immaginare che cosa sia stato il fascismo per un uomo del genere, ma sarebbe una grave semplificazione definire Lucentini "un sincero democratico" o "un antifascista", e l'azione provocatoria di cui fu ideatore e realizzatore all'Università di Roma nel maggio del 1941, e che gli costò il deferimento al Tribunale Speciale e sei mesi di carcere, è tipica del suo atteggiamento non direi assolutamente politico ma (questa gliela metto) esistenziale.

Con tre amici (un altro ne fu invitato, che si ritirò quasi subito e denunciò poi i compagni al primo interrogatorio di routine), Lucentini decise di sfogare giovanilmente il furore che provava nei confronti della stupidità del regime. Non era legato ad alcun partito, ad alcun movimento clandestino organizzato, né d'altra parte aveva mai flirtato con quei gruppi di giovani intellettuali fascisti che facevano la fronda attorno a Vittorio Mussolini e a Bottai. Nutriva anzi per costoro, come nutre oggi per i "frondisti" di qualsiasi potere costituito, un odio e un disprezzo anche più intensi che per i gerarchi in orbace e stivaloni. Privo di ideologie da vendere, di modelli da proporre, e poco portato al martirio esemplare, pensò che la cosa migliore fosse di incaricare della dimostrazione i suoi stessi colleghi d'università, che erano nella stragrande maggioranza fascisti. Procedette nel modo seguente: acquistò in una cartoleria dieci pacchi di stelle filanti e un modesto kit che esiste tuttora (ne ha regalato alle mie figlie uno identico) e che si chiama "Il piccolo tipografo". Nella sua cantina approntò, per mezzo di due rulli e di pochi altri elementi di fortuna, un traballante congegno, e cominciò pazientemente a lavorare con gli altri congiurati: uno girava una manovella, l'altro alimentava d'inchiostro i tamponi, un terzo allineava i caratteri dei timbri, un quarto imprimeva sulla faccia interna di ogni stella filante, via via che si srotolava da un rullo per riavvolgersi sull'altro, frasi contro la guerra, il Duce, e simili.

Chi si sia trovato a lavorare con o per Lucentini sa che un piano del genere lo poteva concepire e attuare soltanto la sua pignoleria, leggendaria nel mondo editoriale, e non si stupirà dello scetticismo della polizia, che rifiutò di credere che il gruppetto non disponesse di una stamperia clandestina; sicché Lucentini fu infine costretto a dar prova, sotto gli occhi degli sbalorditi agenti, della sua millimetrica maestria di piccolo tipografo.

Preparati così i rotolini e rifatti i pacchetti, i quattro attesero una delle tante manifestazioni di massa che si tenevano in quei tempi sulla piazza dell'università per chiedere il 18 d'ufficio a tutti («*It rings*» dice oggi Lucentini quando vede un corteo di studenti «*a bell*»); poi si mescolarono agli scalmanati e cominciarono a lasciar cadere surrettiziamente dalle tasche degli impermeabili e dal fondo dei calzoni le stelle filanti, sicuri che quei goliardi non avrebbero esitato, notandole in terra, a raccoglierle e gettarle spensieratamente in aria. Fu ciò che accadde, e allorché gl'incauti lanciatori si avvidero di essere stati "strumentalizzati" il cortile dell'università era ormai una multicolore ragnatela di scritte sovversive. Subito fu decisa una manifestazione di fede sotto il balcone del Duce, ma Fantomas-Lucentini, che stava a guardare come venissero sviluppandosi le cose, corse in un bar e telefonò in questura, avvertendo che un grosso corteo di universitari si preparava a marciare su piazza Venezia con intenti pacifisti. Il corteo marciò, incontrò un cordone di poliziotti, fu duramente pestato e ci volle il resto della giornata per sdipanare l'imbroglio e rimandare a casa le decine di giovani fascisti arrestati.

La beffa fece molto rumore a Roma e la Gestapo ne prese accuratamente nota (trovammo poi il relativo rapporto, inviato al comando berlinese, tra i documenti del Lago Nero, negli archivi di Praga); ma mi piace di più, mi pare più rivelatore, un piccolo dettaglio tratto dal periodo che Lucentini trascorse a Regina Coeli dopo l'arresto. Qui egli fu messo nel braccio dei "politici" e per quasi sei mesi visse isolato in una cella. Poi, declassata la sua imputazione e deferito alla commissione per il confino, fu tolto dall'isolamento e sistemato per alcuni giorni con altri due, un giovane occhialuto e un distinto signore, per i quali concepì una fulminea e violenta antipatia. Sussiegosi, vacui, contenti di sé, mortalmente seri, i due gli chiesero subito – come egli dice – "la tessera" e, scoprendo che Lucentini non coltivava né fedi né ideali né programmi riconoscibili, che non apparteneva a nessuno dei vari comitati (la parola lo fa ancor oggi rabbrividire) allora operanti nell'ombra, tentarono prima di portarlo a "una presa di coscienza", e poi lo abbandonarono al suo individualistico destino. La sera, i "politici" si scambiavano la buona notte gridando da cella a cella.

«Dormi bene, Silvio!»

«Buon riposo, Fabrizio!»

Dall'adiacente braccio dei criminali comuni venivano sarcastiche imitazioni in falsetto.

«Dormi bbbene, Romolé!»

«A Giggé! Buon riposo!»

Clamorose pernacchie rispondevano a quei saluti, e Lucentini, che pure era un giovane beneducato, un figlio di famiglia, un fumatore di Macedonia Extra, che pure andava all'università, leggeva i filosofi, studiava il cinese, scriveva poesie d'amore alle sue amichette, che pure aveva una certa idea di come *non* si dovesse reggere il Paese ed era finito in carcere per manifestarla, Lucentini si trovò con sua sorpresa a parteggiare per le pernacchie.

Nel suo libro non ci sono borghesi. *La porta*, che è la storia di un'autosegregazione in una Roma ancora tutta stravolta dal passaggio della guerra, si chiude con l'apparizione di ripugnanti pupazzi espressionistici che rappresentano Ordine, Legalità, Perbenismo, Burocrazia, Moraleggiante Untuosità – tutto ciò, insomma, che più fa orrore all'Uomo Libero. Questo simbolismo in maiuscole m'infastidiva, mi pareva stridere col resto del racconto, che è invece tenuto su un registro bassissimo, disadorno ed estremamente concreto. Adesso vedo che aveva ragione Lucentini. La prostituta che si rintana in una sua mefitica e sotterranea clausura è il solo personaggio "eroico" del libro, ossia qualcuno che tenta una cosa impossibile e viene inesorabilmente punito dagli Dei. Entro questo schema tragico, Lucentini aveva bisogno, e diritto, di ricorrere a puntelli di natura estrema, l'incesto all'inizio e un Olimpo, sia pure mostruosamente caricaturale, alla fine. Ma fra l'uno e l'altro – ed è ciò che affascina e fuorvia il lettore – prevale il suo istinto di narratore, la sua genialità di *bricoleur* lessicale e sintattico. La sua prosa è fatta di quattro assi, mezza dozzina di chiodi, qualche pezzo di spago, un elastico, un paio di turaccioli, poche rondelle rugginose; è un'arte povera, da prigioniero, da recluso, da naufrago, da eremita, e non ha niente a che vedere col realismo né col neorealismo. L'uomo che ha messo insieme per implacabili eliminazioni questa scrittura fanaticamente dimessa è lo stesso che idolatra Ariosto e Flaubert, che ha tradotto per suo divertimento il *Coup de dés* di Mallarmé, che cita a memoria interi brani del D'Annunzio romanziere, che delle *Finzioni* di Borges ha dato una versione italiana che non sminuisce di una venatura i sontuosi e ironici marmi dell'originale.

Ottenere con mezzi volutamente infimi effetti d'intensa poesia è un obiettivo che molti scrittori "colti" si sono posti, soprattutto in Italia. Ma, in Lucentini, questo elemento di scommessa, di sfida sperimentale mi sembra secondario, se pure c'è. Nessuno, meno che mai l'interessato, sa che cosa effettivamente passi per la testa di uno scrittore nel momento in cui prende la penna in mano, ma gli amici di Lucentini sarebbero pronti a scommettere qualsiasi cifra che egli si accosta alla sua Olivetti, posata su uno sgabello, borbottando: «Oh, allora...», «Dunque, vediamo...», «E che ci vuole?», vale a dire con le stesse frasi, lo stesso animo, con cui l'hanno visto infinite volte smontare una lampada, segare una gamba di sedia, tendere un impianto elettrico, riparare un trenino, trafficare dentro un motore d'auto, ritagliare un vetro per una delle sue incisioni olandesi. Pantaloni di velluto, camicia a quadri, giacchetta da ladro di biciclette, e mani delicatissime, pazienti, ostinate, che non rifiutano nessun impegno e non hanno mai paura di "sporcarsi". L'arte è per lui un solo grande cantiere, e il più duro giudizio che gli si possa sentir esprimere a proposito di un altro "lavoratore" – maestro della pittura veneta, poeta elisabettiano, regista di film western – è che "non sa fare".

Riconosce sotto ogni travestimento l'inetto, il pataccaro, il *fumiste*, il limone spremuto, il parassita, lo scansafatiche, ma quanto al resto non ha prevenzioni, la sua immensa curiosità intellettuale non gli consente di disdegnare a priori la più modesta delle offerte o di sentirsi inadeguato alla più ardua delle imprese. Una spregiudicatezza (una disponibilità) di questo genere non si acquisisce e non si può neppure chiamare una visione del mondo. È un istinto, un tratto congenito, che tocca per forza tutti gli aspetti della vita di un uomo.

Nella sua casa di campagna vicino a Fontainebleau, dove tranne il tetto e gli antichi muri tutto è stato incastrato, inchiodato, cementato, limato, dipinto da lui, c'è un cannocchiale da marina con cui osservare le stelle, un ottocentesco microscopio di ottone – comprato al mercato delle pulci – con cui osservare gli *animalcules* delle fanghiglie locali, e un apparecchio rudimentale che Lucentini si costruì una quindicina di anni fa, allorché si mise in testa di sottoporre al condizionamento pavloviano i lombrichi. «Va bene i cani» si disse un giorno in base a una sua complicata teoria cosmologica, «ma perché non i vermi, le alghe, i cristalli, qualsiasi cosa?» Detto fatto (aveva deciso di cominciare dai lombrichi per "farsi la mano"), concepì uno strumento per stimolare elettricamente quelle creature, ne andò a fare una larga provvista nei prati circostanti e dette il via agli esperimenti. A Simone si chiude ancora oggi la gola, quando ci pensa.

Camminando accanto a lui fra quei boschi o lungo quei canali, è difficile non pensare a quell'altra *âme belle* che era Jean-Jacques Rousseau, alla sua umile, caparbia, incantevole indipendenza, spesso scambiata per stravagante megalomania, che gli faceva rimettere in questione ogni cosa finché non ci si fosse familiarizzato di persona. Lucentini lo ama del resto moltissimo, perché era appunto uno che "*ce provava*", ma il visitatore si accorge ben presto di quanto poco eccezionale e personale egli consideri la propria inclinazione a "*provarce*". Verrà amabilmente, ma fermamente, incoraggiato a pescare con uno spago e un chiodino ripiegato, a raccogliere preoccupanti funghi, a stuccare un soffitto, a impadronirsi dei rudimenti dell'ebraico o del giapponese, a dipingere un quadro, a mettersi i guantoni e prendere a pugni un vecchio copertone di pneumatico, a dirigere una canoa di gomma, a sezionare un fiore, una mosca. Che ci vuole?, insiste il padrone di casa. Chiunque, con un po' di pazienza, può arrivare a fare qualunque cosa. Non è l'irrequieto, degradante escapismo dell'hobby, ma il suo contrario. Robinson Crusoe non può scappare dall'isola e prende con calma le misure necessarie. Le risorse dell'uomo sono infinite, purché le circostanze lo costringano a cavarsela da sé, gli strappino di dosso tutte le pellicole – educative, snobistiche, mutualistiche, culturali eccetera – con le quali la società finge di proteggerlo e sotto le quali egli si crogiola stupidamente, ignaro delle proprie attitudini e ricchezze.

Di qui l'assenza-presenza in questo libro di un mondo "borghese" inteso nel senso tradizionale, ossia bene oliato, senza scosse, ripetitivo, atrofizzante, greve e spegnitorio come un cencio bagnato. È, naturalmente, una convenzione elaborata dalla letteratura, un mero arnese; Lucentini se ne serve per "mettere in situazione" i suoi personaggi. La prostituta della *Porta* (che è, s'intende, l'autore stesso) tenta di sottrarsi al cencio fradicio con un gesto radicale, definitivo, una sorta di ritorno all'autosufficienza, all'animalità pura. Tale sussulto metafisico viene, come ho detto, schiacciato, ed ecco allora lo stesso personaggio (ora chiamato "Franco") andarsi a leccare le sue ferite di vinto in una Vienna ancora divisa in zone d'occupazione, ancora caotica, provvisoria, non "borghese", e dove è quindi possibile mettere seriamente alla prova se stessi, che è poi l'unica cosa che interessi, o dovrebbe interessare, ai giovani.

I compagni sconosciuti ha una storia singolare. Inaugurò la collana di Vittorini "I gettoni" e fu perciò considerato un esempio palmare di narrativa neorealistica e confuso con altri romanzi e film di quella non molto controllata denominazione. Ma anni dopo, critici e letterati di tutt'altra parrocchia ne scoprirono la grande, concentratissima prodigalità linguistica, l'audacia e la fantasia non gratuita degli inserimenti ceki, russi, tedeschi, romaneschi, e sistemarono Lucentini tra i maestri di un'avanguardia anch'essa piuttosto vaga. Io non saprei.

Vedo tutti questi aspetti del lungo racconto, ma vedo anche benissimo la cuoca o la portinaia che lo leggono singhiozzando. È un racconto, come dice brutalmente il nostro amico Lodo, "stracciacuore". Ora io non ho la lacrima facile, al cinema e ai funerali non piango mai, e se Lucentini mi ha indotto talvolta a scongiurare in silenzio il Signore di prendermi con sé, è sempre stato per qualche aggettivo o avverbio da togliere o da mettere in qualcosa che stavamo scrivendo insieme. Un punto e virgola può dar luogo, con lui, a una discussione di quarantacinque minuti. Pure, devo riconoscere che I compagni sconosciuti mi tocca in primo luogo per la sua stupefacente tensione sentimentale. Il tema è presto detto. Il protagonista ha scoperto che i rapporti umani fanno soffrire. E più sono dolci, affettuosi, semplici, giusti, più – qui sta la tragedia – fanno soffrire.

Questa terribile verità è oggi alquanto impopolare, ma spiega da un lato la riluttanza di Lucentini a lasciarsi coinvolgere dai suoi simili, e dall'altro le sue posizioni ferocemente "reazionarie" nei confronti dell'enorme numero di parole che si dicono e si scrivono intorno appunto ai rapporti umani. Egli vorrebbe che s'insegnassero alla gente poche pratiche norme di convivenza civile, magari con martellanti campagne dei mass media, e che poi ciascuno, per quanto riguarda i filamenti più interni e delicati, venisse informato, magari con una circolare ministeriale, di doversela sbrigare da sé. Tutti i convegni, i simposi, le leggi, le inchieste, le protezioni, le elucubrazioni, il densissimo fumo che si leva e si gonfia e giganteggia intorno al problema, non fa che occultarne ("Et pour cause" pensa Lucentini in questi tempi vili) gli aspri, immutabili termini: i sentimenti sono una cosa dolorosissima, chi ha legami d'affetto non può sfuggire a spaventose mazzate emotive, perdite lancinanti, vuoti vertiginosi, ansie e rimorsi di ferro e di fuoco. Non c'è niente da fare, è la vita.

Il protagonista dei Compagni sconosciuti non accetta la vita, e in una di quelle pagine di cui si dice che "resteranno" nella letteratura italiana, taglia la corda. Da

Vienna, Lucentini si trasferì a Praga, una città – credeva – sulla quale a nessuno sarebbe venuto in mente di mettere l'occhio. Un mattino uscì di casa e trovò le strade piene di cortei, bandiere, musiche, striscioni, torpedoni. Era il 1948 e si teneva un colossale Festival della Gioventù organizzato dai comunisti e al quale partecipavano iscritti e simpatizzanti d'ogni Paese europeo. Quando la città tornò a vuotarsi, non era più la stessa. Lucentini, intravedendo le grandi migrazioni turistiche dei nostri giorni e la conseguente defogliazione di qualsiasi pianticella esotica o avventurosa, accettò la banalità di Parigi, prese un treno per la capitale di tutti gli espatri e qui cominciò a seguire la sua bohème regolamentare. Tanti alberghetti, tante camere ammobiliate, tanti bizzarri mestieri, tra i quali mi sembra degno di menzione quello di assistente in un istituto ginnicodimagrante (sospetto fosse il *bon ami* della proprietaria), che comportava certi terapeutici saltelli sull'addome di grasse signore sdraiate in terra.

Si stabilì infine nella rue des Trois Frères, a Montmartre, e in casa sua c'è una tempera che illustra ciò che egli vedeva dalla finestra della sua soffitta. L'immagine è poco più grande di un francobollo e, oltre all'angolo di strada e al lampione, ci mostra la predilezione di Lucentini per le dimensioni piccole, la sua estetica miniaturizzante, la sua tendenza a concentrare il massimo nel minimo. C'era, a quell'angolo, un *bistrot* di prostitute, protettori, gente della malavita, gestito da un *patron* in grembiule, maniche di camicia, Gauloise all'angolo della bocca, uscito pari pari da un film di Carné. Lucentini, mai del tutto insensibile a uno stimolo romantico, si disse che la vita non valeva la pena di essere vissuta se uno (lui) non riusciva a entrare in questo locale pronunciando dalla soglia, con appropriata raucedine, la frase: *"Alors, patron, ça gaze?"*, che era il saluto lanciato con sublime naturalezza dai loschi clienti rionali. Nello stesso periodo, ma in un al tro quartiere, io mi avvicinavo più rapidamente di lui alla frase *"Non, mais tu es folle?"* e ai movimenti facciali – secca caduta del mento, semichiusura delle palpebre, scatto verso l'alto delle sopracciglia – che ne sono l'indispensabile corollario. Perseguivamo i nostri generosi ideali idiomatici all'insaputa l'uno dell'altro, e più tardi un comprensibile pudore ci ha impedito di parlare, se non per accenni, delle nostre rispettive scemenze; per quanto riguarda gli anni di Lucentini a Parigi sono dunque il cronista meno adatto.

So comunque che ci mise molto a raggiungere i suoi scopi e che ebbe lungamente a soffrire, sia perché parla le lingue straniere, soprattutto quelle che conosce alla perfezione, con grande impaccio, sia perché i suoi sistemi di alimentazione, ragionevolissimi, impeccabili, quando egli ne esalta con stringente logica i pregi teorici, si rivelano poco meno che mortali non appena vengono messi in pratica. Iscrittosi a un corso di chimica alla Sorbona, ricavò da quella augusta università quanto bastava per convincersi che una dieta composta esclusivamente di uova e cioccolato è ciò che Dio fece per mantenere l'organismo umano in perfetta efficienza. A chiamare l'ambulanza fu Simone, che l'aveva conosciuto da poco e che, senza sue notizie da qualche giorno, andò a vedere cosa stesse succedendo e lo trovò in stato di coma. Lucentini non ha, per questo e per altri contrattempi analoghi, rinunciato a elaborare periodicamente nuovi taumaturgici dogmi: non c'è di meglio che bere un litro di Coca-Cola fra le due e le quattro di notte, ogni notte; il pasto di mezzogiorno va soppresso e sostituito da cinque tazzoni di caffè; il pasto della sera va conseguentemente triplicato; si può mangiare qualsiasi quantità di *pâté*, purché si abbia l'accortezza di non accompagnarlo con una sola fettina di cetriolo, e così via, da un ospedale (o quasi) all'altro.

Il nostro amico Ciccetto, che è accessoriamente anche un medico e al quale Lucentini espone volentieri le sue rivoluzionarie intuizioni nutritive, immunologiche, circolatorie o epato-biliari, ha smesso da un pezzo di contrariarlo. Lo lascia dire assentendo gravemente col capo e non di rado lo "scavalca a sinistra" fornendogli, con perfetta faccia di bronzo, informazioni e dati di alto livello scientifico e incoraggiandolo a portare le sue argomentazioni alle conseguenze più estreme e cervellotiche; salvo poi accorrere con la valigetta nera e un compiaciuto sogghigno mentre sulla porta chiede a Simone: «Come sta il professore?».

Con questo non vuole affatto sottintendere che lo strano paziente si troverebbe meglio se badasse alla letteratura e lasciasse fare il suo mestiere a lui, che è professore davvero. L'ironia c'è, ma non è del tipo malevolo, alla "Te l'avevo detto"; è imparentata piuttosto con il sentimento polivalente che doveva provare Flaubert nei confronti di Bouvard e Pécuchet, intessuto di riso, pietà, rassegnazione, ammirazione. Neppure il suo più mortale nemico se la sentirebbe di sostenere che Lucentini si esprime in toni pesantemente professorali, che anzi, quanto più una questione è seria e complessa, tanto più il suo linguaggio si fa duttile, esplorativo, soppesatorio, e cresce la sua formidabile equanimità, la sua naturale disposizione di scettico a lasciare un'idea per un'altra che gli sembri migliore, da qualunque parte venga. Ma quando, anziché le origini dell'universo o le cause della Rivoluzione francese, l'oggetto della discussione sia un film da vedere o un treno da prendere, emerge tutto a un tratto ben altra tempra di interlocutore. Nella sfera delle inezie, Lucentini è un "professore" esigente, severissimo, irremovibile, e dà l'impressione che ogni sua scelta – di una camicia come di un nastro adesivo – sia il frutto di una ricerca da premio Nobel. Il cinema, bisogna che sia nelle immediate vicinanze di casa sua; il film, bisogna che sia a lieto fine; in caso di film poliziesco, Lucentini entrerà cinque minuti prima della fine, per sapere subito chi è l'assassino e togliersi il pensiero; nella sala, bisogna che egli trovi posto dalla parte sinistra, per certe peculiarità della sua vista (un occhio ci vede meno dell'altro?) che non mi sono mai state del tutto chiare.

E questa non è che la punta dell'iceberg, sostenuta da una ben più cospicua massa preparatoria, in confronto alla quale le riunioni dello stato maggiore della Wehrmacht per concertare l'Operazione Barbarossa fanno la figura, proporzionalmente, di quattro chiacchiere tra sfaccendati. L'appuntamento davanti al cinema viene intrapreso da Lucentini come un gigantesco sforzo strategico. Nulla dev'essere lasciato al caso. Dopo la parola d'ordine "tante volte...", viene enunciato il piano operativo: tu parcheggerai la macchina nella tal via, dove il giovedì di solito si trova posto; ma se, tante volte, le posizioni fossero già occupate dal nemico, ripiega sulla seconda linea della tal piazza, e tieni comunque presente la terza linea del tal vicoletto cieco, raggiungibile mediante l'attraversamento del tal corso e con l'aggiramento del tal isolato. Vengono previste le possibilità di pioggia, nebbia, neve e forti venti da nord-ovest, e ciascuna apre nuove alternative, a ventagli sempre più ampi: l'arrivo davanti al cinema potrà avvenire, a seconda di questa o quella concomitanza di fattori, da questo o quel punto cardinale, e pertanto occorrerà prevedere per ciascuna eventualità quale si trovi a essere il bar più idoneo per prendere il caffè (decaffeinato, per Lucentini) prima di varcare la fatale frontiera della seconda visione. Tutto poi, com'è normale, crolla miseramente, perché uno qualunque dei reparti ha perduto completamente la testa in quella proliferazione di ordini, istruzioni, raccomandazioni; e spesso è lo stesso generale a non capirci più niente, ad aspettare alla cantonata sbagliata, all'incrocio studiato per i mercoledì di febbraio con freddo umido.

«Ma come?» si meraviglia Lucentini. «Non è mercoledì?»

«No. È martedì.»

«Mannò! Sei sicuro?»

«Altroché.»

«Abbi pazienza, se due giorni fa abbiamo spedito quel coso a Milano, oggi dev'essere per forza...»

«Ma l'abbiamo spedito sabato.»

«Simona, non è ieri che siamo andati da coso per quel maledetto coso?»

«Ci siamo andati...» calcola Simona, il cui nome viene italianizzato sul campo «attends... c'était vendredi.»

«*Ah, ça! C'est pas possible!*»

Giorni e avvenimenti si sono inspiegabilmente accavallati, ingorgando le dritte linee di comunicazione tracciate dal cartografo. Lucentini sembra convincersi, ma poi si apparta un istante, estrae la sua agendina, cerca una conferma scritta dell'incredibile salto temporale.

«Eh già, eh già, ma guarda...»

Per nulla smontato dalla disfatta, eccolo scandalizzarsi, una volta installato davanti allo schermo, per una grossolana svista degli sceneggiatori.

«E capirai!» esclama battendosi una mano sulla gamba.

«Che c'è?»

«Disgraziati criminali figli di...»

«Ma con chi ce l'hai, che succede?»

«Quella era morta nel rogo della macchina» sussurra indignato Lucentini «e ora ce la fanno vedere che aspetta un bambino.»

«Mannò, quella del rogo era la sorella del drogato.»

«E questa chi è, allora? La moglie?»

«L'amica.»

«Ma l'amica aveva una borsona rossa.»

«No, quella era la segretaria.»

«Appunto. Lui non *couchava* con la segretaria?»

«No, la segretaria è l'amica del grassone.»

«E muore nel rogo.»

«No, è quella che si mette col negro.»

«Scusa, fammi capire un momento: quella che sta con la zia fanatica dei cavalli non è mica la stessa che...»

Gli spettatori a portata d'orecchio si alzano e vanno a cercare posto altrove, ma è chiaro dai loro sbuffi che se ne avessero il potere caccerebbero il "professore" in una classe differenziata, spedirebbero il "generale" a pulire le latrine con secchio e ramazza. Nondimeno, insisto a credere che Lucentini avrebbe avuto le qualità fondamentali per diventare un grande comandante o un grande pedagogo, e in epoche più disinvolte, entro gerarchie più giovani e dinamiche, egli sarebbe senza dubbio assurto ai fasti del busto commemorativo in quei due settori dell'attività umana che, stando le cose come stanno, gli sono invece sempre sembrati noiosi, deprimenti, estranei.

A sostegno di quanto dico sarei tentato di citare, contro ogni apparenza, il terzo racconto di questo libro, *Notizie degli scavi*, dove un poveraccio mezzo scemo, soprannominato crudelmente "il professore", conduce una grama vita di garzone tuttofare in una casa-squillo romana di miserrimo rango. Che cosa si potrebbe concepire di più lontano dal mondo militare o accademico? Siamo in pieno sottoproletariato, prossimi addirittura al subumano. Eppure, dal mio punto d'osservazione privilegiato, io mi sono fatto l'idea che si tratti di una inconsapevole trasposizione delle esperienze di Lucentini nell'esercito italiano, che furono, come si può immaginare, traumatiche per entrambe le parti.

Negli anni abbastanza movimentati della sua giovinezza, Lucentini non avrebbe tuttavia mai accettato di prestare servizio in una casa-squillo, non tanto per una questione di dignità quanto per una sua ennesima intolleranza, che è però indiscutibilmente la più forte di tutte: l'intolleranza del disordine, e si sa che la parola "casino" viene ormai usata quasi esclusivamente nel senso appunto di disordine. Considerando che egli decise di andarsene da Parigi nel periodo della guerra d'Algeria, disgustato da quei cortei, da quei clacson, da quell'atmosfera turbolenta e invelenita, e che scelse come residenza Torino perché nel 1957 gli apparve come una tranquilla città di provincia («*Little*» dice oggi lo sventurato, «*did I know...*»), non è possibile raffigurarselo nel clima di strilli, alterchi, scenate, isterismi, caratteristico di un bordello popolare. Quanto alla sostanza, *Notizie degli scavi* non ha perciò nulla di autobiografico e *quel* professore non è affatto Lucentini.

Un rapido flashback ce lo inquadra in carcere nel 1941-42. È un uomo, per sua stessa nostalgica ammissione, felice. Solo infine nella sua celletta, vive una vita di perfetta, congeniale regolarità, mondrianamente quadrettata, scandita dai pasti, dalle pulizie, dalle "passeggiate", dagli spostamenti dei raggi di sole che, entrando di sbieco dalla finestra, formano secondo le ore e le stagioni angoli impercettibilmente diversi. Nulla distoglie il futuro traduttore di Robbe-Grillet da questa calligrafica monotonia, da questa voluttuosa, malgrado l'apparente frugalità, astrattezza. Il risveglio è sconvolgente. Condannato a un anno di confino, e liberato per aver già scontato la metà del tempo in carcere, ecco Lucentini imprigionato nella divisa grigioverde, costretto a servire la Patria in quel "casino" per definizione che è sempre stato l'esercito, particolarmente in tempo di guerra.

Il primo casino che succede con Lucentini Franco è di ordine burocratico. Nessuno, al distretto militare, viene avvertito o prende nota che si tratta di un sovversivo, di un disfattista, di un anti-italiano, e, poiché il pallido giovanotto è regolarmente iscritto all'università, viene automaticamente destinato a un corso allievi ufficiali.

Il pallido giovanotto, fuori di sé dalla vergogna e dall'umiliazione, già si vede con la sciarpa azzurra, la sciabola, l'attendente; provvede d'urgenza a informare le autorità dei suoi poco patriottici trascorsi, ma intanto nessuno gli toglie diversi mesi di corso a Caserta, Salerno, Fossano. Finalmente arriva il contrordine e Lucentini viene trasferito in una comune caserma, solo per scoprire di non avere vocazione neppure per fare il soldato semplice.

Non sto parlando di bellicosità, spirito di corpo e di sacrificio, sprezzo del pericolo e altri simili requisiti guerrieri; sono problemi che con Lucentini non si pongono, come spero sia ovvio da quanto ho raccontato finora. Parlo delle minuzie di cui è fatta la vita della truppa. Lucentini si dimostra a questo livello un soldato pessimo. Sbaglia tutto: marcia fuori tempo, non capisce i comandi, si sveglia in ritardo, dimentica lo zaino, si allaccia male gli scarponi, saluta mollemente, non corre, non scatta, non si abbottona la giubba, non colpisce mai il bersaglio alle esercitazioni di tiro. Sottufficiali e ufficiali avvezzi a tutte le goffaggini non possono credere ai loro occhi: questo non è il solito lavativo o il solito cafone, è qualcosa di più e di meno, un castigo di Dio, un'onta per il più scalcinato dei reggimenti, un minorato mentale, una piaga senza nome, un crapone al di là del bene e del male. Insulti, minacce, punizioni, esortazioni, preghiere in ginocchio non ottengono alcun risultato se non quello di trasformare l'esistenza di Lucentini in un inferno in continua dilatazione. Le cose più elementari sfuggono via via alla sua capacità d'intendere e di volere, il suo personalissimo "ordine" cozza ogni giorno di più, e sempre più violentemente, contro l'ordine dell'organizzazione militare.

Tale incorreggibile sfasatura, e l'amaro miscuglio di frustrazione, ira, smarrimento che ne discende, si ritrovano nei tragicomici rapporti che legano il "professore" di *Notizie degli scavi* alle gerarchie del bordello presso il quale è in forza. Questo nuovo personaggio non è più eroico, come nella *Porta*, né disperato, come nei *Compagni sconosciuti*, ma pateticamente ridicolo. Parla in prima persona, e Lucentini, andando dritto al nocciolo espressivo, gli spolpa drasticamente il vocabolario riducendoglielo a una trentina di parole che sbattono e saltellano nella sua mente di minorato come palline da ping-pong; è una mente inceppata da bruschi mancamenti, da inani attorcigliature, bucherellata, letargica, brancolante, sussultoria, inservibile, e tanto più perché qualche relè continua assurdamente a funzionare, qualche collegamento ancora scatta, ma sempre a proposito di dettagli marginali (un calzino, un pezzo di formaggio) che assumono così l'evidenza spaesata e risibile delle fissazioni.

Il "professore" deve il suo soprannome a queste sporadiche rotelle rimaste in attività, e che sono causa di farseschi sproloquii, di salivose recriminazioni, di strampalati sillogismi, di stizzosi cavilli che si mordono la coda. Nei romanzi russi si diceva di un personaggio simile che era "un innocente"; in quelli non russi, "lo scemo del villaggio". Vilipeso ma sopportato, trattato come un cane confusionario, incongruo, irrecuperabile, e tuttavia usato per piccole bisogne, mandato qua e là con incarichi di nessun conto, il "professore" tira avanti nel bordello come Lucentini tirava avanti in caserma, tribolando a testa china, un nodo di autocommiserazione perennemente in gola.

Egli si trasse da questo stato di abiezione mediante ciò che potrà sembrare a prima vista un furbo espediente, ma che io giudico una lampante smentita della presunta incompatibilità tra Lucentini e il mestiere delle armi. Avendo appreso fra un'urlataccia e una consegna che i tempi di smontaggio e rimontaggio del fucile Modello 91 erano oggetto di viva competizione in tutto l'esercito, egli si disse che, se fosse riuscito ad abbassare il record dell'intera pantomima, i suoi superiori immediati gli avrebbero forse concesso un po' di respiro.

Nelle ore libere si concentrò sul problema con la calma lucidità di cui ho già dato altri esempi: osservò tayloristicamente i campioni del reggimento all'opera, frazionò i loro movimenti, ne calcolò la durata col cronometro in mano, prese una esauriente serie di appunti e cominciò in proprio. Come aveva sperato (previsto, direbbero i suoi amici) la tecnica ufficiale era perfezionabile, il limite si poteva abbassare. Individuò sprechi di decimi di secondo, gesti superflui, ingiustificate contrazioni delle dita, e lo stesso ordine tradizionalmente seguito per disgiungere e ricongiungere i vari pezzi del fucile gli si rivelò irrazionale, arcaico, pieno di stolte ridondanze. Mise a punto un metodo completamente diverso, vi si esercitò senza risparmio di energie, e quando si sentì pronto gettò il suo asso sul tavolo.

Un incredulo sergente gli fece ripetere la manovra. Lucentini ripeté. La notizia che un soldato di eccezionale inettitudine riusciva a smontare e rimontare il 91 in un tempo inferiore di quasi la metà al record nazionale risalì tutta la catena di comando, giunse al signor colonnello. Lucentini diventò da un giorno all'altro l'orgoglio del reggimento, della divisione, del corpo d'armata, fu portato trionfalmente in giro di caserma in caserma, esibito come un nuovo, mirabile modello di cannone o di carro corazzato. Ogni vessazione cessò, vennero licenze-premio, permessi speciali, privilegi, e perfino la promozione a sergente. Un capo di stato maggiore molto perspicace e molto spregiudicato non si sarebbe lasciato sfuggire un elemento così promettente, e invece di vedersi tardivamente spedito a difendere Catania (compito intempestivo e subalterno, di cui il recordman del 91 si liberò adducendo un disguido ferroviario), Lucentini avrebbe avuto modo di applicare la sua estrosa e laseriana freschezza d'approccio su una scala degna di lui.

Ma direi che, mentre la sua statura strategica e tattica deve purtroppo restare fra i grandi "se" della Storia, l'episodio non lascia dubbi sulle componenti essenzialmente militari del carattere di Lucentini: capacità d'iniziativa, fredda determinazione, tenacia, saldezza morale, e quella particolarissima forma di indomabilità, tipica del buon soldato, che viene fuori solo quando tutto sembra perduto.

Anche il "professore" di *Notizie degli scavi* è inchiodato a una situazione senza speranza e anche lui da ultimo se la cava grazie alle sue doti di fondo. Con le spalle a terra, schiacciato da una feroce padrona, da puttane, monache, inservienti e visitatori d'ospedale, massaie, giornalai, bottegai, passanti, ossia in pratica dall'umanità intera, conserva un suo durissimo grumo di combattività, una sua minuscola trincea di resistenza. Piange, trema, ha paura, ma all'ultimo momento trova modo di non lasciarsi annientare. Invece del Modello 91, smonta il Tempo.

Chi volesse documentarsi meglio sulla teoria lucentiniana del Tempo e sulla lucentiniana passione per le rovine e le lapidi di Roma che alla prima è strettissimamente intrecciata, cerchi di procurarsi l'ormai raro volumetto *L'idraulico non verrà* (Spagnol editore) che contiene, oltre a quattordici poesie scritte da me (tutte belle), le prime tredici stanze di un poema didascalico di Lucentini intitolato *Epigrafica e metafisica*. Qui, in *Notizie degli scavi*, la questione non viene affrontata di petto perché la verosimiglianza (che il Lucentini narratore considera sinonimo di rispetto per l'acquirente) lo vieta: il suo "professore" *non può* saper niente di Lucrezio, di Laplace o del principio di indeterminazione di Heisenberg, e quando l'artista non sente la necessità, o non ha il coraggio, di porsi questo tipo di autocensura i tempi sono maturi per la censura che viene dall'alto.

Certo, è un limite che lascia ben poco spazio a Lucentini; ma d'altra parte sappiamo che il formato francobollo è quello dove egli si sente stimolato a dare il meglio di sé. Ed eccolo infatti inventare un prodigioso imperfetto.

All'inizio sembra un trabiccolo coniugatorio che ha la sola funzione di rappresentare realisticamente la condizione sociale del "professore"; poi, si vede che serve anche a esprimere la sua inarticolatezza mentale, la nebbia psichica, che appanna le sue facoltà ed è causa del suo calvario di esasperante pasticcione; poi, quando appaiono le prime increspature affettive tra lui e la ragazza (leggerissimi, circospetti tocchi di bambagia, di farfalla), questo imperfetto si piega a un terzo, invisibile lavoro: è così informe, approssimativo, vago, da giustificare i silenzi e le omissioni dei due. I quali avrebbero, beninteso, trenta chilometri di cose da dirsi, e un angoscioso bisogno di dirsele, ma sanno già – devono averlo imparato a proprie spese – che le parole tradiscono, e non se ne fidano più. Il loro spaventato idillio dovrà tenersi alla larga da ogni pseudo-precisazione.

A questo punto l'iridescente imperfetto viene talvolta a coincidere con quello "fantastico" dei bambini ("io ero un cercatore d'oro, tu eri la sua fidanzata"), altre volte si giustappone a quello onirico ("io camminavo insieme a te, in una grande piazza piena di elefanti") ed è ormai uno strumento di altissima complicazione e sensibilità, che produce risonanze sempre più ricche, sfumate e dilettose per l'orecchio del fine letterato. Era questo che Lucentini si proponeva?

Niente affatto. Lucentini se ne frega perdutamente, del fine letterato. Incaricato di accompagnare una puttana al lavoro dalle parti di villa Adriana, il "professore", per passare il tempo, compra all'ingresso una piccola guida di quei ruderi e seguendone le indicazioni si addentra fra muraglioni, archi, colonnati, mozziconi di templi e teatri. S'accorge però ben presto che la guida (lui la chiama "il libretto") non è sicura di nulla, che villa Adriana è tutto un labirinto attribuzionistico, un enigma, un sogno, una congettura di pietre, marmi, mattoni, secoli; gli eruditi, gli storici si muovono tra gli scavi con la sua stessa incertezza e labilità, si sbagliano, si smentiscono, si confondono come lui. Questo – ripetono anch'essi – chissà poi che era, e il "professore" scopre che il suo imperfetto di semianalfabeta è in realtà la chiave, la legge dell'universo, un tempo abissale che risucchia tutti gli altri nella propria intrinseca fluidità. Non si sa niente, non si può sapere niente. La torre non era forse una torre, il *tranve* è opinabile, le pecore sono dubbie, l'uva è solo un'ipotesi, la domenica è problematica, il passato, il presente, il futuro non sono dimostrabili, la vita è un enorme, indistinto fiume che non si sa neppure da che parte scorra, se pure scorre. Un disordine sterminato, un infinito, metafisico "casino".

Ma allora, se così stanno le cose, se le dimensioni della faccenda sono queste, uno la può anche accettare, dopotutto, la vita, può perlomeno *"provarce"*. E i due giovani, come nei film prediletti da Lucentini, si avviano mano nella mano verso un loro esiguo francobollo di felicità. Bisogna essere molto, ma molto pessimisti per liberarsi della convenzione del non-lieto fine, e tutti noi che lo conosciamo possiamo garantire che Lucentini il suo lieto fine se l'è guadagnato, e se lo guadagna (e ce lo fa, che Dio lo perdoni, guadagnare) ogni minuto di ogni giorno. Potrei scrivere un libro intero soltanto su questo argomento; e un altro su Lucentini e le tasse; e un altro su Lucentini e i viaggi, e le vendite all'asta, e i musei, e il riordino periodico delle carte, e così via. Lo dicevo in questi giorni a Pietro Citati confidandogli le mie difficoltà e perplessità di biografo obbligato a rinunciare a mille spiragli, indizi, particolari, a lasciar fuori interi anni, decenni, da questo inadeguato ritratto. Pietro m'è stato a sentire e poi m'ha detto:

«Quanto hai già scritto?»

«Trenta pagine.»

«Fermati lì. È la misura delle *Vite* di Plutarco.»

Il picchio e la ghiandaia

La domanda veniva inesorabile: «Ma come fate a scrivere in due?». Cercavamo di cavarcela con qualche battuta: uno scrive i capitoli pari, l'altro quelli dispari, a uno tocca il lunedì all'altro il martedì, e così via per la settimana. Ma queste faceziole si ritorcevano contro di noi, ne incoraggiavano altre ancora più spiritose: è vero che uno scrive i sostantivi e l'altro gli aggettivi? Risate tra gli astanti.

Così un pomeriggio a Montcourt (Seine-et-Marne), dove Lucentini aveva la sua casetta sul canale, ci venne l'idea di dare testimonianza del nostro lavoro a due mediante un apposito apparecchio di registrazione. Franco inserì una cassetta di non so quante ore e cominciammo: lunghi silenzi, una proposta, una decisa obiezione, un'idea laterale che poteva servire più avanti, altri silenzi, ritorno alla proposta ma modificata, modifica esplorata in ogni direzione, corretta, giudicata possibile, ma ecco il vicolo cieco, altri desolati silenzi, improvvisa via d'uscita ma molto complicata, riposizionamento di almeno tre capitoli precedenti, un personaggio da eliminare, un personaggio forse da aggiungere, lunghi silenzi...

Alla sera Lucentini si accorse di non aver premuto il tasto "on", la cassetta era vergine, il risolutivo documento non esisteva. Tanto peggio, ci dicemmo, o tanto meglio; e ce ne andammo a piantare chiodi. Franco aveva un blocco di legno su cui anni prima, mentre ristrutturava pian piano la sua *cabane*, s'era esercitato in quella difficile arte.

Tutti credono, diceva, che a piantare un chiodo non ci voglia niente. E mi porgeva un martello, un lungo chiodo. Ecco, prova. E io provavo e fallivo. Vedi? Una bella martellata, forte, secca, dritta, ti riesce solo dopo molta pratica, non si diventa Geppetto o Glenn Gould al primo colpo.

Andavamo a sederci sulla sponda del canale e guardavamo la fitta boscaglia al di là dell'acqua ferma e grigia. Un picchio invisibile ma rumorosissimo nel silenzio lavorava al suo scavo. Franco mi raccontava della campagna romana, dei Castelli negli anni della sua infanzia, quando ancora la distanza da Corot non era incolmabile. Ne conservava un ricordo tenero e meraviglioso: i boschi, i laghetti, le rovine, gli uccelli, le capre, i carri sui sentieri, le ville e i villaggi sparsi, i cani randagi. Ci andava col padre e i fratelli, e quel paesaggio, quegli odori, quei suoni assorbiti festosamente nell'età dell'incanto erano stati come un magico preludio ai *Canti* di Leopardi, ai sonetti del Belli, alla fuga di Renzo verso l'Adda. Poi tornavamo nella bassa e vasta cucina a preparare spaghetti sempre troppo al dente per lui, troppo scotti per me.

Ora che è uscito un romanzo senza la doppia firma (ma è un dettaglio irrilevante) la domanda ritorna, inesorabile: «Come hai fatto a scrivere da solo?». Dove vivo ora, in Maremma, non c'è l'ostinato picchio, c'è il verso aspro, gracchiante della ghiandaia, che è però un uccello bellissimo.

Con Lucentini aspettando Godot

C'è stato un tempo, una quarantina d'anni fa, in cui qualche amico di passaggio ci paragonava scherzosamente a Bouvard e Pécuchet. Ci vedeva lì fermi col mento in mano davanti alla macchina da scrivere; oppure quando camminavamo in silenzio e molto lentamente lungo il canale del Loing; o ancora impegnati a falciare a torso nudo il prato davanti alla casa di Lucentini, o a piantare grossi chiodi in una scaletta di legno pericolante. E gli facevamo venire in mente quella coppia di sempre indaffarati *bonshommes* in cui Flaubert concentrò tutto il suo sarcasmo (ma anche non poca indulgenza, non poca tenerezza umana) nei confronti del "sapere moderno" del tempo.

Noi lasciavamo dire, ben vedendo la inidoneità di un simile paragone. Come si sa, o non si sa, Bouvard e Pécuchet fanno amicizia su una panchina di Parigi, uno di loro entra inaspettatamente in possesso di una grossa eredità, insieme lasciano il loro misero lavoro di copisti, si ritirano in campagna e cominciano una serie infinita di sperimentazioni in tutti i campi possibili, agricoltura e paleontologia, chimica e religione, anatomia e astronomia, dietetica e giardinaggio, consultando e annotando migliaia di testi fondamentali (per documentarsi Flaubert se ne procurò oltre millecinquecento), e tentando di mettere in pratica i precetti dei grandi esperti. Che tutti si contraddicono e portano ovviamente al disastro. È una sorta di farsesco, irresistibile balletto enciclopedico i cui movimenti sono: curiosità, entusiasmo, foga applicativa, ansiosa attesa, gran pasticcio finale e fallimento, da cui però i due ripartono per una nuova impresa con inesausta fede nel progresso.

Lucentini e io di fede nel progresso ne avevamo davvero poca, guardavamo con sospetto anche alle minime invenzioni tecnologiche, una nuova lametta da barba, un cavatappi di audace concezione; e d'altra parte le nostre "sperimentazioni" letterarie di rado si rivelavano fallimentari. Ne provammo di tutte, è vero. Una tragedia elisabettiana intitolata *La battaglia di Vercelli*, di cui forse si conserva in qualche cassetto un atto e mezzo. Poi ci venne l'idea di leggere l'intera l'*Encyclopédie* per ricavarne un volumetto di "voci" bizzarre, marmellate su ricetta di Diderot, impiastri miracolosi suggeriti da D'Alembert; e scrivemmo – ma su commissione – radiodrammi e adattamenti televisivi della *Pietra di Luna* di Collins, di celebri processi e casi criminali. Curavamo una rivista di fantascienza, traducevamo fumetti, mettevamo insieme grosse antologie di racconti, non dicevamo di no a (quasi) niente, calcolando al meglio il rapporto costi-benefici di qualsiasi proposta ci venisse fatta. Due cottimisti, ben lontani dal farneticante e gratuito operare di B&P.

Ma i soggiorni di due o tre settimane nel villaggio di Lucentini tra Fontainebleau e Nemours erano riservati ai romanzi che andavamo scrivendo, per così dire, di sbieco, con spirito interstiziale e senza farlo sapere a Flaubert. Ansioso cronico e perciò bisognoso di pianificazioni assolute, Lucentini pretendeva di "metter giù" un pre-romanzo pre-definitivo in una rapida ma efficace pre-scrittura. Io gli rispondevo con la frase napoleonica: «*On s'engage et puis on voit*». L'idea di seguire e anzi tracopiare una traccia dettagliatissima mi annoiava, volevo lungo la strada un minimo di sorprese. Lucentini, acceso amante dell'arte, ribatteva che tutti i grandi e meno grandi maestri avevano lavorato su disegni preparatori, esistevano intere collezioni di studi su una mano, un ginocchio di cavallo, un ricciolo. Io dicevo: «E poi come passiamo alla vera pittura, alla vera Cappella Sistina?». Lui abbassava gli occhi mentre io lo accusavo di nutrire sotto sotto la peccaminosa speranza che quella chimerica pre-scrittura si rivelasse alla fine così buona da non richiedere altri passaggi. «Sei schizofrenico» dicevo, «vuoi scrivere sul serio fingendo di scrivere per prova», «Schizofrenico sarai tu, che vuoi scrivere fingendo di non sapere dove stai andando», «Ma se no, io non mi diverto e il lettore se ne accorgerebbe subito», «Il divertimento» sentenziava lui, duro, «è escluso comunque».

Ma non era vero. Una mezza pagina venuta bene dopo averne appallottolate con rabbia undici diverse versioni e dopo che io beninteso l'avessi approvata, gli allargava smisuratamente il sorriso. «Bravo! Quel taschino di quella camicetta è proprio riuscito» mi rallegravo. E aggiungevo incautamente: «E per di più, senza niente dentro è praticamente invisibile». Lui si rannuvolava. «Già, ma allora perché nominarlo, descriverlo? A cosa serve nell'economia del personaggio e di tutto il romanzo?» Cominciavamo mollemente e poi via via più accanitamente a discutere: le donne non mettono mai niente nei taschini delle loro camicette, è un fatto universalmente noto. Ma potrebbero: per distrazione, per fretta, per comodità momentanea, infilarci accendino, rossetto, biro, biglietto del tram, *billet doux*, anello, pettine, limetta per le unghie e così di seguito in una serie infinita di possibilità lungo il canale del Loing.

Questo canale bellissimo, dipinto più volte da Sisley, ci era con le sue acque ferme tranquillizzante compagno. Dalla antica casupola in pietra di Lucentini (detta *cabane* da quelle parti) che vi si affacciava, potevamo prendere a destra o a sinistra camminando sull'alzaia riservata un tempo ai cavalli che tiravano le chiatte. Ormai tutte le *péniches* erano a motore, ma l'alzaia veniva tenuta in perfetto stato dall'amministrazione competente e aveva un fondo grigio scuro, come di carbone macinato, che impediva il formarsi del fango e scricchiolava sotto i piedi. A destra, dopo un paio di chilometri c'era la chiusa col suo sorvegliante che faceva salire e scendere il livello del canale al passaggio dei naviganti. A sinistra, altri due chilometri e c'era il castello, un piccolo e amabile *château* in stile Enrico IV. Sulla riva opposta una fitta parete di bosco e sottobosco, le ultime propaggini della foresta di Fontainebleau. Le chiatte passavano e ripassavano nei due sensi e noi sempre a parlare della camicetta: che poteva essere di lino, di seta, di cotonaccio, di jeans (di juta?), nonché aderente, o cascante o di giusta misura, e aveva per forza rapporti col reggiseno sottostante, che a sua volta poteva essere leggero, trasparente, corazzato, inesistente. E se mettessimo due taschini? O nessuno?

Guardavamo pensosi le *péniches*, cariche, lente, nere, basse sul pelo dell'acqua, che avevano sempre una corda tirata dalla prua alla cabina di pilotaggio, con il bucato steso ad asciugare. Grossi reggiseno per le grosse mogli del Nord, fiamminghe, olandesi, renane.

Dopo cena, messa in riga sul ciglio della strada la *poubelle* che la nettezza urbana avrebbe all'alba svuotato, facevamo ancora due passi per il paese spento e deserto, doppia fila di case, casette, villini che si allungava parallela al canale. "*Nous marchions, fumeurs obscurs...*" Lucentini aveva pescato la citazione (era un drago con le citazioni) in uno scritto di Paul Valéry che rievocava le sue passeggiate notturne con Mallarmé lungo la Senna, a pochi chilometri da dove passeggiavamo noi. Da quella coppia eccelsa di poeti ci sentivamo ancora più distanti che da Bouvard e Pécuchet, e tuttavia "*fumeurs obscurs*" c'incantava, ci accarezzava misteriosamente, come se dietro i due puntini di brace delle nostre sigarette ci fossimo per un momento intrufolati anche noi in Arcadia.

Nella notte, leggendo fin oltre le due, fumando un'altra mezza dozzina di sigarette, bevendo un bottiglione di Coca-Cola, Lucentini si persuadeva infine che quella camicetta andava benissimo così. Ma io frattanto m'ero persuaso del contrario e verso mezzogiorno la discussione ripartiva da posizioni opposte. Così magari per giorni. Simone (femminile di Simon e da pronunziarsi Simonne, facendo intuire la vocale finale) s'informava con un suo sorrisetto: «*Alors, ça avance?*», e senza aspettare la cupa risposta saliva sulla Deux Chevaux e andava a Nemours a fare la spesa. Traduceva in francese tutta una serie di libri sulla pittura italiana e quando intravedeva uno spiraglio nei nostri arrovellamenti, ci chiedeva qualche delucidazione sulla prosa impossibile dei critici d'arte svolazzanti intorno al Guercino, a Cima da Conegliano. Ottima cuoca, del tipo che sembra far tutto senza pensarci, doveva però trovare un compromesso tra i miei gusti di italiano medio e le esigenze di Lucentini, che inveiva come Savonarola contro il concetto di "al dente" e voleva pasta e riso ridotti a una montagnetta papposa indegna di una mensa per alluvionati.

Capitava, alla fine di una giornata particolarmente nera o particolarmente rosea, che andassimo nei ristoranti dei dintorni, Nemours, Barbizon, Moret, Ferrières, dove spesso nascevano difficoltà con camerieri e *maîtres*. Dei tre *menus* in offerta noi sceglievamo quasi sempre il più modesto, non per economia ma perché il *menu gastronomique* era del tutto al di sopra delle nostre capacità digestive. Lucentini vedeva però il carciofo *vinaigrette* nella lista più sontuosa e chiedeva che venisse trasferito nel menu minore, rinunciando da parte sua al *pâté de campagne*. Un simile scambio era di solito respinto con degli accigliati «*Désolé, Monsieur*». Lui digrignava i denti, Simone e io cercavamo di calmarlo con argomenti elevati: «Per loro è un sacrilegio, è come chiedere alla Comédie di trasferire qualche verso di Racine in una tragedia di Corneille. È un fatto culturale». «*C'est bien ça!*» trionfava Lutero, «*c'est exactement ça!*» E si scagliava contro la reggia di Versailles, madre di queste assurde rigidità, e per buona misura demoliva anche il castello di Fontainebleau, nonché, in base alle fotografie, la remota Pietroburgo, togliendo a Simone ogni speranza di visitare un giorno il museo dell'Ermitage.

Nei musei formavano una coppia di puri spiriti, mossi da un sovrumano propellente. Dopo un'ora io ero già stremato, cercavo quelle panchette piazzate il più delle volte davanti a un Rubens di venti metri quadri. Loro due trascorrevano di sala in sala senza sentire stanchezza, fame, sete, artrosi, smania di fumare. Tutto era contemplazione, dittatura della retina. Ma quegli occhi così avidi non riposavano nemmeno durante le *promenades* che ogni tanto facevamo nei boschi. Le ondulazioni di quella regione formano orizzonti di una dolcezza pigra e struggente, una calante distesa di stoppie, un risalente campo di barbabietole, un campanile lontanissimo, un incavo intensamente verde, e laggiù la striscia scura della grande foresta. Seguivamo il sentiero dentro un macchione lungo una cresta e se c'erano funghi gli occhiuti passeggiatori li vedevano senza nemmeno cercarli. Vedevano anche gli oggetti più disparati, scatole di plastica rotte, un portaombrelli arrugginito, pezzi di tubo bucherellato, un cappello di paglia sfondato, e Lucentini raccattava non di rado tali meraviglie ammucchiandole poi nel suo strabordante atelier. Non si sapeva mai, potevano sempre venir buone per qualche lavoretto.

«*Il fait ce qu'il veut de ses mains!*» diceva Madame Richard, ammiratrice della manualità di Monsieur Lüsantinì, un vero uomo, capace di riparare uno scaldabagno, una grondaia. Era l'autrice di una frase che ci deliziava. Al cancello del piccolo cimitero, ricevendo le condoglianze per la morte del marito, aveva esclamato, sinistramente gongolante: «*Nous y passerons tous!*».

Ma col tempo e i malanni Monsieur Lüsantinì aveva dimenticato. Tra l'uno e l'altro dei nostri ricorrenti soggiorni in ospedale ci incontravamo qualche volta fuori, in un caffè o su una panchina di piazza Maria Teresa. «È che non ci sto più con la testa» mi confidava lui, crollando la medesima; ma era un lamento che gli sentivo ripetere da sempre. Per tenere più o meno la mente in esercizio mi spiegò che rileggeva *I promessi sposi* nella versione tedesca di Lernet-Holenia. Quando gli parlai di Madame Richard sorrise appena, non se la ricordava. Ma tirò fuori dalla memoria svanita un'altra appropriata citazione, il grido di Baudelaire: "*Ô Mort, vieux capitaine, il est temps! Levons l'ancre!*".

Ce ne stavamo lì arrotolando le nostre vietate sigarette, tra lunghe pause inattive. Dalla frenetica coppia di Flaubert eravamo scivolati anno dopo anno nella coppia statica di Beckett, Vladimir e Estragon congelati nell'attesa di Godot. A Beckett Lucentini era arrivato tardi, sospettoso com'era di qualsiasi cosa esaltata esageratamente, gonfiata a luogo comune. Ma poi s'era azzardato a "tirarlo su" dalle erbacce del sentiero, tanto per dargli un'occhiata, e ora lo considerava uno dei massimi autori del ventesimo secolo, il più grande cantore del declino, della disperata vecchiaia, del silenzio.

Non sapevamo più bene cosa dirci, su quella panchina. La nostra amicizia era sempre stata per così dire progettuale, le nostre non erano mai conversazioni ma piani di battaglia, sfide ai piedi d'impervie camicette, di irraggiungibili taschini. Guardavamo la statua del generale Guglielmo Pepe e non ci veniva in mente niente.

Il vecchio capitano non è arrivato, Monsieur Lüsantinì ha dovuto crudelmente levare l'ancora da sé, con le sue famose mani. Che il mare arcano della traversata gli sia soave, povero Franco.

Apologia della famiglia

Apologia della famiglia

"Tutti i maltrattamenti dell'infanzia" ha scritto una volta Ugone di Certoit, "hanno un luogo soltanto e una fonte sola: la famiglia." Già, uno pensa, ma anche l'orfanotrofio non dev'essere precisamente il festival della carezza e del bacino. I genitori, afferma il Certoit, soprattutto se *ottimi* genitori, tarpano le ali ai figli, li deformano come i piedi delle cinesine di un tempo, li riducono a bonsai. In qualità di genitore certo non da *champions league* ma iscrivibile perlomeno alla categoria C1 tenterò qui una modesta autodifesa.

Circa il postulato implicito in quel drastico giudizio sono sempre stato pienamente d'accordo col giudice: era meglio non nascere, e una volta sbattuto nella valle di lacrime era meglio non sposarsi, non procreare, non perpetuare l'infelicissima specie. Mi riconosco dunque colpevole di tradimento verso i grandi pessimisti che ho ammirato per tutta la vita, Leopardi, Schopenhauer, Beckett, Cioran, Ceronetti, il biblico Predicatore e pochi altri. Ma una volta che uno è lì, nella valle maledetta, come può fare dopo il disperato ingresso? Se la valle si trova, poniamo, in Bosnia o in Ruanda, c'è appena il tempo per chiederselo, omaccioni armati di mitra o machete provvederanno a stroncare sul nascere ogni futuro maltrattamento. Tanto di guadagnato per quegli scheletrini? Mah.

Ovvero, la valle si apre su un cassonetto per l'immondizia in periferia: vagiti per un'ora, due, poi il silenzio. Niente più maltrattamenti, carabinieri che indagano sulla mamma snaturata.

Ma ci sono anche mamme non snaturate (la maggioranza, parrebbe) che al primo urlaccio porgono il seno o il biberon. Puro istinto e fin qui tutto bene. Ma già coi pannolini, sia pure dell'ultimissimo, perfezionatissimo modello, siamo alla costrizione e alla pubblicità. Seguono gli omogeneizzati, pappe artificiose che chissà cosa c'era veramente dentro, con le quali si condiziona per sempre la sensibilità di quelle papilline gustative. Meglio morire di fame in Somalia? Mah. Comunque, a forza di spot sui biscotti energetici e i succhi vitaminizzati la creatura cresce e piange, piange e cresce. Nel cuore della notte o anche in pieno giorno tentazioni infanticide lampeggiano nella mente di genitori esasperati, di fratellini gelosi. Perché non la pianta, il minuscolo torturatore? Alcuni non ci resistono, lo scaraventano dalla finestra, lo soffocano col cuscino, lo ammazzano di botte, e la polizia indaga. Altri (la maggioranza, direi) si torcono le mani: non saranno mica i sintomi di un male che non perdona? Pressanti telefonate a nonne, sorelle, portinaie, pediatri di due o tre generazioni. No, non è niente. Ma ormai tutta quella carica d'ansia è passata per osmosi nel sistema del povero infante che se la porterà dietro *forever*.

Anche qui è all'opera l'istinto, il comando genetico a proteggere la prole. Ma, come ognuno sa, nell'uomo l'istinto protettivo può essere micidiale. Hai davanti quell'animaletto che guizza liberamente a quattro zampe sul tappeto. Grazioso, niente da dire, ma è pur sempre un bipede che dovrà muoversi in un mondo di bipedi. Bisogna insegnargli a reggersi in piedi, a camminare. E quello via di corsa a sbattere contro lo spigolo della lavastoviglie. Che fai? Lo tarpi o non lo tarpi, lasciando che la Natura decida lei mediante caduta assassina in fondo alle scale? Lo tarpi eccome, gli rovesci addosso divieti, raccomandazioni, sgridate, sberle, minacce, e se ti vedo ancora saltare in tuffo nella vasca da bagno (asciutta) io ti strozzo, hai capito?

Da quel momento è tutto un tarpare, in effetti. Nessuna fiducia nelle capacità del piccolo suicida di cavarsela da sé. Già il triciclo è un rischio, per non parlare della bicicletta. Ma i pericoli sono dovunque, si moltiplicano mentre si diversificano. Come la mettiamo con le parolacce? Con gli amichetti truculenti? Con l'aggressività? Konrad Lorenz è affascinante sulle oche, ma non spende una parola per dirti come prendere un caro pulcino che sfoga su di te a pugni e calci la sua sana, incontenibile energia (alle 19.40, quando sei appena rientrato da una dura giornata di cacciatore di yogurt e formaggini). Né Lorenz né il più infimo consigliere ebdomadario ti sa illuminare sul serio quanto a settimana bianca o no (e se si sfracella la spina dorsale?), lezioni di nuoto o no (e se si becca il fungo delle piscine?), scuola di danza o no (e se si monta la testa e pretende di diventare Isadora Duncan?). In realtà si va avanti nel buio, dialettalmente a *truc e branca*, tarpando e non tarpando secondo pigrizia, stanchezza, debolezza, malumore, nervi, soldi, chiacchiere sentite dal parrucchiere. Il pianoforte è un supplizio o non invece un'esaltante consolazione lungo l'intera vita? O magari la chitarra, la pittura. E l'inglese? E il canto corale? Le virtualità s'infittiscono a ragnatela: si vorrebbe che non ne perdesse una, il moscerino. Ma se lo si iscrive a tutto, con tutte quelle scadenze, quegli orari di ferro, se ne fa uno schiavo e poi dunque un ribelle, un disadattato, uno che come minimo si darà alla droga, allo scippo, alla prostituzione. Meglio lasciar perdere. Ah, ma allora potrà diventare un tristo mollaccione, un vinto in partenza, un fallito senza orizzonti, ambizioni.

Quanto al sesso, vale come non mai l'immagine borgesiana del giardino dei sentieri che si biforcano all'infinito. Qualsiasi cosa uno dica o faccia sa che sta sbagliando strada. Fai finta di niente? Troppo comodo. La metti sul "naturale" e giri nudo per casa? Il peggio assoluto. Proibisci col dito levato? Ridicolo. Spieghi didatticamente ogni cosa da uomo a uomo, da donna a donna? La reazione sarà un disastroso sbadiglio. Speri che ci pensino i compagni o le compagne più grandi? Ne possono derivare equivoci funesti. Nel labirintico giardino enormi statue grigie, orribili come i mostri di Bomarzo, si ergono a ogni svolta: sono i complessi, i tuoi e quelli che volente o nolente rifilerai ai figli. D'inferiorità, di superiorità, di Edipo, di Achille, di Euridice, di Cleopatra, di Batman e via elencando attraverso i millenni.

I quali millenni, ahimè, forniscono inoppugnabili pezze d'appoggio a Ugone di Certoit, a partire da Caino e dai fratelli di Giuseppe, o a scelta dalla famiglia degli Atridi a quella dei Borgia, da Niobe al conte Ugolino a Beatrice Cenci. Ma anche tralasciando i casi più clamorosamente spaventevoli (mitici, ingigantiti dalla leggenda quanto si vuole, ma che pure affiorano da qualche oscura, carsica realtà), non si può negare che buona parte della letteratura moderna presenti la famiglia in una luce pessima. Angherie e umiliazioni come se piovesse, castighi crudelissimi, sadiche imposizioni disciplinari, silenzio e distacco sprezzante, coccole zero se non di straforo da una vecchia servente. E oltre l'infanzia, avidità e avarizia sordide, testamenti truccati e iniqui, lasciti rubacchiati, zecchini e argenteria spariti. Perfino le famiglie con tanta grazia messe in scena da Goldoni sono per tre atti un orrore, e solo alla fine del quarto si riconciliano convenzionalmente, senza convincere nessuno.

La casistica di cronaca nera – stupri, incatenamenti, avvelenamenti, violenze sistematiche, massacri per

un motorino eccetera – diciamo che riguarda dopotutto una minoranza e teniamoci alla famiglia in C1.
Non c'è pace, d'accordo, né autonomia, indipendenza, spontanea fioritura. Ma ce n'è forse di più in collegio? Non sembrerebbe, a leggere le molte, autorevo-
li testimonianze in merito. In convento, allora? Senza
la fede, e parecchia, non si dura molto. Dalle comunità carcerarie tutti gli ospiti pensano esclusivamente a
fuggire. Le fluide comunità dei fiori e delle marmellate macrobiotiche? Il ricordo della Famiglia Manson
non è incoraggiante... Il frastornato genitore C1 non sa
più dove sbattere la testa. Non può rimpiangere il passato, quando esistevano teorie e tradizioni educative
spietatissime o cretine, cui però i genitori si conforma-
vano in buona coscienza. A sei anni in miniera, e poche storie. A dieci, dritto in seminario, o mozzo su una
fregata S.M., o dietro il banco a mescere birra o ad ac-
cecarsi sui merletti. Se poi uno si mette a guardare no-
stalgicamente dalla parte dei popoli cosiddetti primi-
tivi, non è che gli usi e costumi riguardanti l'infanzia
appaiano invidiabili. Tarpavano, tarpavano anche lì,
tutte quelle belle cerimonie care a Hollywood, quelle
danze, quei riti d'iniziazione altro non erano che fero-
ci tarpature in vista di guerre, scorrerie, cacce al leone,
e tanto peggio per chi ci restava.

"La famiglia è la principale fonte d'infelicità di ciascuno" sciabola implacabile Ugone di Certoit. Impossibile dargli torto, se sta sotto sotto mettendo in dubbio
l'attendibilità della canzone "Mamma, solo per te la
mia canzone vola", riportata in auge da Pavarotti. Sin-
gulti dolciastri, abbracci dolciastri, melensaggine che
cola. Ma si può definire dolciastra una mamma (Madonna) di Giovanni Bellini? Una scena familiare incisa
da Rembrandt? Quei grandi furono pur toccati, ispirati dai sorrisi, dalle tenerezze, dai giochi, dai rimbocca-
menti di coperte, dalle infinite, meticolosissime, amoro-
sissime cure con cui milioni, miliardi di bambini sono

stati cresciuti e continuano a essere cresciuti nella valle di lacrime. Una volta che si ritrovino lì, ben poco si può fare per loro oltre a soffiargli il naso e correggerli (ma non proprio subito) quando dicono "cocciolato" invece di "cioccolato". Ma quel poco, pochissimo, è però anche il massimo.

Forse Ugone di Certoit ha nel cuore un sogno segreto, un modello utopistico dove nessuno tarpa le ali a nessuno, non ci sono maltrattamenti e l'infelicità non arriva né dalla famiglia né da qualsiasi altra fonte. Se è così, ha una visione un po' ottimistica della faccenda e gli suggerisco amichevolmente di andarsi a leggere l'*Ecclesiaste* nella bella traduzione di Guido Ceronetti.

Memorie

Il ricordo più antico – e nitido, autentico, non acquisito attraverso successive testimonianze di famiglia – non è databile con sicurezza. Avrò avuto tra i cinque e i sei anni, temevo ancora il buio. Dopo cena mio padre andava a sedersi in una poltrona Frau di pelle quasi nera e mi mandava in camera sua a prendergli le sigarette.

Era un uomo di indole timida e mite (scoprii solo più tardi), ma come tutti i padri torinesi della sua generazione riteneva naturale pretendere dai figli, per il loro futuro bene, comportamenti ispirati dai locali classici dello stoicismo, Alfieri, D'Azeglio, De Amicis. Le carezze erano rare e imbarazzate, i doveri numerosi e non negoziabili. Obbligo di mangiare anche ciò che non piace. Mai lamentarsi per stanchezza, caldo, fame eccetera. Mai piangere dopo una rovinosa caduta. Vincere qualsiasi tipo di paura, che era in ogni caso, secondo il detto dialettale, *faita d'nen*, fatta di niente. Alto e imponente d'aspetto, mio padre aveva inoltre occhi color ghiaccio che intimidivano già in stato di riposo; aggrottandosi, non lasciavano scampo, bisognava muoversi.

L'appartamento non era per la verità né vasto né misterioso e qualche po' di luce filtrava comunque da un corridoio o da altre stanze. Ma la camera da letto era pur sempre immersa nella penombra e i miei passi si facevano sempre più brevi e esitanti. L'età era quella, detta poco attendibilmente beata, in cui i confini tra il reale e il fantastico sono assai labili e senza che io avessi in mente una minaccia particolare, drago, orco gigantesco o pirata eccezionalmente sanguinario, tuttavia dal fondo di quel blocco oscuro "qualcosa" poteva di colpo materializzarsi, allungare un braccio, un tentacolo, una coda mostruosa nella mia direzione.

Arrivavo in punta di piedi al comodino di mio padre, evitando di guardarmi in giro, afferravo di scatto il pacchetto con su disegnato un cammello e mi ritraevo rapidissimo, col cuore in gola, immemore di ogni alfieriana dignità. Se non fossi poi diventato io stesso fumatore, un analista avrebbe oggi buon gioco a spiegarmi che furono quei remoti terrori a tenermi lontano dal vizio. Ma poiché invece fumo, è forse lecito sostenere che in quella stanza inquietante, dove le peggiori metamorfosi mi aspettavano al varco, il pacchetto di Camel rappresentava per me la sicurezza, l'immutabile e confortante ancoraggio alla "cosa in sé".

Col tempo il piccolo incarico serale divenne un'abitudine gradevole, che mi avvicinò al tabacco in modo potrei dire esotico. Moderato in tutto, mio padre lo era anche come fumatore e pur prediligendo le Camel non se ne faceva una fissazione esclusiva. Ogni tanto appariva lo zuavo del tabacco Caporal, sempre evocativo di una scena che aveva impressionato un inverosimile giovane biondissimo col colletto duro (papà a vent'anni) in visita a Parigi, *circa* 1910: in una strada della *Ville Lumière* un facchino in blusa blu passa tirando di buona lena un carretto con spalla e braccio sinistri mentre con la sola mano destra si arrotola una sigaretta, la chiude con un colpo di lingua e se l'accende con un ultimo show di destrezza, lo zolfanello contro la suola della scarpa, senza fermarsi.

C'era altre volte la danzatrice di flamenco delle Gitanes, colei alla quale in seguito, per vie avventurose, avrei affidato definitivamente la cura dei miei bronchi. E c'era il pacchetto ancora verderosso delle Lucky Strike (con l'enigmatico slogan *"It's toasted!"*), quello cremoso delle Philip Morris, e certe altre marche ora scomparse, le Balto, le Faro. Per la pipa, fumata a letto, leggendo, con candida inusuale noncuranza verso il benessere di mia madre, mio padre ricorreva a tonde scatole di miscela inglesi, e inglesi erano talvolta anche le sigarette con il marinaio barbuto o le rosse Craven A.

Questa sua anglofilia, che si estendeva agli impermeabili Burberry e a Kipling, Dickens, Wodehouse e Jerome K. Jerome, era nata durante la Prima guerra mondiale, dopo Caporetto, allorché una divisione inglese giunse in nostro soccorso nella zona del monte Grappa, dove lui era sottotenente d'artiglieria. Quei soldati in kaki, coi loro usi e costumi, i loro strani elmetti a padellino, le loro eccentricità, i loro biondi tabacchi, gli erano piaciuti moltissimo e penso che fosse soprattutto la nostalgia a farlo tornare periodicamente alle Senior Service. Capitava allora che si mettesse a canticchiare *Tipperary*, canzone che tuttora non posso ascoltare senza un assurdo fremito sentimentale, quasi avessi militato io stesso in un reggimento di S.M. Britannica.

Non ricordo peraltro di essermi mai chiesto, né di aver chiesto a mio padre, che cosa fosse, che cosa volesse dire, tutta questa faccenda del fumo, né mai mi venne l'idea di provare clandestinamente ad accendere uno di quei tubetti profumati. A parte gli studi poco soddisfacenti, dovevo essere un ragazzetto timorato, di facile maneggio, per niente incline alla trasgressione, serenamente persuaso che la sigaretta sarebbe venuta a suo tempo, insieme ai pantaloni lunghi, al cappello e a quegli smisurati impermeabili grigi.

Così infatti avvenne. Di ritorno da un viaggio in Svizzera nel 1940, mio padre mi consegnò con solennità appena sorridente una scatola di sigarette orientali che avrei potuto aprire e fumare soltanto a sedici anni compiuti. Era una vera e propria iniziazione ufficiale, con "prova" da superare inclusa: sfidare per oltre un anno la tentazione temprando così la mia forza di volontà; imparare una volta di più che mettere le mani sull'oggetto dei propri desideri richiede molta pazienza, lunghe attese. Ma alla fine, quanto maggiore il merito, quanto più intenso il godimento!

Riposi in un cassetto la preziosa scatola e di tanto in tanto andavo a guardarmela; ma non posso dire di esserne stato ossessionato, tant'è vero che non ne ricordo la marca, Xanthia, Turmac, Muratti, Laurens, chissà. C'erano gli studi, i giochi, il cinema, la guerra a distrarmi da quell'appuntamento. Quando il giorno si avvicinò e poi venne, sono certo di non aver provato nessuna speciale febbrilità. Ho scordato il luogo dove fumai per la prima volta, se fossi solo o con qualche compagno, i gesti per aprire la scatola piatta e bianca. Le sigarette leggere o "per signora", allora diffusissime, non erano rotonde ma ovali. Dalle mie non proveniva nessunissimo aroma, troppo tempo avevano passato nel cassetto. Quando ne infilai una tra le labbra e l'accesi ne ricavai un'impressione d'insipido seccume, come di stoppie, e non pochi colpi di tosse.

Informato della mia delusione, mio padre disse che naturalmente il tabacco si conservava bene soltanto nell'umidità. Io dissi, tra me e me, che però allora avrebbe potuto pensarci prima, avvisarmi prima, e ne trassi una importante lezione: i padri, anche con le migliori intenzioni, alle volte sbagliano. Altro insegnamento decisivo: la durata del desiderio, dell'aspettativa, non è affatto proporzionale al piacere che te ne verrà al momento della sua realizzazione, anzi. In altre parole: meglio sbrigarsi a prendere quello che passa di lì al momento, se ci si riesce; e se non ci si riesce, pazienza, non ci si pensa più. In altre ginnasiali parole: ammira e impara a memoria le struggenti fantasticherie di Leopardi dal suo balcone, ma quanto a te, scendi le scale di corsa e *carpe diem* come il vecchio Orazio.

L'ultima lezione la posso formulare a posteriori, visto come sono andate le cose: non c'è disillusione dalla quale uno non possa riaversi. Il trauma di un'infame prima sigaretta si può benissimo seppellire sotto le migliaia di altre felicemente fumate nei decenni successivi. In altre più alfieriane parole: mai scoraggiarsi, nemmeno nei vizi.

Quand une marquise

C'era una vecchia canzone francese, penso di Charles Trenet, che faceva: *"Quand une marquise / rencontre une autre marquise / qu'est-ce qu'elles se disent? / Des histores de marquises"*.

Così è anche dei nonni. S'incontrano e subito si mettono a raccontare storie di nipotini, il mio ha fatto questo, la mia ha detto quest'altro. L'oggettivo interesse della "storia" non ha la minima importanza, nessuno dei due si aspetta che l'altro vada in estasi. È piuttosto una sorta di complicità sentimentale, come avviene tra ragazze che si bisbigliano confidenze amorose; e anche una quieta esibizione di appartenenza, come tra ex alunni di Oxford o Cambridge che portano la cravatta dello stesso college. In sostanza: io sto a sentire la piccola delizia che hai pronta tu e in cambio tu starai a sentire la piccola delizia che ho pronta io.

Ma conviene comunque tenere le orecchie aperte senza pregiudizi, perché talvolta la delizia è davvero una delizia. Il nonno seduto accanto a me mi racconta che la sua nipotina partecipava alla recita di fine anno della scuola, variazioni su *Alice nel paese delle meraviglie*.

Nonno: «E tu che parte fai?».

Bambina: «Faccio la cozza».

Nonno: «E cosa devi dire come cozza?».

Bambina: «Oh be', sai, le cose che di solito dicono le cozze».

Puro Lewis Carroll. Ammiriamo per un momento quel genio, che dopo oltre un secolo ancora incanta i bambini, li fa parlare nel suo stile, gl'impone il suo mondo impossibile. Ma poi capovolgiamo tutto: quale genio, quale stile? Carroll è un traduttore, un interprete simultaneo, un portavoce, un uomo che per qualche arcana ragione conosce a fondo, d'istinto, la lingua dei bambini, piccolo popolo di alieni capitato qui tra noi dagli spazi cosmici. Intere biblioteche sulla psicologia infantile girano attorno alla questione; ministri, insegnanti, pedagoghi, missionari si arrabattano volenterosi: salvarli dalla fame, dal tram, dai pedofili, dai cattivi compagni, dal tracoma, dallo sfruttamento, dalle mine antiuomo, dalle merendine alla panna, dalla tv. Tutto giusto, figuriamoci. Si vedono quegli occhioni smarriti in primo piano e l'impulso di "fare qualcosa" è immediato. Ma si tratta di teneri extraterrestri, di esasperanti alieni. Possiamo cercare di proteggerli, aiutarli a crescere, a diventare come noi, ma la loro origine – se ci si riflette un momento – resta davvero imperscrutabile. Da dove vengono? Dove sono diretti? Viaggiatori che sostano qui per qualche breve giro di luna, subiscono una mutazione più o meno tormentata, e infine se ne vanno col loro remoto, in gran parte dimenticato segreto. Carroll, chissà come, lo conosceva, lo condivideva con loro. Resta da capire chi siamo noi "grandi", allora. Ma dopo i sette-otto anni la cozza di solito non dice più niente.

Il cugino *lingera*

Capita sempre più di rado di incontrare qualcuno che si chiama Temistocle, Aristide, Annibale, Serse, anche se quei nomi plutarcheschi a me sembrano di gran lunga preferibili ai tanti Kevin e Christian oggi circolanti. Personalmente ho avuto un cugino di secondo grado che si chiamava Aristide e trovavo la cosa normalissima. Aveva un paio d'anni più di me ed era un bambino, come si diceva allora, "vivace". Figlio unico, la sua ampia madre vestita di fiorami su fondo nero, se ne lamentava con la mia, le poche volte che ci vedevamo. Aristidino (non esistevano i drastici diminutivi attuali, Ale per Alessandro) era indisciplinato, studiava poco o niente, faceva scene rabbiose, "rispondeva male", litigava con tutti, non si sapeva come prenderlo. Mi pare che fu messo in collegio per un po', ma non ho molti ricordi d'infanzia che lo riguardino.

Quando venne la guerra sfollammo nello stesso paesetto del Monferrato dove anche i suoi avevano una casa, bella, bianca, con terrazze vetrate e un giardino molto tradizionale e curatissimo. Lì ci vedemmo forzatamente più spesso e con altri ragazzi sfollati giocavamo per ore a poker e ramino, facevamo tostare le nocciole sul fuoco del caminetto, o ce ne stavamo seduti sulle panchine del viale persi in chiacchiere vane. Aristide si vantava di certe sue improbabili conquiste amorose e girava voce che si fosse fatto confezionare una divisa da ufficiale d'aviazione – personaggio fondamentale dei romanzi di Liala e del clima del tempo.

Organizzò con le ragazze e i ragazzi del paese la recita di *Addio giovinezza* che si tenne nella scuoletta locale. Regista di polso, urlava e sbraitava e minacciava quei tremanti villici, ma alla fine lo spettacolo andò in scena ed ebbe ottimo successo. Aristide era di media statura, coi capelli nerissimi e una tendenza a emettere bollicine e saliva mentre parlava. Insomma, sputacchiava un po'. Ogni tanto perdeva il controllo, diventava isterico, scaraventava per terra qualsiasi cosa si trovasse a portata di mano. Altre volte ci comunicava qualche suo progetto grandioso e folle, o che voleva partire volontario per la Russia, per la Libia, come ufficiale carrista agli ordini (e scattava sull'attenti) del maresciallo Rommel. Per noi era un compagno sostanzialmente comico e perfino le sue sparate, le sue furie improvvise, le sue assurde vanterie non erano poi così difficili da accettare, facevano simpatia. Quando gli Alleati sbarcarono in Sicilia ci trovammo tutti davanti alla bottega del fabbro a commentare il lieto evento, che annunciava la fine (imminente secondo noi) di quella noiosissima, frustrante parentesi rappresentata dalla guerra. Ma Aristide s'indignò. La Patria invasa, il sacro suolo, i nostri soldati! Gridava e imprecava. Non ricordo cosa gli dissi ma fu certamente qualcosa di cinico, perché lui si avventò contro di me, i pugni levati. Una scena grottesca che si ridusse a pochi spintoni e calci negli stinchi; ma quello scoppio imprevisto di patriottismo ci lasciò tutti stupefatti.

Poi se ne andò con suo padre a Verzuolo o a Casale Monferrato e non lo vedemmo per qualche mese. Si ripresentò un mattino sul viale con indosso la divisa delle Brigate Nere. Ma sei matto, cosa ti è preso, cosa credi di combinare, gli dicevamo noi. Lui freddo, altero, teneva la mano sul pugnale, esibiva il cinturone, il teschio, ci guardava a uno a uno minacciosamente. Quella era la sua scelta: l'onore, l'alleato germanico, la vergogna dell'8 settembre. Tutto questo proclamato con le solite bollicine agli angoli della bocca. Ma non si poteva giocare con queste cose, insistevamo noi, si rischiava davvero la pelle, qui non era più Liala, qui era la guerra vera, c'erano i partigiani, se non nei dintorni in altre zone, e lui con quel teschio sarebbe finito al muro come niente. Aristide restò truce e impassibile, rientrò in casa dalla sua angosciatissima madre, mangiò qualcosa e ripartì per il suo nero destino.

Passarono altri mesi e i primi nuclei partigiani arrivarono anche da noi. I monarchici, qualche collina più in là, comandati da ex ufficiali dell'esercito. Poi uomini di Giustizia e Libertà. E infine un mattino un grosso camion salì dal polveroso fondovalle e si venne a fermare davanti alla macelleria. Erano garibaldini, coi fazzoletti rossi. Sul parafango di sinistra stava appostato un guerrigliero che impugnava un mitra e aveva in testa una specie di colbacco con la stella sovietica in fronte. Aristide.

Non ricordo cosa gli dicemmo, cosa lui disse a noi. Ma quel cambio di schieramento mi torna alla mente ora che si discute di pacificazione, memorie condivise, eliminazione di simboli, equiparazione e altre storiche questioni su cui davvero non mi sento di dire niente. Ma fu in parte per via di Aristide che io non presi sul serio né l'una né l'altra parte. Lo so, è sbagliato, Aristide era una testa matta, uno sbruffone, non aveva nulla di rappresentativo rispetto alla cialtroneria italica (?). Ma io all'epoca avevo una cotta per Voltaire e quella guerra tra teschi e stelle rosse mi faceva pensare a Candide, ai suoi andirivieni tra gli eserciti impegnati a scannarsi nell'Europa del Settecento.

Dalla sua avventura garibaldina Aristide uscì indenne, ma tutti noi, parenti e amici, pensavamo che sarebbe comunque finito male, aveva il pieno potenziale della *lingera*. Non andò così, per fortuna. Aristide mise a frutto la sua parlantina trovando lavoro come rappresentante di generi alimentari, viaggiò in lungo e in largo, si sposò, ebbe dei figli, vendette la casa nel Monferrato e ne acquistò un'altra sulla riviera ligure. Ogni tanto, a distanza di anni, mi arrivavano notizie di certe sue "imprudenze", di una sua spiccata disinvoltura con i soldi altrui. Ma non finì mai "dentro", come tutti avevamo profetizzato. Lo incontrai per caso in corso Inghilterra decenni dopo. Aveva un abito scuro gessato (da imprenditore, immagino) ed era sempre animato, entusiasta, loquace. Mi spiegò il suo ultimo grande progetto: un cimitero per cani e gatti che in America rendeva milioni. Stava cercando un terreno adatto non lontano da Torino e poi si sarebbe lanciato. Mi presi la mia razione di bollicine, ci separammo e da allora non ne ho saputo più niente. Ma se non fosse stato per lui forse sarei caduto sotto il piombo nazifascista (o sotto le raffiche comuniste, chissà).

Nep Szabadap

Come il lettore ricorderà la notte del telegramma mi coinvolse nella rivolta di Budapest del 1956. Ma la cosa non finì lì. Un autorevole giornalista e storico ungherese, François Fejtö, residente a Parigi, scrisse in francese una ricostruzione di quanto era successo in quella settimana, una specie di instant book, ma molto serio e documentato. Poiché avevo preso parte alla stesura di quel documento, Giulio Einaudi mi nominò sul campo specialista di cose magiare e mi fece chiedere di tradurlo. Era un modo di selezionare i suoi uomini rozzo e rischioso, che lo divertiva molto: buttiamolo in acqua e vediamo come se la cava. Ma non poche volte il suo azzardo si rivelava felice, non più arbitrario alla fine dei metodi psico-scientifici che allora cominciavano a diffondersi nelle aziende italiane. Qui comunque c'era poco da tremare, il testo era in francese e l'unica cosa che mi veniva raccomandata era di fare in fretta, molto in fretta, essendo la memoria del pubblico quella che è.

Io abitavo allora in piazza della Consolata, in un bel palazzo lasciato un po' andare proprio di fronte all'ingresso della chiesa. Costruito da un antenato di mia moglie sotto il regno di Carlo Alberto, aveva una splendida facciata ocra e rossa, con fregi, balconi, altissime finestre. Mia suocera (una donna da me molto amata e ammirata) ne aveva affittato o venduto quasi tutti gli appartamenti, ma al piano nobile, d'angolo, restava libero un trilocale in cui mia moglie Maria Pia e io andammo ad abitare. Non c'era ascensore, si saliva per una scala buia a bassi gradini e si entrava in una stupefacente magione pompeiana. Tutti i soffitti e in parte le pareti erano affrescati con grottesche e figure in quello stile, una moda di cento anni prima cui neppure i torinesi avevano saputo resistere.

Casa nostra era arredata al minimo, data la parsimoniosità del mio datore di lavoro. Nel salone, che in origine doveva essere stato una camera da letto, c'era un tavolo (prestato da qualcuno) con sopra la Remington nera, le risme e la carta carbone; e lì battevo la sera le mie traduzioni, a volte mezza pagina, a volte miracolosamente cinque, a volte tre righe.

Per Budapest facemmo così: Maria Pia sedeva accanto a me su una sedia e mi leggeva il testo francese che la mia mente agilissima volgeva in italiano e le mie dita (sei su dieci) trasferivano con fulminea prontezza sulla carta. Non era un lavoro difficile, tranne che per le frequenti parole ungheresi che bisognava riportare tali e quali, nomi di persone e strade, quartieri, ministeri, enti statali e così via. Ricorreva soprattutto la testata di un quotidiano, "Nep Szabadap" (così almeno lo ricordo), su cui mi impuntavo come su un chiodo maligno. Nep, d'accordo, ma poi quel diabolico Szabadap. Non mi riusciva di batterla giusta, invertivo le consonanti, aggiungevo una sillaba, saltavo una vocale, ma l'esasperante parola non veniva mai bene. Cercavo di pronunciarla con calma, lettera per lettera, in modo da piantarmela nella memoria una volta per tutte. Ma di lì a pochi minuti Maria Pia faceva come un sospiro di scusa, una risatina maliziosissima e diceva: «Nep Szabadap».

Quel nome le piaceva immensamente, come se fosse una parola magica delle *Mille e una notte* o di *Alice nel paese delle meraviglie*, Nep Szabadap, Nep Szabadap.

La sua risata era di una semplicità, di una freschezza contagiose, sembrava ancora saltellare a cascata da quel misterioso meccanismo che suscita per la prima volta il riso nei bambini piccolissimi. Ma poi tutto era così in quella biondina lieve, mossa in ogni suo gesto da una grazia volatile di libera libellula, cui oggi, dopo più di cinquant'anni, ripenso non come a una persona ma come a una *nuance* di che cosa è impossibile dire, naturalmente.

Gli dei non amano troppo i nostri giulivi voli di insetti e ben sappiamo che su una effervescente allegria, vivacità, vitalità, può di colpo calare un plumbeo sipario, la lama spietata, radicale del tedio assoluto. Ma a me basta quella parola, "Szabadap", in quella stanza di grottesche pompeiane appannate, per sorridere ancora, anche se il ricordo preciso è ormai lontano e ho qualche difficoltà a farmelo sentire come mio, quasi l'avessi ereditato da un'altra storia, un'altra vita.

Il mio piccolo nipote *demi*-francese Nathan viene ogni tanto a Torino. Inutile dire che, come ogni nonno verso i suoi derivati, io lo trovo non solo tenerissimo, ma bellissimo, intelligentissimo e, quanto a charme, del tutto irresistibile. L'ho portato di recente al museo di Scienze naturali a vedere gli scheletri dei dinosauri argentini, mostri che hanno sempre affascinato anche me, devo dire, argentini o meno che siano. Nathan conosce quelli del Jardin des Plantes a Parigi, ma questi mastodonti sudamericani non l hanno lasciato indifferente. Il luogo è molto suggestivo e vale il viaggio per chi non ci sia mai stato, quei vecchi mattoni, quei soffitti altissimi, quei saloni che sono e non sono tenebrosi, tutto l'insieme che ha come assorbito il tempo senza tuttavia farne muffa e lo ritrasmette solennemente, non paurosamente, al visitatore. Nathan taceva, scivolava assorto da scheletro a scheletro, gli occhi rivolti in su, cercando di prendere le misure di quelle teste digrignanti, di quei dorsi di drago, di quelle lunghe code micidiali.

Davanti all'esemplare più grande di tutti si è fermato, minuscolo, concentrato più che allarmato.

Nathan è un bambino combattivo, un duro, anzi un *dur des durs*, come mi pare si chiamasse un'associazione di veterani francesi della Grande Guerra. S'è allontanato di qualche passo sempre scrutando quel gigante dal suo infimo livello di sapiens. Meno male che non ci può correre dietro, dicevo io. Eh sì, meno male. Ma se si svegliasse e ci venisse addosso (cosa perfettamente possibile nel mondo dei bambini)? insinuavo io. Ah! Il duro è scattato in posizione di combattimento, ha preso a mulinare i piccoli pugni. Lo affronterei, lo prenderei a *coups de poing*, là, là, là, là, così! E impavido come un puritano d'opera soffiava aggressivamente contro il dinosauro.

Crotte de nez de Montparnasse

Un nonno domanda a un bambino: «Com'è il nonno?».
Il bambino, che ha quattro anni, lo fissa con occhi catti-
vissimi, spinge in fuori le labbra e sputa una sola parola trionfante, micidiale: «Brrrutto!». Ma poi gira la testa
da una parte e con un minuscolo sorriso aggiunge sottovoce: «*Mais aussi joli*». Il nonno si liquefa, si scioglie,
riducendosi a una specie di chiazza, di roseo, estatico blob sul marciapiede del boulevard Edgar Quinet,
a Montparnasse. Quella melensa figura di nonno esiste veramente, ha un nome (il mio) e il bambino altri
non è che mio nipote Nathan, figlio di una mia figlia
e del suo marito transalpino.

In un tempo molto lontano abitavo anch'io in quel
quartiere, sostentandomi con lavoretti precari e facendo code interminabili alla *préfecture de police* per il rin-
novo del permesso di soggiorno. Parigi era nera, fredda e incessantemente magica attorno a me, con vertici
di assoluta esaltazione quando mi capitava di calca-
re quegli stessi marciapiedi sottobraccio a una ragazza – Monique, Mimi, Frou-Frou... rue Delambre, rue
d'Odessa, rue Vavin... Camminavo a trenta centimetri da terra sulle appassionate tracce della letteratura
francese, Balzac e Baudelaire, Corbière e Cocteau, con
la certezza quasi religiosa di aver raggiunto il massimo
delle emozioni a disposizione di un uomo, la pienez-

za di vita totale e definitiva. Un salame, *bien entendu*. Un ingenuo ventenne che si montava la testa senza minimamente sospettare di che cosa è capace il Caso nei tuoi confronti.

Per arrivare al Café Odessa, bisogna attraversare sulle strisce.

«Dammi la mano, manigoldo!» ordina il nonno con l'autorevolezza di un croissant alla marmellata.

«*Je ne suis pas un* manigoldo!» ribatte il bambino.

«Su, dammi la mano *ou je me fâche!*»

«*C'est moi qui est* arrabbiato!» grida Nathan. E sibila con la bocca storta un'ingiuria che ha da poco imparato alla scuola materna rue Delambre: «*Crotte de nez*» (caccola di naso).

E ripete più volte il *gros mot*, la parolaccia, mentre si lascia trascinare al di là delle strisce e infilare nel *café brasserie*. Ora è installato di fronte a me e non c'è più Mimi o Frou Frou che tenga, il mio tasso di sdilinquimento, di colante sdolcinatezza supera ogni decenza. Gli occhi sorridono, le fossette si formano, si apre un nuovo gioco mentre aspettiamo, lui il suo piatto di *jambon*, io la mia *omelette baveuse*.

«*Crotte de... bouteille!*» mi offre ammiccante.

«*Crotte de... couteau!*» rispondo al volo.

«*Crotte de... fraise!*»

«*Crotte de... poire!*»

«*Crotte de... voiture!*»

«*Crotte de... métro!*»

Andiamo avanti per un po' in questo scambio di parolacce ormai metafisico e ancora una volta mi chiedo perché le dette parolacce mi diano tanto fastidio se pronunciate da un adulto. Ma perché è territorio esclusivo dei bambini, sperimentale e fantastico, come immagino sappia ogni psicologo dell'infanzia. Bisogna tracciare il confine, sgridarli, ma lasciarli poi alle loro poetiche trasgressioni. Ricordo un altro nipote che alla stessa età di questo saltellava per casa gridando furbesco: «Cula! Cula! Cula!», con un semplice cambio di vocale aveva aggirato la censura. Per noi "grandi" l'uso delle parolacce equivale a una regressione, come mettersi a pedalare su un triciclo, bere Sauvignon da un poppatoio. Non fa ridere al bar, in ufficio, in fabbrica, al cinema, in tv. Non è salvato da quelle vocine che cominciano a esplorare il linguaggio del mondo. È proprio soltanto volgare, se non, rarissimamente, nelle mani di un grande scrittore che piazza la sua parolaccia in un certo contesto, per ottenere un certo effetto minuziosamente preparato.

Riprendo per mano il manigoldo. Pioviggina, ma Nathan ha un magnifico giaccone con cappuccio e insieme andiamo a fare due passi nel vicino cimitero di Montparnasse, luogo tranquillo, ideale, senza traffico, senza pericoli, dove un bambino può correre colorato e gioioso su e giù per i viali fino alla tomba di Baudelaire, *crotte de poète*.

Indice

«Mutandine di chiffon»
di Carlo Fruttero
Oscar bestsellers
Arnoldo Mondadori Editore

Questo volume è stato stampato
presso Mondadori Printing S.p.A.
Stabilimento NSM - Cles (TN)
Stampato in Italia - Printed in Italy